# 21
## amants

Éditrice-conseil : Nathalie Ferraris
Infographiste : Chantal Landry
Conception de la couverture : François Daxhelet
Illustrations : François Daxhelet
Correction : Odile Dallaserra

DISTRIBUTEUR EXCLUSIF :
**Pour le Canada et les États-Unis :**
MESSAGERIES ADP inc.*
2315, rue de la Province
Longueuil, Québec J4G 1G4
Téléphone : 450-640-1237
Télécopieur : 450-674-6237
Internet : www.messageries-adp.com
* filiale du Groupe Sogides inc.,
  filiale de Québecor Média inc.

08-19

Imprimé au Canada

Dépôt légal : 2014
Bibliothèque et Archives nationales du Québec
ISBN 978-2-924259-61-0

Gouvernement du Québec – Programme de crédit
d'impôt pour l'édition de livres – Gestion SODEC –
www.sodec.gouv.qc.ca

L'Éditeur bénéficie du soutien de la Société de
développement des entreprises culturelles du
Québec pour son programme d'édition.

Conseil des arts    Canada Council
du Canada           for the Arts

Nous remercions le Conseil des Arts du Canada de
l'aide accordée à notre programme de publication.

Financé par le gouvernement du Canada
Funded by the Government of Canada    Canada

Nous reconnaissons l'aide financière du gouvernement du Canada par l'entremise du Fonds du
livre du Canada pour nos activités d'édition.

# MÉLANIE COUTURE

**21 amants**

SANS REMORDS
NI REGRETS

RECTO
VERSO

*À mes parents,*
*Merci de m'avoir donné*
*le culot d'être moi.*

# Charlie

Je m'appelle Charlie. Eh oui, mes parents m'ont donné un nom de gars. La seule fois où leur idée m'a semblé sensationnelle, j'avais douze ans. Je venais tout juste d'entendre le personnage principal du film *Dirty Dancing* dire qu'elle préférait se faire appeler Bébé car, tout comme moi, elle avait un nom de gars. C'était la joie, je n'étais plus seule !

*Dirty Dancing* m'a donné une autre raison de vivre : Patrick Swayze. Lui, il a confirmé mon hétérosexualité en très bas âge. Encore aujourd'hui, quand le film passe à la télé, je le regarde du début à la fin et je scrute feu Patrick de haut en bas. Je ne te mens pas, je rêvais à l'époque d'être assise dans un coin juste pour entendre quelqu'un prononcer la fameuse phrase : « On ne laisse pas Bébé dans un coin ! » Je connais par cœur toutes les répliques de ce film ;

j'ai dû le regarder autant de fois qu'un poisson rouge voit un doigt frapper dans la vitre de son aquarium.

Aujourd'hui, j'ai trente-cinq ans et pas d'enfant. J'ai grandi dans une famille assez équilibrée : aimante mais ferme, intelligente avec un brin de folie. Mon père est francophone, ma mère est anglophone, et ils sont tous les deux fonctionnaires de profession.

À l'aube de la trentaine, j'ai laissé mon respectable boulot de psychologue pour aller faire un DEC en arts. La folie avait pris le dessus sur l'intelligence. Pendant trop longtemps, j'avais mis de côté ma créativité pour faire plaisir à mes vieux. Mais à force de la faire taire, elle s'est mise à crier plus fort que ma logique. Et quand on a une formation de psychologue, on ne peut faire autrement que de s'analyser et d'écouter ses propres besoins.

C'est à ce moment que j'ai réalisé que certains métiers étaient désormais hors de ma portée, simplement parce que je vieillissais. J'ai paniqué. Je me souviens de m'être couchée en boule le soir de mon anniversaire et de m'être dit : « Je ne pourrai jamais devenir athlète olympique ou mannequin : c'est trop tard maintenant, je suis trop vieille. » Je me suis traitée de niaiseuse. Je n'ai jamais voulu être athlète et encore moins mannequin ; j'aime trop les hot-dogs pour ça !

Cependant, ma remise en question m'a amenée à m'interroger : « Que veux-tu vraiment faire ? Qu'est-ce qui te rendrait heureuse ? » La réponse était claire comme de l'eau de roche filtrée au Brita. *Charlie, tu veux créer.* J'étais au début de ma carrière, j'avais un travail stable et un conjoint qui voulait des bébés. Pourtant, j'ai laissé tomber la psycho et je me suis inscrite dans un programme d'arts à temps plein, alors que j'aurais simplement pu aller suivre un cours d'aquarelle les fins de semaine. J'en conviens, c'était un peu excessif comme réaction. Mais à trente ans, quand on veut changer de métier, il ne faut pas faire les choses à moitié.

Mon chum n'a pas aimé mon nouveau projet. Il m'a dit : «C'est quoi l'idée d'aller faire des dessins d'adultes avec de la gouache fancy ?» Alors, tout comme ma jeune carrière de psy, notre relation amoureuse s'est terminée abruptement. En amour, ma doctrine est simple : la vie est assez difficile comme ça, si mon conjoint doit me mettre des bâtons dans les roues, il ne mérite pas le titre de *partenaire* de vie.

Depuis que j'ai mon DEC en poche, j'ai plus de facilité à décrocher du boulot qu'à me trouver un amoureux, et c'est pas peu dire quand on a étudié en arts. Alors qu'une compagnie ferroviaire m'embauche régulièrement pour rehausser l'image de ses wagons à coup de graffitis professionnels urbains, un fabricant d'équipement sportif me commande la création d'illustrations pour ses planches. Si tu fais du wakeboard (de la planche nautique, en bon français), c'est possible qu'une de mes créations se retrouve sur ou sous ton joujou.

Mais mon revenu principal provient de mes dessins permanents sous-cutanés ; je suis tatoueuse. Pas dans un sous-sol crasseux avec des instruments louches, non, mais chez Peau d'encre, un tattoo shop propre où se présentent des comptables, des avocats, des vedettes, des policiers, des fonctionnaires, des duos père-fils…

Je n'avais que deux tatouages avant de devenir apprentie dans le métier. Un hippocampe minuscule derrière l'oreille gauche et une représentation de Sarasvati en format géant sur mon mollet droit. Sarasvati est la déesse indienne de la connaissance et de la parole, ainsi que la protectrice des arts et des sciences. Elle me rappelle la sérénité quand la turbulence frappe à ma porte.

Quand je jouais mon rôle de psy, je cachais mes tatouages pour éviter de subir les préjugés des clients en détresse, mais aujourd'hui je les expose fièrement. Je travaille souvent en salopette de jeans courte, t-shirt noir, casquette de peintre à l'envers, espadrilles Converse tachées. C'est mon uniforme de peintre en bâtiment corporel. En dehors des heures de travail, j'aime rester décontractée. Parfois j'aborde le look «pin-up rétro»: capri, bandeau ou fleurs dans les cheveux, sandales plateforme, camisoles colorées qui exposent mes tatouages les plus récents. La plupart, superposés sur le devant de ma cuisse gauche, représentent des femmes fortes de l'histoire. L'œuvre est un montage éclectique des Amazones, de la fameuse photo des fesses de Simone de Beauvoir, en passant par des dates importantes, comme 1896-1981, années de naissance et de décès de Thérèse Casgrain. Et depuis peu mon bras droit est coloré d'un design abstrait, de type floral.

♠ ♠ ♠

Aujourd'hui, c'est samedi. Je viens de tatouer un rat ninja géant dans le dos d'un geek de trente-huit ans. Il avait déjà les tatouages des quatre tortues. Si tu te poses la question, non, je n'ai pas tenté de l'en dissuader; tous les geeks qui se respectent savent que les tortues Ninja ne sont rien sans leur rat. Par contre, je savais que ce serait un projet d'envergure suffisante pour que je mérite d'inscrire «CONGÉ, NE RIEN FAIRE» à mon agenda pour le lendemain. Je me connais; si je ne l'écris pas, je finis toujours par travailler sur un croquis, répondre à des demandes de soumission ou partir en razzia pour acheter des trucs dont je n'ai nullement besoin.

Donc, n'ayant rien à faire demain, ce soir je déclare ouverte la saison de la chasse! On est en janvier et ce n'est pas vraiment la saison, mais je t'annonce que «de par chez nous», un samedi horny[1] suffit pour se mettre en mode chasse.

---

1. Horny: Il existe de belles phrases pour traduire ce mot, mais en gros, c'est ressentir le besoin de la chair, avoir envie de baiser.

Tu sais, le genre de samedi où le vibrateur ne fait plus le travail ? Le genre de samedi où l'appel de la peau est plus fort que n'importe quelle pile rechargeable ? Sans farce, je me fous combien de temps le lapin Energizer peut durer longtemps ; quand une fille est en manque de peau, il aura beau taper du tambour pendant quatre heures, elle ne sera jamais rassasiée.

Chaque fois que ça m'arrive, je me dis que ce sont mes hormones qui prennent le contrôle. Eh oui, je mets mes pensées perverses sur le dos de la biologie et des mystères du cycle menstruel : c'est beaucoup plus respectable ! On ne se le cachera pas, avoir envie de baiser juste pour baiser en espérant que l'élu partira avant l'aube, ce n'est pas super bien vu quand on est née avec un vagin.

### MINI PARENTHÈSE

J'aime le mot « vagin ». Il sonne comme le nom scientifique d'une fleur ou d'une plante. « Alors ici, à votre droite, vous pouvez apercevoir des plants de vulpin des prés, et à votre gauche, une espèce rare de vagin alopecurus myosuroides ». Un vrai trésor.

### FIN DE MA MINI PARENTHÈSE

Tu peux me juger. Je l'ai fait pendant longtemps. Jusqu'au jour où j'ai décidé de me foutre de l'étiquette que la société me colle. Le problème, c'est qu'il n'existe encore aujourd'hui que deux étiquettes quand vient le temps de qualifier la vie sexuelle d'une femme : putain ou madone. Putain OU madone. « OU. » Seulement deux petites lettres, ô combien lourdes de sens. Ces deux petits symboles de l'alphabet nous obligent à choisir : vivre comme une sainte OU comme une dévergondée. Pas de zone grise, pas de juste milieu, pas d'équilibre et, selon moi, pas de plaisir. Pourquoi faudrait-il choisir entre la putain et la madone ?

Lasse de me sentir coupable de pulsions plus que normales, j'ai trouvé une solution plutôt facile. J'ai remplacé, sans demander la permission à qui que ce soit, le «OU» par un «ET». Voilà! Un petit changement de conjonction et magie! Je me donne l'autorisation d'être putain ET madone.

La chanteuse Madonna a compris ce concept bien avant moi. Elle s'est approprié le nom de la vierge suprême, elle a mis de l'avant la pute, elle est devenue millionnaire, elle est tombée amoureuse, elle a embrassé la maternité et elle a écrit des livres pour enfants. Faire un livre de photos érotiques ET publier des livres pour enfants, pourquoi pas, hein? Rien de surprenant quand on sait que son QI de cent quarante la positionne dans une élite intellectuelle difficile d'atteinte. Je n'ai aucun CD de Madonna, mais elle est mon idole. Tu sais maintenant pourquoi.

Je vais mettre tout de suite une chose au clair. Ma putain ne rencontre pas ses amants en échange d'argent. La carriériste en moi s'occupe de l'aspect monétaire, et elle fait assez de bidous pour bien vivre. Ma putain échange de la peau contre de la peau, de la chaleur contre de la chaleur, des orgasmes contre des orgasmes…

Mais, je l'avoue humblement, ma putain a beaucoup plus d'expérience que ma madone. Simplement en termes de longévité, la première célèbre dix ans de libération conditionnelle. Tu as bien lu; je l'ai libérée sous conditions. Une pute, c'est comme un adolescent de seize ans qui revient de l'école et se plante devant un frigo plein de desserts: il ne faut pas le lâcher lousse. Premièrement, ce n'est pas bon pour sa santé. Deuxièmement, ce n'est pas bon pour le portefeuille.

L'entente de la libération de ma pute est simple: elle s'amuse de manière sécuritaire et, surtout, elle comprend que c'est le corps qui domine et non le cœur. Pour récompenser son bon comportement, je satisfais ses instincts primitifs et je pars à la rencontre d'un amant quand le besoin s'en fait sentir.

Pour ce qui est de ma madone, c'est aussi très simple : lorsqu'elle criera plus fort que la carriériste, je m'occuperai de faire des enfants, promis !

Je sais, je parle peu d'amour et j'utilise souvent les mots «pute» et «putain». Je pourrais dire «diva» ou «déesse», mais contrairement aux auteures de romans à l'eau de rose, je refuse d'envelopper mes pulsions sexuelles dans des mots qui sentent la fleur. Le sexe, ça ne sent ni le lilas ni la lavande. Le sexe, ça sent la sueur et les hormones. Rien qui s'emballe dans du papier de soie, rien qu'on devrait servir avec des gants blancs. Le sexe, c'est de l'instinct, pas de la décoration.

Le mot «pute» (même chose pour «putain») n'a pour moi aucune connotation négative. D'ailleurs, ma pute est probablement la meilleure amie de ta pute. Oui, on en a toutes une. C'est la fille en nous qui rêve de répondre à ses pulsions sexuelles sans culpabilité et qui se laisserait aller sans retenue si les mots «guédaille», «putain», «charrue» et «fille facile» ne résonnaient pas aussi fort dans notre société patriarcale encore marquée par d'innombrables années de catholicisme.

Même si tu es mère de trois enfants et en couple depuis quinze ans, que ta repousse de cheveux date de six mois et que tu as une hypothèque pour une maison en banlieue dans laquelle se trouve un beau frigo en stainless arborant fièrement un calendrier d'activités familiales qui tient en place grâce aux trente photos aimantées de tes bambins, il y a une pute en toi. C'est possible qu'elle soit en sabbatique depuis quelques années, mais elle est là, bien relax, et elle reste en vie avec ses souvenirs de nuits chaudes du passé ou ses fantasmes encore secrets.

Cela étant dit, je suis consciente qu'il t'est difficile d'écouter ta pute quand tu changes douze couches par jour les yeux fermés parce que tu manques de sommeil depuis quatre ans. Bien que je n'aie pas d'enfant, j'ai déjà manqué de sommeil. Et crois-moi, dans ces moments-là, les pénis étaient bien loin de mes pensées. Tout ce que je voulais, c'était du silence et un oreiller.

Récemment, on m'a dit que si je ne suis pas encore mère à mon âge, c'est parce que les hommes me voient comme une putain. On me répète souvent : « Ben voyons, Charlie ! Un homme veut que la mère de ses enfants soit une femme respectable, pas une pute ! »

J'aimerais rectifier cette pensée : beaucoup d'hommes rêvent que la mère de leurs enfants soit à la fois une madone respectable en public et une putain en privé. Oui, je sais, c'est tristement bourré d'hypocrisie masculine, mais pas faux pour autant. Alors si je n'ai pas encore d'enfant, il ne faut blâmer ni les hommes ni ma libido qui, selon certains puritains, aurait bien besoin de Ritalin. Il faut blâmer la carriériste en moi. C'est elle qui a pris le dessus et qui a mis les enfants en attente.

Quoi qu'il en soit, je l'aime, ma carriériste. Elle est fonceuse, un peu comme ma pute. D'ailleurs, elle s'est juré de ne jamais coucher avec un collègue. Comme j'ai toujours entendu ma mère le dire : « Don't fuck with the payroll[2]. »

De toute façon, c'est assez facile de trouver un volontaire pour une aventure d'un soir. Alors, pourquoi s'encombrer d'un collègue qui voudra m'envoyer des petits regards coquins le lundi matin ou des textos malaisants tels que : « J'ai aimé ouvrir ton dossier hier soir et j'espère pouvoir collaborer avec toi plus souvent, hi hi hi » ? Ar-ke.

Je préfère rencontrer les hommes dans les bars. Trop de filles n'ont pas encore saisi que chaque fois qu'elles mettent les pieds dans un club, elles ont l'avantage du terrain. Rien

---

2. Traduction : « Ne baise avec personne qui se retrouve sur la même liste de paye que toi. » Il y a des pénis partout : évite ceux qui se promènent au boulot !

de bien sorcier ; c'est juste parce qu'elles sont nées femmes. Elles n'ont qu'à se présenter. Elles n'ont pas besoin de porter une jupe au ras la toundra et des rallonges de cheveux, ni de lécher leur meilleure amie pour attirer l'attention.

Je suis de celles qui croient que la nature a fait en sorte qu'on porte les chromosomes XX et que ça suffit amplement pour que le chasseur masculin ajoute le troisième X à l'équation. Qu'elle danse en se tortillant sur un haut-parleur ou qu'elle soit simplement en file pour les toilettes, le regard d'une femme confiante avec un sourire craquant, ça bat un paquet de poitrines plantureuses. Bon, je l'avoue, c'est possible d'avoir un plus vaste choix de candidats si on a le sourire ET la poitrine, mais je te garantis qu'une paire de seins qui a l'air bête, c'est moins alléchant qu'une paire de lèvres de bonne humeur.

Fais-moi confiance, je sais de quoi je parle : je suis loin d'être un stéréotype de beauté. Oui, j'ai de gros seins, mais j'ai tout de gros, donc ça s'annule. Je pèse deux cent vingt livres (j'aurais pu écrire quatre-vingt-dix-neuf kilos pour avoir l'air plus mince, mais en bout de ligne, ça équivaut à la même affaire).

Le secret de mon succès ? Tu vas me dire que c'est un classique, mais depuis que j'ai compris que la séduction c'est quatre-vingt pour cent de charme et vingt pour cent d'apparence, je ne suis jamais revenue bredouille à la maison. Et je ne parle pas de ramener le gars qui me dit que je suis belle entre deux vomis à trois heures du matin. Non !

Je me fais approcher par des hommes sexy avant minuit. Des monsieurs pleins de testostérone, bourrés d'humour et capables de tenir une conversation. J'ai des relations chaudes avec de beaux mecs. Je n'en parle pas pour me vanter, j'en parle pour que tu arrêtes de pleurer devant ton miroir, lectrice, quand tu es en SPM et que tu penses que tu n'es pas assez belle, pas assez mince. Crois-moi, tu es *fabuleuse* !

Depuis que j'ai quinze ans, je pèse au-dessus de cent quatre-vingt-cinq livres. Je suis une dodue. Une ronde. Une potelée. Une grosse truie, si je me fie à ce que les jeunes m'ont lancé hier dans la rue, ou une belle femme avec des courbes plantureuses si je me fie à ce que m'ont dit mes ex. Tu vois, le «ou» est d'une importance capitale. Pour être bien dans mon corps, j'ai fait le choix conscient de le voir comme plantureux, généreux, pulpeux. Une fois convaincue, c'est fou l'effet que ça peut avoir sur les hommes.

Une autre décision importante qui a fait exploser ma vie sexuelle a été de refuser d'avoir des aventures avec des hommes qui me disent: «Ça ne me dérange pas que tu sois dodue.» Pardon? Ça ne te dérange pas?! Parfait, jeune homme, alors dis-moi pourquoi je partagerais mon corps avec quelqu'un comme toi quand je peux me taper le trip d'un soir avec quelqu'un qui est diablement excité par ce que j'ai à offrir?

On s'entend pour dire que le succès d'un one-night n'est pas basé sur le fait que l'élu et moi aimons tous les deux le Canadien de Montréal ou qu'on trouve ça ben cool Facebook. Non. Dans un one-night, tout repose sur l'attirance charnelle instantanée… et le niveau d'ivresse! OUI, OUI, ne faisons pas l'autruche: le concept du one-night n'existerait probablement pas si l'alambic n'avait jamais été inventé. Il faut juste savoir doser. L'expression «Trop c'est comme pas assez» a dû être créée un soir qu'une fille galopait sur son homme et que le mal de cœur lui a pris. C'est dans ce genre de moment qu'on comprend qu'il faut y aller avec modération.

♠ ♠ ♠

J'aime les hommes. Chaque globule qui se promène dans mon sang, chaque synapse de mon cerveau, chaque terminaison de mon système nerveux aime les hommes. Ils sont fantastiques, beaux, charmants, intelligents, et la planète serait morne sans eux.

Par ailleurs, le mot «aventure» dans «aventure d'un soir» prend tout son sens quand on sait que j'habite la belle jungle multiethnique de Montréal. J'aime voyager par l'entremise des hommes. Une nuit je me retrouve au pied du Portugal, quelques jours plus tard je suis étendue sur Haïti. Il me manque juste le sac à dos et les photos souvenirs pour avoir des étampes dans mon passeport.

Ainsi, j'ai goûté au Maroc, à la Russie, aux Antilles... Tous ces voyages, je les ai faits en restant bien au chaud sous mes draps santé, achetés au Québec et made in China.

Voici donc vingt et un amants qui ont croisé mon parcours de vie. Ils ont été mis sur mon chemin, parfois par surprise, mais surtout parce que je les ai cherchés et que je les voulais dans mon lit.

# Monsieur Fiasco

L e camping. Le criss de camping !
À dormir sur un matelas gonflable, on finit toujours
par suer de la craque de fesses parce qu'un lac d'humidité
se forme dans le creux du dos. Sur un matelas double, c'est
pas mieux : quand le partenaire bouge, on rebondit au plafond de la tente, et il y a toujours quelqu'un pour nous
rappeler : « Touche pas au plafond ! La pluie va rentrer ! »
Mais si on choisit un matelas simple, les bras nous glissent
de chaque côté.

Et dès qu'on commence à apprivoiser l'humidité, la rosée
matinale se lève avant le soleil pour mieux nous faire grelotter.
On a beau mettre quatre paires de bas, on a toujours les

extrémités gelées. Pour couronner le tout, pendant qu'on essaie de se convaincre que c'était une maudite bonne idée de sortir de la ville, l'autre ronfle et transforme l'air de la tente en nuage d'haleine qui sent l'après Saint-Jean-Baptiste. Que de plaisir !

Par un week-end où mon amie Karine et moi avions encore l'âge de croire que c'était ben cool de faire le party au fin fond des bois, elle avait proposé qu'on se joigne à son ami Sylvain et par le fait même aux finissants de l'École nationale d'aérotechnique. Ils célébraient leur fin d'études sur une base de plein air.

— Envoye donc ! m'a dit Karine. Dans ces classes-là, y a trente gars pour cinq filles. Ils vont être super contents de nous voir !

— Minute ! J'ai pas envie de me perdre dans la brousse avec trente gars saouls ! Tant qu'à faire, on est aussi ben d'aller se foutre à poil dans un truck stop !

— Ben non ! Les blondes de Mathieu, de Marc, de Jean et de Luc vont être là. On sera pas les seules filles pas rapport.

— Ouain, c'est rassurant… En plus, tu viens de nommer quatre apôtres ; ça sonne pas tellement menaçant.

— Des quoi ?

— Des apôtres.

— C'est quoi ça ?

— T'as pas été élevée dans la religion catholique, toi ?

— Non, mes parents sont athées.

— Ça te dit rien, les apôtres ? Pis Jésus ?

— Jésus, oui.

— Selon la Bible, les apôtres étaient les disciples de Jésus, genre ses amis. Ils se promenaient tout le temps ensemble dans les rues de Jérusalem.

— Comme une gang de rue ?

— Regarde, laisse faire, j'vais aller au party.

L'idée, quand on part en camping, c'est d'apporter le moins de choses possible pour laisser la plus grande place possible à la boisson, pour oublier le plus possible qu'on est en camping.

Quand je vais en camping, je mets dans mon petit panier : un costume de bain, des bas, des bobettes, du chasse moustiques et vingt-six onces de vodka prémixée dans du jus d'orange. Parce que oui, quand je vais en camping, je prends des mauvaises décisions ; ma première, c'est d'ALLER en camping !

On s'en allait donc rejoindre Sylvain et sa gang. Sylvain s'habillait toujours en noir. Fraîchement devenu inspecteur en avionique, il était aussi chanteur (crieur, plutôt) d'un band de death metal. Fier de ses longs cheveux noirs et de sa barbichette qui descendait jusqu'au nombril, il avait fondé les Bleeding Bones[3] : quatre pouilleux assez ingénieux pour assembler des avions et assez trippants pour avoir un band de garage. Des nerds rebelles. L'idée me plaisait.

On était assis autour du feu quand Marc, un des apôtres, a sorti son ampli à piles pour brancher sa guitare électrique. Une guitare acoustique autour d'un feu de camp, c'est pour les gens normaux. Marc n'aime pas les gens normaux. Marc peut construire un avion, composer du death metal et jouer la *Marche turque* de Mozart à la guitare électrique. Marc, c'est un petit génie.

Luc, le bassiste, frenchait déjà sa blonde à coups de «je t'aime» dans le palais pendant qu'un autre membre du band, monsieur Fiasco, ramassait les bouteilles de bière vides pour en faire un instrument. Je l'avoue, le gars n'avait pas l'air toute là. Avec ses bermudas fleuris, son t-shirt de Superman et ses longs cheveux verts, on aurait juré qu'il sortait du dessin d'un enfant de quatre ans. Il se dirigeait

---

3. Si tu n'as jamais entendu parler des Bleeding Bones, c'est normal. Personne n'a jamais entendu parler de ce groupe. Aujourd'hui, les Bones ont tous les cheveux courts, de la marmaille et des maisons en banlieue.

tout droit vers moi et j'ai cru déceler un fond d'accent français dans sa question.

— T'as terminé ta bière ?

— Est pas à moi.

— D'accord.

Il s'est emparé de la bouteille à moitié vide qui traînait à mes pieds et l'a ajoutée à sa collection. Après avoir planté quatre ou cinq bouteilles dans le sable, il a sorti ses baguettes et s'est mis à taper dessus en chantant : « J'ai du bon fromage au lait… » Tout le monde a enchaîné : « Qui vient du pays de celui qui l'a fait ! Fromage ! Fromage ! Fromage ! Fromage ! »

J'étais in love. Monsieur Fiasco, alias Thomas Gourdet, était un étranger intelligent, fucké, original, qui connaissait une comptine de mon enfance ; c'était le coup de foudre.

Tous les amants qui ont passé dans mon lit ont eu un surnom. Monsieur Fiasco fut le premier à obtenir le sien. Habituellement, je choisis des surnoms flatteurs. Fiasco est l'exception qui confirme la règle.

Je préfère les surnoms aux noms réels. Je les trouve plus faciles à retenir et ça évite bien des situations embarrassantes. J'ai déjà fait la gaffe d'appeler un Juan José. Ont suivi quinze minutes de malaise, pendant lesquelles je m'excusais en boucle tandis que Juan se lavait le visage à l'eau froide dans la salle de bain pour « décompresser ». Rien de magique pour aider un homme à garder son érection, qui était aussi fâchée que lui. C'est à ce moment précis que j'ai réalisé que lorsqu'un homme est irrité, le sang quitte rapidement son pénis pour se retrouver dans son visage.

C'est tout à fait compréhensible : si un amant m'appelait Chantale au lieu de Charlie, j'aurais zéro plaisir. Mon sexe également. De toute façon, les hommes disent rarement mon nom au lit. Je connais aucun un gars hétéro qui aime prononcer un prénom masculin en pleine action.

«Ahhh! oui, Charlie, c'est bon, ahhh oui, encore, Charlie!»

Quand j'ai vu monsieur Fiasco taper sur ses bouteilles en chantant du *Passe-Partout*, j'ai songé qu'il était l'être le plus captivant que j'avais jamais vu de ma vie.

— Wow! Tu connais *Passe-Partout*?

— Mais oui! J'suis arrivé ici à sept ans.

— Ç'a-tu été difficile de quitter la France?

— Je les emmerde, les Français! J'suis Belge, moi. J'viens de Liège, moi, mademoiselle!

— Excusez-moi, monsieur, j'voulais pas vous offenser!

Le dialogue s'est poursuivi, et les vodka-jus d'orange se sont enchaînés aussi rapidement que les chansons. Ce qui devait arriver arriva: j'ai frenché monsieur Fiasco sans flafla, et quelques heures plus tard, j'ai vomi dans un buisson. À dix-neuf ans, en camping, mon protocole de séduction n'était pas tout à fait au point.

Je pourrais te raconter que je l'ai charmé, qu'il m'a fait griller des guimauves et qu'il m'a prêté son chandail pour réchauffer mes épaules, mais ce n'est pas ce qui est arrivé. On avait peu d'intérêt pour l'enrobage sucré. Par contre, il m'a tenu gentiment les cheveux pendant que mon foie protestait dans le buisson, et un peu plus tard dans la soirée je lui ai rendu la pareille. C'était assez pour qu'on se trouve romantiques.

Karine était à l'époque célibataire et sans enfant, et elle profitait de sa liberté en se faisant swigner dans la tente d'à côté, ce qui laissait notre villa vide.

Monsieur Fiasco avait crié sans retenue: «Mon père me traite de fille à cause de mes cheveux longs. Eh bien en ce moment, sa fille a un clitoris de six pouces bien gonflé.» Ont suivi des high five de gars saouls et des rires de filles encore plus saoules.

Se rendre à la tente fut un défi de taille. Éclairés à l'aide du briquet de mon grand romantique, on a glissé dans des flaques d'eau, on s'est enfargés dans des racines, on a foncé dans des troncs d'arbres.

C'est au moment où mon front est entré en collision avec l'écorce d'un bouleau que la question a surgi dans ma tête, tel un sac gonflable qui se déployait pour me protéger : «Es-tu sûre que tu veux faire ça ?» Cet avertissement était pourtant clair, mais malheureusement, c'est avec l'expérience qu'on apprend le vrai sens de la phrase : «Dans le doute, s'abstenir.» Et c'est aussi avec la sagesse qu'on obtient la certitude qu'il y aura d'autres occasions. Mais à l'aube de ma vingtaine, j'étais une jeune fille inexpérimentée et saoule qui désirait un excentrique aux cheveux verts, et j'ai balayé le gros bon sens de mon paillasson en me disant : «Pffft, t'as juste une vie à vivre !» Erreur.

Je n'avais pas assez d'expérience pour anticiper que le résultat serait exécrable. J'avais juste envie de vivre des folies pour mieux les raconter à mes amies.

Monsieur Fiasco portait une montre au cadran fluorescent. Je m'en souviens car c'était la seule chose qu'on pouvait voir dans la tente. Je me souviens aussi d'avoir vu «3 h 30» écrit en noir sur fond bleu lumineux.

L'ensemble de cette escapade en camping fut une mauvaise idée, y compris mon aventure sauvage avec Thomas. Premier signe m'indiquant que j'aurais dû abandonner : il m'a mordue.

— OUTCH !

— Ahhhrrrr, j'ai envie de toi !!

— Je vois ça, mais t'es pas obligé de prendre une bouchée !

— Je te veux tellement, là ! Fais-moi une sucette dans le cou sinon les mecs ne croiront jamais que je t'ai niquée. J'veux une preuve !

— Arrête, tu fuckes le mood !

— OK, enlève tes shorts, bella. J'vais te manger la moule comme personne t'a mangée de ta vie !!

Auparavant, personne n'avait appelé mon sexe «la moule». Personne n'avait eu non plus la stupidité de m'écarter les fesses pour passer sa langue de mon anus à ladite moule! Peu importe le taux d'alcool dans mon sang, je n'étais pas assez saoule pour ne pas me rendre compte qu'il était en train de me faire cadeau d'une vaginite.

— Eille!!! Fais pas ça!! Un, c'est pas comme si on sortait de la douche, pis deux, c'est pas toi qui vas avoir la flore vaginale scrapée!

— S'cuse, j'cro pas j'échc ben là.

Son discours était aussi croche que ses habiletés sexuelles.

— R'garde, laisse faire, j'sais même pas si tu vas être capable de bander dans un état pareil.

— J'ai dix-neuf ans, j'viens de graduer et j'ai une fille à poil qui veut niquer. Crois-moi Chantale, j'suis bien dur.

— Charlie.

— Non, moi c'est Thomas.

— MOI, c'est CHARLIE!!!

— Charlie? C'est un nom de gars, ça!

— OK, dernière chance: as-tu des condoms?

On a déroulé un condom et j'ai embrassé monsieur Fiasco en ouvrant mes jambes. Mes fesses collaient sur le matelas pneumatique humide, et tout ce que je me disais, c'est: «Mon Dieu, faut pas qu'on soit malades dans la tente.» J'ai eu le temps de répéter cette phrase trois fois dans ma tête et je l'ai entendu jouir. À chaque cri qu'il poussait, il tapait de la main juste à côté de ma tête, sur le matelas gonflé. Et je me répétais encore plus fort: «Faut pas que j'sois malade», parce que ma tête rebondissait à chaque coup. Quand j'ai regardé l'heure pour une deuxième fois, il était trois heures trente-quatre. Quatre minutes de fiasco, léchage de moule inclus.

Le lendemain matin, j'étais assise au bord du lac en train de dégriser pendant que tout le monde dormait. J'ai fait une liste de commandements que je me suis imposés, et j'ai juré à voix haute : «Charlie, tu connais ta libido. Y aura d'autres one-night, mais plus jamais tu ne vas accepter ce genre de merde ! »

Je traîne ma liste de commandements depuis ce jour. Je t'en fais part. On ne sait jamais, elle pourrait t'être utile :

* De façon raisonnable tu boiras.
* Dans un endroit confortable tu t'écartilleras.
* De façon responsable tu aimeras.
* Dans le doute tu t'abstiendras.

Et finalement :
* Se masturber en dedans de toi, personne tu ne laisseras.

# Rasta

Un petit mardi tranquille, j'ai reçu un appel de mon ami Carl. C'est un bear[4] habituellement flamboyant dans ses chaps[5] en cuir. Ce jour-là, il était vêtu d'un chic ensemble de coton ouaté à l'odeur de laisser-aller. Ça faisait quatre jours qu'il se nourrissait de Cheetos entre deux épisodes de pleurs parce que son gros George l'avait sacré là. Après sept ans de vie commune, le gros George voulait vivre l'American dream et s'était enfui à Los Angeles pour tenter, comme tant d'autres, de devenir une vedette sans talent. Tu sais, le genre de vedette à propos de laquelle

---

4. Bear : Homme gai ou bisexuel, gros et poilu, souvent habillé en cuir. C'est une micro-culture en soi : magazines, congrès, rassemblements de bears. En résumé, c'est pas compliqué : c'est des gros gars poilus qui s'aiment gros entre eux.
5. Chaps : Pantalon de cuir sans fourche, enfilé habituellement par-dessus des jeans, et qui ne devrait être porté que par des cowboys ou des motocyclistes.

on se demande tous : «Coudonc, elle fait quoi dans vie, elle ?» Le genre de vedette dont le CV ressemble à ceci :

Dernier emploi :
— Vedette.

Qualifications :
— Je peux vivre avec des caméras 24 heures sur 24.
— Je suis passé maître dans l'art de mousser des scandales avec très peu de contenu.
— Je parle deux langues : anglais et princesse.

Si tu veux mon avis, je crois plutôt que le gros George voulait aller se taper de nouveaux mecs by the beach, mais ce n'est pas le genre de chose qu'on dit d'emblée à un ami pour lui remonter le moral.

Pauvre Carl, c'était sa première peine d'amour. J'avais deux options : aller manger des crottes de fromage avec lui chez lui, ou l'amener faire ce qu'il aimait le plus au monde : jouer au billard.

Comme je n'avais pas envie de vivre une séance de léchage de doigts oranges sur un divan qui pue, je lui ai ordonné, sous la menace d'aller le chercher par les poils de torse, de lever son derrière et de venir me rejoindre dans une petite taverne tout près de chez moi. Peine d'amour ou pas, je n'avais pas envie d'aller jouer au billard avec sa gang du Village ; ces gars-là portent trop souvent des chaps avec un g-string. Voir des fesses poilues se pencher pour mettre la huit au coin, c'est assez ordinaire. Si j'avais voulu voir des fesses poilues se donner en spectacle, j'aurais invité Bigfoot.

Bigfoot, c'est le perceur du tattoo shop où je travaille. Il ne voit aucune utilité à relever ses pantalons ou à porter une ceinture. Dans une autre vie, il a dû être plombier, c'est sûr. Ce gars est exagérément poilu. En le regardant, on se dit que la génétique a dû recevoir l'ordre de distribuer une dose précise de pilosité sur la planète, et tout ce qu'elle n'a pas donné aux Asiatiques, elle l'a mis sur les épaules de Bigfoot. Oui, tu as bien lu : sur ses épaules. En fait, les épaules sont la source de la cascade de poils qui se déverse jusqu'au bas de son dos. Ce qui est encore plus dérangeant, c'est qu'étant donné que sa raie est aussi sombre que le fond de l'océan, on ne sait pas vraiment où s'arrêtent ses poils de dos et où commencent ses poils de cul. Si Bigfoot était gai, il serait le roi des bears.

J'avais oublié de dire à Carl de prendre une douche avant de venir me rejoindre. Pendant qu'il laissait ses empreintes fromagées sur sa queue de billard, je regardais tout sauf le jeu : les âmes perdues qui dilapidaient leurs espoirs devant les loteries-vidéo, les abonnés de la place depuis mille neuf cent tranquille, assis ensemble mais seuls, les étudiants endettés qui profitaient du billard gratuit à l'achat d'un pichet, la barmaid à la peau grise qui s'accrochait à son bar comme un capitaine à son épave. J'ai même vu le classique de toute bonne taverne décrépite : un vieux tableau noir sur lequel était écrit : «Œuf dans le vinaigre : 50 cents.»

Tout semblait normal. Du moins pour un trou comme celui-là. Tout, excepté un mec. Il était seul à sa table de billard, sirotant un whisky sur glace. Il avait de longs dreads[6] réunis dans un nœud fait à même ses cheveux, un t-shirt foncé, un jeans et des espadrilles stylisées. Sa peau noire était encore plus belle que la couleur du café ; elle était chocolat. Mais pas le chocolat cheap en tablette. Non, le chocolat noir qui coûte cher. Juste à le regarder, j'étais convaincue qu'il goûtait la truffe de luxe.

Tout comme Carl, il semblait être assez pro au billard, mais contrairement à mon ami, il avait l'air heureux. Complètement dans sa bulle, Carl ne l'a même pas vu s'approcher.

— Wow, t'as l'air de savoir te servir d'une queue…

---

6. Dreads : Diminutif de dreadlocks. Une façon naturelle d'emmêler les mèches de cheveux. Le terme français est «cadennettes», mais je ne connais personne qui dit : «Bob Marley est cool avec ses cadennettes !»

Rasta était plus que conscient de son entrée en scène. Il voulait attirer l'attention, faire sortir mon ami de Zombieland, lui tirer un sourire et par le fait même me libérer de mon calvaire.

— Ça fait longtemps que je cherche un adversaire de taille, a-t-il poursuivi.

Sans gêne, il a mis Carl au défi, et sans attendre sa réponse, il a commandé une tournée de ce qu'on buvait.

— Alors, vous débarquez de quelle planète ? Parce qu'on se le cachera pas, vous avez l'air d'espions russes qui essaient de se faire passer pour des lutteurs sumos. Vous êtes clairement pas dans votre élément ici !

Carl avait la mèche courte et la bitcherie facile, alors il a rétorqué :

— Eille, c'est vrai qu'un rastafari qui boit du scotch dans une taverne, ça détonne pas pantoute, d'abord !

— Carl, t'es pas obligé de déployer ton sarcasme. Je pense pas que le gars voulait être méchant...

J'ai fixé Rasta.

— Je m'excuse, on essaie de noyer une peine d'amour.

— La tienne ou la sienne ?

— La sienne.

— Et toi, as-tu quelqu'un dans ta vie qui peut te briser le cœur ?

— Non.

Rasta a tendu la main à Carl.

— Enchanté, moi c'est Dereck. Étant donné que t'as visiblement besoin de te changer les idées, que dirais-tu si on se concentrait sur une vraie partie de billard, en espérant que mademoiselle se concentre sur moi ?

— Perds pas ton temps à me divertir, je la connais, ma chum. Elle te trouve déjà ben de son goût. Si elle était pas intéressée, elle aurait pas répondu à ta question quétaine de brisage de cœur... Ou elle t'aurait peut-être répondu, mais ça aurait sonné comme : « Ça te regarde fucking pas. »

— Voyons, Carl! J'aurais jamais dit ça!

En me regardant droit dans les yeux, Rasta s'est adressé à Carl.

— Non, j'pense qu'elle est trop merveilleuse pour être bête.

J'ai soutenu son regard. Avec l'expérience, on finit par décoder pas mal quelle sorte de nuit nous attend, simplement en regardant profondément dans les yeux de l'homme qui nous veut. Si on a le courage de soutenir son regard, on peut voir son âme, ses envies, ses passions. Et je voulais ce que je voyais.

En discutant avec lui, j'ai découvert qu'il était un ex-soldat. Je ne sais pas comment on les appelle, mais c'est le genre de soldats qui se parachutent d'un avion cargo en pleine nuit pour atterrir en territoire ennemi. Chef de peloton, il n'aimait pas recevoir des ordres; il préférait en donner. Mais il aimait bien qu'on lui tienne tête avec assurance.

Ce n'est que plus tard dans notre aventure que j'ai appris qu'il avait été déployé sur plusieurs missions et qu'il avait été témoin d'horreurs par-dessus horreurs, ce qui, je crois, expliquait qu'il s'était fabriqué une carapace de cool. Pour ne pas craquer, il semblait avoir développé un mécanisme de défense et être devenu le gars le plus chill sur la terre. Je me disais que fumer du pot toute la journée devait l'aider à digérer l'inhumain de l'humain. Mais il s'est avéré que Rasta aimait prendre deux ou trois puffs seulement au coucher. Un genre de biberon réconfortant. Trois petites inhalations essentielles pour plonger dans les bras de Morphée sans passer par vingt millions de flashbacks de têtes décapitées.

À cause de ses dreads, j'ai cru qu'il était Jamaïcain.

— Non, mais c'est normal que tu penses ça. À peu près tous les Blancs croient qu'un Noir avec des dreads est un cousin de Bob Marley.

Rasta est né à Saint-Eustache. Pas le Saint-Eustache des marchés aux puces, des habits et de l'Autodrome. Non, Saint-Eustache dans les Antilles. (J'ai l'air fin, mais sincèrement, avant qu'il m'en parle, je n'avais aucune idée de l'existence d'un autre Saint-Eustache.) C'est une petite île, plus communément appelée Statia. Je dirais même une mini-île parce qu'avec ses soixante-deux kilomètres carrés, en faire le tour prend pas mal le même temps que visiter l'aéroport Charles-de-Gaulle. Mais bon, je ne te ferai pas la fiche géographique complète du pays : il y a Wikipédia pour ça.

Dereck avait quatre ans lorsqu'il est arrivé avec sa famille au Québec. À sa sortie du cégep, il s'est enrôlé dans l'armée, et après que celle-ci l'a acquitté honorablement de ses fonctions, il a ressenti le besoin de retourner à ses racines en se laissant pousser les cheveux et en adoptant le mode de vie relax qui vient avec la chevelure. Treize ans plus tard, se tenait devant moi un rastafari sexy.

Le téléphone de Carl a commencé à vibrer sans cesse. Huit fois, neuf fois, trop de fois. Le gros George le cherchait. Sa bulle de rêve américain avait pété aussi vite que son ego et il était de retour. Défait et virtuellement à genoux, il suppliait Carl de venir le retrouver pour qu'il puisse s'excuser en personne. Carl le faisait glander, mais je voyais bien que son pouls reprenait peu à peu à chaque texto. C'est avec ses grands yeux de gros ourson qu'il m'a demandé s'il pouvait nous fausser compagnie.

— Vas-y, mon gros, mais promets-moi une chose.

— Tout ce que tu veux !

— Prends pas ta douche avant d'aller le rejoindre ; il mérite de t'endurer puant.

J'ai terminé la partie de billard seule avec Rasta. C'était comme dans un mauvais film romantique de série B. Tous les clichés de billard et de premier rendez-vous galant étaient présents : je me penchais pour jouer, il regardait dans mon décolleté ; je tenais la queue maladroitement, il se collait contre moi pour corriger ma position ; j'étendais une jambe sur la table pour jouer une boule difficile d'atteinte, il glissait sa main sur ma chatte. Bon, je l'avoue, ce dernier exemple est un peu moins classique. On ne le retrouvera jamais dans un tournoi des maîtres à RDS[7], mais l'effet de surprise m'avait gagnée.

### PETITE PARENTHÈSE

À toi, jeune homme qui lit peut-être mon livre en cachette souhaitant apprendre des trucs pour scorer dans un one-night: l'effet de surprise fonctionne SEULEMENT si la fille te trouve beau, charmant et attirant. En fait, l'effet de surprise peut t'aider à ramener une fille à la maison. Cependant, évalue toujours la situation avant de te lancer dans une démarche de « surprise », parce que si la fille n'est pas intéressée, tu risques plutôt de te faire sacrer une claque dans la face.

### FIN DE MA PETITE PARENTHÈSE

Je n'avais plus envie de jouer au billard, j'avais envie de Rasta. Je le trouvais tellement cool que j'avais envie de l'avoir en moi, collé sur moi, de l'embrasser, de le sentir dur, de le respirer.

J'avais l'impression qu'en couchant avec lui, une petite parcelle de « coolness » se collerait à mon ADN et que, pour le restant de mes jours, mes embûches et problèmes sembleraient moins graves. Je voulais avoir accès à son attitude *Don't Worry, Be Happy*.

---

7. RDS : Chaîne télévisée qui se spécialise dans la diffusion d'émissions sportives et, pour une raison que tout le monde ignore, s'est aussi mise à diffuser des parties de poker entre deux matchs de hockey.

— Charlie, t'aimes visiblement pas le billard. Je vais te proposer de faire autre chose.

Nous avons déposé nos queues et il m'a embrassée. Frencher avant de coucher c'est essentiel, primordial. Bien frencher, c'est le préalable numéro un. Je ne comprends pas pourquoi il y a encore autant de gens qui frenchent mal dans ce monde. Le lavement d'amygdales, c'est out! La petite langue dure qui veut me brosser les dents en entrant dans ma bouche, c'est aussi out! Qu'est-ce que tu fais? Arrête! Me lèches-tu vraiment le palais? Ça chatouille, fais pas ça!

Lorsqu'un homme m'embrasse mal, maintenant, je le lui dis. En vieillissant, j'ai acquis assez de confiance pour le mentionner sans écraser la sienne. Je lui montre comment je désire être embrassée. De façon simple et efficace, je lui dis: «Laisse-MOI t'embrasser. Je vais te montrer comment j'aime ça, parce que personne aime ça de la même manière.»

Je te jure que ça fonctionne. Si le gars est le moindrement vif d'esprit, il appliquera d'instinct l'effet miroir en imitant ta langue et POUF! magie: un french délicieux comme tu les aimes. Les hommes veulent que tu aies du plaisir. Si tu les guides un peu, ils vont tout faire pour t'exciter, car ils veulent te voir à poil. Je sais que ce n'est pas le genre de chose que ta mère t'a enseignée entre deux recettes de biscuits, et encore moins le genre de chose qu'on t'a montrée à l'école dans ton cours d'éthique et de morale, mais oui, TOUS les hommes qui te frenchent veulent te voir à poil.

Rasta frenchait bien, je te dirais même qu'il guidait à merveille la valse de nos langues. Quand nous sommes arrivés chez lui en voiture, sa main me caressait l'entrejambe. Le bac à recyclage était dans l'entrée, et ce qui devait arriver arriva: ma Yaris bleue l'a percuté.

— Mademoiselle Charlie, tu as été une mauvaise fille! Va dans ma chambre!

C'est la première fois qu'il utilisait son ton autoritaire d'armée avec moi.

— Oui mais…

— J'ai dit : dans ma chambre !

Tu te dis peut-être que j'allais subir une punition à la *Fifty Shades of Grey,* mais non. Rasta était un ancien soldat, pas un personnage sexuellement déviant qui émoustille les madames qui voudraient donc que leur Roger ait plus de couilles et les accote dans le mur une fois de temps en temps. La psychologue en moi ne voit dans les personnages de ce livre que deux cas cliniques qui pourraient faire l'objet de maudits beaux mémoires de maîtrise. Et sincèrement, on va mettre cartes sur table : les femmes trouvent ce roman sexy parce que la fille accepte de se faire varloper par un pétard milliardaire qui la traite en semi-princesse. Soyons franc : les femmes n'ont pas le même genre de chatouilles dans le bas-ventre si c'est Thérèse qui se fait attacher pis fouetter par Bob le vendeur d'électroménagers.

Rasta savait mélanger humour et autorité, deux qualités que les gens ont tendance à croire incompatibles mais qui, lorsqu'elles sont bien utilisées, méritent le respect. À vrai dire, ce sont deux qualités qui me font craquer. Si un homme réussit à être autoritaire et drôle dans la même phrase, il peut disposer de mon corps comme bon lui semble.

J'ai passé le pas de la porte et j'ai tout de suite demandé les indications pour me rendre à sa chambre. De toute façon, ce n'était pas vraiment le temps de faire le tour du proprio. Rapidement, j'ai remarqué que le logement de Rasta était à son image : rien de tape-à-l'œil. Avant d'entrer, il m'avait demandé de ne pas le juger car il ne possédait que des trucs essentiels : lit, électroménagers, divan et télé avec écran de soixante-cinq pouces. Je ne crois pas qu'une télé assez grande pour donner l'impression d'avoir le visage mouillé quand les acteurs postillonnent à l'écran soit essentielle, mais bon, ça semblait l'être pour lui.

Je me souviens de notre nuit comme d'une nuit douce et ferme. Il me caressait comme s'il avait fait l'amour à mon corps dans une autre vie. Il me serrait dans ses bras comme si nous avions toujours dormi collés. Pourtant, je déteste dormir collée. Il fait chaud et on finit toujours par se faire égratigner par un ongle d'orteil. En plus, la peau de l'autre, qui sent si bon en se couchant, se met à sentir la vieille guenille mouillée sans avertissement. Par ailleurs, je dors toujours nue, et c'est immanquable, il y a toujours une humidité qui se forme entre ma peau et le bras de mon amant. Ça me chatouille de façon désagréable, et sincèrement, échanger ma sueur avec celle d'un autre dans un contexte non sexuel, ça me répugne.

Rasta était un pilier entouré de mousse-mémoire. Quand il me tenait en cuillère, je n'avais pas le choix d'y rester. Son emprise était tellement rassurante et confortable qu'il devenait ma deuxième peau. Contrairement à tous mes autres amants, j'aurais passé des nuits entières collée à lui, à ressentir le rythme de ses respirations.

Debout dans sa chambre, il avait enlevé son chandail ainsi que le mien. Je caressais son sexe à travers son pantalon. En ouvrant sa fermeture éclair, j'ai eu une exquise surprise. Non seulement il était bandé béton, il était aussi commando. L'expression anglaise «going commando» signifie ne pas porter de sous-vêtement. Dereck était un rasta-soldat qui préférait se promener en commando. Je jubile quand les hommes «vont commando». Un gars qui laisse son pénis libre dans son pantalon me donne l'impression qu'il est décontracté, heureux, aventurier (autant le gars que le pénis). Quoi qu'on en dise, une verge libre, je trouve ça excitant.

On était nus, dans la position du missionnaire, quand ses longs dreads se sont mis à tomber un à un en me fouettant légèrement le visage. Chaque amant me laisse, sans qu'il le sache, une empreinte de lui en souvenir. Je mets en banque chaque image que mon cerveau a emmagasinée et quand vient le temps de me caresser en solitaire, je me fais une projection bien personnalisée de tous les moments «miam» que j'ai vécus.

La scène que j'ai en mémoire avec Rasta, c'est lorsqu'il s'est mis à genoux sur le lit et que, d'un geste sec, il a envoyé tous ses dreads derrière lui pour les attacher à l'aide d'un large bandeau élastique. Je ne pensais jamais trouver viril un homme qui s'attache les cheveux. Je me suis assise pour l'embrasser pendant qu'il avait encore les mains occupées.

Après m'avoir tendrement léché les lèvres, il a empoigné mes cheveux de ses grandes mains et m'a entraînée vers le lit pour que je m'étende à nouveau. Sans lâcher prise, il a embrassé mon cou, et ce n'est qu'en descendant jusqu'à mon sexe qu'il m'a libérée de sa poigne. Je n'oublierai jamais sa main sur ma nuque, son biceps gonflé. J'étais une femme sexuellement libre sous l'emprise d'un soldat. C'était hot.

Après nos tendres ébats bétonnés, il s'est rendu à la cuisine, nu, dans toute sa splendeur. J'étais convaincue qu'il était allé prendre deux ou trois bouffées de marijuana avant de revenir au lit. Mais pas du tout. Il est revenu, certes, mais avec une boîte de biscuits et deux verres de lait. Rasta était plein de contradictions. Un soldat-rasta qui, lorsqu'il ne fume pas de l'herbe pour adultes, mange des biscuits comme un enfant.

— Tu fais ce que tu veux, Charlie, mais tu es la bienvenue si t'as envie de passer la nuit ici. J'ai pas juste des biscuits, j'ai des céréales Cap'n Crunch pour déjeuner.

— Ah oui ? C'est une offre difficile à refuser ! Qui n'aime pas se scraper le palais en mangeant des céréales aussi dures que des galets d'ardoise, hein ?

— Il faut les laisser baigner dans le lait. J'aimerais vraiment que tu restes.

Rasta m'avait donné l'envie de me contredire. Ce fut un soir de grande première ; j'ai dormi avec un amant. Collée. On ne refuse jamais les Cap'n Crunch d'un soldat.

# Musher

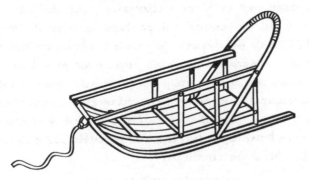

Une fois par année, je fais quelque chose de nouveau. Je m'initie à une activité ou je deviens bénévole pour un organisme qui m'est inconnu. L'idée n'est pas de bien paraître ni de garnir mon CV afin d'obtenir le titre de Miss Univers, crois-moi. C'est pour nourrir mon désir d'apprentissage et, par le fait même, briser la routine.

### PETITE PARENTHÈSE

Si tu lis présentement mon livre et que tu aimes les concours de Miss Univers, shame on you. Peu importe à quel point tu tenteras de me convaincre que c'est un concours de personnalité, l'idée de faire défiler des filles en maillot de bain avant de proclamer une gagnante me répugne. Aussi intelligentes soient-elles, ces filles doivent aussi être belles. Et pas n'importe quel genre de belle: belle «american style». À coup de chirurgies, les participantes venues de partout dans le monde se transforment pour satisfaire les amateurs de ces concours. Elles veulent être américaines-belles. Grandes, cheveux longs, maquillées, minces mais avec de gros seins et une petite taille... Comment une organisation peut-elle proposer des critères nationaux pour définir la beauté de la femme qui portera le titre de Miss UNIVERS? ça me dépasse. Si j'avais accès au concours, je me pavanerais devant les juges avec mon bonnet de bikini sur la tête, érigeant fièrement deux doigts d'honneur et en disant: «Mesdames messieurs les juges, ce qui devrait vous intéresser, c'est le contenu de mon bonnet; et lui, il ne se modifie pas à l'aide de la chirurgie plastique.»

**FIN DE MA PETITE PARENTHÈSE**

En vérité, c'est surtout l'envie de découvrir qui je suis à travers la nouveauté qui me motive à essayer de nouveaux trucs. J'aime voir comment je réagis en territoires inconnus. Je n'ai pas une formation en psycho pour rien. Tenter de nouvelles expériences me stimule et, à bien y penser, c'est probablement relié à mon plaisir des aventures d'un soir.

Par un matin où l'hiver ne cessait de nous enneiger, je cherchais quoi faire pour passer à travers la saison. Que faire quand on hait l'hiver? Il n'y a que deux solutions: le fuir ou s'en servir.

Pour une rare fois, au lieu de déguerpir au soleil, j'ai préféré me rapprocher de l'hiver et lui trouver une qualité. L'hiver est-il plus tolérable en ski? Dans mon cas, le ski s'accompagne d'une visite à l'hôpital; donc rien pour m'aider à aimer la saison. De la glissade sur tube? Déjà fait et sincèrement, après quatre descentes, on a compris le principe. Le jour où ma progéniture me sourira à chaque descente comme si c'était la chose la plus fantastique au monde, je me taperai sûrement des glissades à l'infini, mais pour l'instant, ce n'est pas l'amour. Du patinage? Pas nouveau. J'en ai fait plus jeune, et la dernière fois je me servais de la bande pour freiner.

C'est en googlant sur le Web que je suis tombée sur une meute de huskies qui tirait du monde pour satisfaire leurs gènes de coureurs des bois. Les animaux sont mes amis. Chats, chiens, serpents, rats, je les aime tous. Je fais partie des folles qui prennent dans leurs mains les araignées égarées et qui les déposent à l'extérieur en monologuant avec elles comme une vieille dame qui se sent seule. «Allez, petite bestiole, t'es pas chez toi ici, va retrouver tes amies.» Si elle est au plafond, on fait un marché. «Je te laisse là, mais tu t'occupes des p'tites bibittes d'humidité qui rampent plus vite qu'un sprinteur olympique. Deal? Deal!»

Je suis incapable de les écraser dans un mouchoir, j'ai l'âme trop sensible. J'ai pour mon dire qu'on ne doit jamais profiter de la vulnérabilité d'un être vivant, peu importe à quel point il est affreux, à part si notre objectif est de le manger.

De plus, si la beauté était un facteur déterminant entre la vie et la mort, on m'aurait écrasée dans un mouchoir à la naissance. Bâtard que j'étais laide. Tête en cône, face gercée, peau verte ratatinée, plaques sèches, j'avais l'air d'un minisapin de Noël déshydraté qu'on vient de mettre au chemin. Heureusement, on m'a donné une chance, et une trentaine d'années plus tard je peux te raconter ma journée de traîneau à chiens.

J'ai proposé l'idée pendant un souper de filles.

— Eille les filles, ça vous tenterait-tu d'aller faire du traîneau à chiens?

Martine qui n'en manque jamais une n'a pas pu s'empêcher de lancer:

— T'es mieux d'y aller en début de journée, parce que si t'es leur dernière ride, tu vas les achever, c'est certain!

— Ha ha ha! T'es conne! Mais j'avoue, y a peut-être une limite de poids.

— Ben non, je niaise. Les ancêtres de ces chiens-là traînaient des familles au complet d'igloo en igloo pis peut-être même des carcasses de baleine. C'est pas ta paire de fesses qui va les ralentir, certain!

Vrai.

En comparant nos agendas, on a constaté que la seule journée libre qu'on avait en commun, c'était le 24 mai. L'idée est tombée aux oubliettes. Traîner des humains sur de la gravelle à plus de quinze degrés Celsius, ça, ça achève une meute de chiens conçus pour l'hiver.

J'y suis donc allée seule. J'ai laissé passer la relâche scolaire pour éviter les prix gonflés et les enfants qui se chicanent pour savoir qui va conduire le traîneau. C'est jamais plaisant, voir des enfants en pleine crise pendant que les parents pognent les nerfs, ponctuant cette semaine-là de beaucoup de jurons mais de très peu de relâchement.

Donc, par un après-midi tranquille de semaine, j'ai mis les pieds sur une base de plein air des Laurentides. Je devais suivre un cours d'initiation afin d'éviter de blesser les bêtes. Ma prof s'appelait Julie. Cégépienne sympathique à l'accent acadien, elle était la fille du propriétaire.

— Bonjour! Moi c'est Julie. Vous êtes seule?

— Oui, enchantée, moi c'est Charlie et tu peux dire «tu».

— OK. So tu vas partir avec six chiens, mais avant je vais te laisser t'installer aux commandes du traîneau, sans attelage, ça va t'aider à apprendre les manœuvres.

Tout compte fait, il n'y avait rien de bien compliqué. Si on a le moindrement de coordination, on y arrive en cinq minutes. Je ne suis pas une athlète de haut niveau, mais des transferts de poids et des freinages d'urgence, c'est assez simple à exécuter.

— Bien important, tu dois aider les chiens, m'a dit Julie. Tu deviens leur musher. «Musher», c'est la déformation que les Anglais ont faite du mot «marcheur». T'es pas leur capitaine, ni leur boss, ni leur pilote, t'es leur musher. Ça le dit, pour être awesome, tu dois marcher avec eux, so pas de paresse, tu montres l'exemple pour que les bêtes t'aident en retour et te respectent. C'est clair ?

— Très clair.

— Tu déposes un pied sur le traîneau et l'autre sur la neige en te propulsant comme si tu faisais de la trottinette. Y vont sentir que tu les aides, so y vont te donner tout ce qu'ils ont.

— Parfait.

— Awesome. Bon, asteure, on laisse personne partir seul dans les bois, so tu vas avoir un guide qui va s'asseoir dans le traîneau avec toi. Si vous voulez alterner de musher pendant la randonnée, c'est all good. J'attends un groupe de dix touristes français, so c'est avec mon grand frère que tu vas y aller.

— OK.

— NATHAAAN ! LA MADAME EST PRÊTE !

Outch, la madame.

J'ai vu Nathan : look de coureur des bois, barbe pas faite, habit de neige à moitié enfilé, bretelles de pantalon pendantes de chaque côté, lunettes de ski sur le front par-dessus sa tuque et yeux d'un bleu qui rappelait le regard perçant des huskies.

— Salut, so moi c'est Nathan.

Même accent charmant que sa sœur.

— Salut. Moi c'est Charlie.

— Enchanté. Julie t'a donné le cours ?

— Yep.

— Awesome.

C'est officiel : il existe clairement une relation d'amour entre les Acadiens et le mot « awesome ».

— Suis-moi, on va aller rencontrer les petits loups.

Je suis tombée amoureuse. Je dois tomber amoureuse au moins trois fois par semaine. Chaque fois qu'un homme réussit à me surprendre, je tombe amoureuse momentanément.

L'entendre appeler sa meute de huskies «ses petits loups» et le voir distribuer de l'affection à chaque bête m'a fait fondre. Nathan n'avait pas le physique d'un joueur de foot ou d'un entraîneur personnel, mais il était un bon vivant. Il y avait longtemps qu'il avait choisi d'aimer le plein air, la bonne bouffe et l'alcool au lieu du gym. Il avait compris que le caractère d'un leader n'a rien à voir avec la grosseur de ses biceps. Il était l'Alpha. Celui qui aime, guide, soutient, celui qui met son clan de l'avant. On VEUT faire partie du Nathan-Clan.

— Tu les appelles tes petits loups ?

— Oui, tu vas voir pendant la ride, on va les encourager. Si tu cries «les petits loups», y viennent fous. C'est le secret de leur succès, a-t-il dit en riant. Je pense qu'ils se prennent vraiment pour des loups.

La randonnée fut extraordinaire de A à Z, à l'exception du moment où j'ai atterri dans un banc de neige pendant la négociation d'une courbe en pente ascendante. Je ne pensais jamais qu'on pouvait s'étouffer en avalant de la neige. Pour que je puisse cesser de tousser, mon œsophage a roté violemment, du moins assez fort pour que même les arbres de l'autre côté de la rivière fassent : « Issshhh, que c'est ça ? » De la grande classe.

Nonobstant ce petit moment embarrassant où mon Alpha Musher est venu me sortir du trou que mes deux cent vingt livres avaient creusé dans la neige, ce fut une excursion magique.

À la suite de cet incident plutôt comique, il a pris les commandes pour me remplacer et je me suis laissée porter par la meute, assise dans le traîneau. Les chiens sont devenus fous : ils étaient au summum de leur force et l'excitation était palpable.

— ALLEZ ALLEZ LES P'TITS LOUPS !!! ON LÂCHE PAS, GO GO GO !!

Musher heureux, chiens heureux. Passagère heureuse. Entre deux «ALLEZ ALLEZ», il m'a demandé :

— La journée tire à sa fin. La maison t'offre le chocolat chaud, ça te tente-tu ?

— Tu seras là ?

— Oui...

(Long silence.)

— J'ai juste pas eu le guts de dire : «JE t'offre le chocolat chaud.»

— Awesome ! j'ai lancé avec un clin d'œil.

— Es-tu en train de te moquer de moi ?

— Nop. J'ai trop envie de te plaire pour te ridiculiser.

Ses yeux ont regardé la neige et il a souri timidement. J'ai foncé sur l'occasion pour lui montrer que j'étais une chienne qui connaissait le chemin. Bon, dit comme ça, ça sonne mal, mais avec la mise en contexte tu saisis bien !

— T'accepterais de descendre à Montréal pour venir souper chez moi ?

— Non...

— Juste non ?

— Je veux dire pas ce soir... Demain oui.

Passagère encore plus heureuse. Musher avait fait ressortir en moi l'ancien temps, et comme probablement beaucoup de mes ancêtres féminines, j'avais envie de me faire prendre par un coureur des bois.

♠ ♠ ♠

Je l'ai attendu maquillée mais pas trop, décontractée mais pas trop. Étant donné qu'il avait accepté mon invitation pendant que je paradais en habit de neige, j'étais indécise face à mon look. J'ai donc enfilé ce qui ME plaisait : jeans, t-shirt, bas de laine. Ironiquement, il s'est pointé en jeans, t-shirt, bas de laine et en compagnie de Sammy.

S'avère que Rouquine, la petite huskie en tête de peloton qui menait clairement les autres par le bout du nez,
avait accouché quelques mois plus tôt d'un bébé mâle, et
Musher l'amenait partout pour l'habituer au contact humain. On aurait dit un toutou. J'avais juste envie de le
squeezer dans mes bras.

J'avais fait un pâté chinois chic. Une façon réconfor-
tante de manger un classique réinventé. Mais on ne s'est
pas rendus au souper.

On était installés bien relax sur le divan avec un verre
lorsque Musher s'est levé. Il a ordonné à Sammy de se
coucher sur le tapis. Il m'a ensuite regardée avec ses yeux
bleus pleins de désir. Doucement, il a tendu le visage pour
m'embrasser. Ses mains ont parcouru mes cheveux, mes
épaules, mes flancs pour descendre jusqu'à mes hanches.
Voyant mon corps vibrer, il s'est permis de caresser mes
seins, mon ventre et de détacher doucement la boutonnière
de mes jeans.

Il s'est installé à genoux au sol, entre mes jambes, et
en tirant mon corps vers lui, il a collé son membre bien
bandé sur mon sexe. Après avoir enlevé mes jeans, doucement mais avec confiance il a déplacé mon string sur le côté
pour insérer un doigt, puis un deuxième dans ma chatte.
Une cadence parfaite : rapide mais précise. Aussi convaincu
que moi que le divan serait mouillé sans l'intervention
d'une serviette, il a enlevé son t-shirt, l'a glissé sous mes
fesses et m'a offert sa langue en cadeau. Une langue gourmande, une langue qui déguste avec une forte pression et
un rythme impeccable.

Tout, je dis bien tout – sa bouche chaude, ses mains
fermes, son regard perçant de désir – TOUT ce qu'il avait
à m'offrir était mille fois mieux que du pâté chinois, peu
importe la version chic que j'en avais faite.

Mon orgasme prenait doucement son envol, lorsque
j'ai senti un petit nez froid et humide se coller sur ma

cuisse. Ciboire que ça saisit. Ma mère serait entrée dans la pièce que je n'aurais pas été autant refroidie. Imagine une game de hockey Canadien-Boston, septième match en série, c'est 4 à 4. Si le Canadien marque en temps supplémentaire, on gagne la partie et par le fait même, la série. Le capitaine du Canadien se prépare, s'élance, patine vers le net et POUFFF!! Panne d'électricité. Fâchée, déçue, perplexe : le nez de Sammy m'a fait passer par toute une gamme d'émotions!

J'ai sursauté. Je comprenais que le chien ne comprenait pas ce qui se passait, mais moi oui, et c'était suffisant pour jeter aux vidanges la moindre parcelle d'envie.

Musher a senti mon corps se raidir et, avec autorité, il a crié : «SAMMY, BACK!» J'ai éclaté de rire. Musher n'avait même pas interrompu son délicieux cunnilingus pour donner l'ordre à son chien. Il l'avait crié dans mon vagin, entre deux lichettes. Je voulais vivre quelque chose de nouveau, eh bien, j'ai été servie. Il a parlé à son chien à travers ma chatte... Essaie de garder ton sérieux quand ça résonne un petit peu! Impossible.

Après un fou rire incontrôlable de part et d'autre, et surtout afin de mettre toutes ces images déconcertantes sur la sellette arrière de nos cerveaux, on a mangé le pâté chinois. Heureusement, c'est en sirotant notre café espagnol qu'on s'est tapé une prise deux, pendant que le chien nous attendait bien gentiment, au frais sur le balcon.

# Le Brave

À quelques jours de l'équinoxe d'automne 2001, j'étais au bar le Loving de Brossard avec des amies. Oui, tu as le droit de rire. On n'avait rien à faire là ; on n'avait que vingt-trois ans.

Si tu ne connais pas le Loving, ça vaut la peine que je t'explique. C'est une boîte de nuit exclusivement réservée aux vingt-cinq ans et plus et qui, plus souvent qu'autrement, est surtout fréquentée par des femmes dans la quarantaine fraîchement divorcées. Souvent mariées dans leur jeune vingtaine, mères de deux ou trois enfants. Plusieurs parmi elles espèrent retrouver une parcelle de leur jeunesse en s'installant debout sur un haut-parleur tout en criant DI-LI-LA-LA-LA ! Elles offrent de bon cœur leurs meilleurs moves de Madonna, elles font la danse du bonheur pour célébrer leur divorce ou elles prennent simplement une bonne brosse pour souligner leur courage d'avoir enfin laissé les enfants avec la gardienne. Ça fait tellement longtemps qu'elles n'ont pas lâché leur fou qu'elles explosent.

Et des femmes qui explosent, ça attire les hommes en mode chasse. Les chances qu'une femme quitte le Loving sans avoir noté au moins un numéro de téléphone sont pratiquement nulles. Si une femme revient bredouille de ce bar, c'est parce qu'elle le veut bien, et sincèrement, je la comprends. Les hommes sont parfois beaux et charmants, mais l'endroit attire aussi son lot de « Gérard bedonnants, chauves et sans charisme », de « Claude en chandail moulant avec une grosse chaîne en or autour du cou », de « Marcel, j'habite encore avec ma mère » et de « Marc, je suis resté figé dans les années 1980 tant sur le plan capillaire que vestimentaire ».

Habituellement, plus ces hommes sont répugnants, plus ils tentent de séduire les « p'tites jeunes » de la place. Un plan voué à l'échec. On les croirait maso tellement ils s'enlignent toujours vers un rejet.

Après avoir dit « non merci » quatre fois à un Claude qui tenait mordicus à ce qu'on danse sur *I'm Too Sexy* de Right Said Fred, je suis allée me lier d'amitié avec le barman.

Pour être honnête, je m'étais ramassée au Loving par défaut. Mes amies et moi avions un peu trop bu pendant le souper, et notre état d'ébriété nous empêchait de conduire jusqu'à Montréal. Tristement, notre budget d'étudiantes ne nous permettait pas de faire le trajet Brossard-rue Saint-Laurent en taxi. À vrai dire, on avait de l'argent, mais on préférait l'investir en alcool.

À cette époque, il nous restait donc deux options : aller au Buzzé de Brossard et rencontrer des gars de dix-huit ans qui prennent leur première brosse, ou essayer d'entrer au fameux Loving et espérer croiser des gars intéressants qui s'y seraient égarés comme nous.

Jolies, chacune arborant un décolleté, on n'avait pas l'air d'avoir la couche aux fesses, mais le portier nous a tout de même questionnées.

— Salut les filles! C'est votre première fois au Loving?

J'ai tout de suite vu son hésitation.

— Oui! Maintenant qu'on a vingt-cinq ans, on a bien hâte de voir si vous êtes à la hauteur de votre réputation.

Câline que je ne n'étais pas une bonne menteuse!

— Je doute que t'aies un quart de siècle, mademoiselle. Est-ce que je peux voir tes cartes?

— Oui... OK, on n'a pas vingt-cinq ans, MAIS on est quatre filles qui entament leur maîtrise en psycho et on a envie de fêter ça. Ça tombe bien parce que ç'a l'air que le Loving est le meilleur bar en ville pour des filles qui veulent investir leur argent ailleurs que dans une garderie.

Incertain, il a soupiré.

— Mademoiselle, selon les règles de la maison, il te manque deux ans pour entrer dans cet établissement. Tu vas sûrement faire une excellente psychologue, mais si jamais ça marche pas, j'te conseille avocate, parce que t'es pas pire pour dire de la bullshit.

Il m'a redonné mon permis de conduire.

— Bienvenue au Loving, les filles; on va dire que j'ai rien vu.

Avoir su que j'aurais été harcelée par ce Claude qui se pensait «too sexy», je n'aurais jamais travaillé aussi fort pour entrer dans la place. J'ai sorti les cent dollars que j'avais dans ma brassière et j'ai dit au barman qu'il fallait qu'il réussisse à me faire oublier que j'étais dans son bar.

— C'est pas gentil, ça, mademoiselle.

— T'as l'air vraiment fin, mais j'ai pas envie d'être ici. Ton DJ pense que sa console va exploser s'il change de beat, vous avez un animateur qui jase par-dessus les tounes pour faire tirer des t-shirts, et je pensais pas que ça existait encore des clubs avec du tapis de cinéma.

— J'te sers quoi pour te faire oublier tout ça ?

— Un gin tonic double dans un grand verre, s'il vous plaît. Je m'excuse, j'ai l'air bête, mais maintenant que j'ai chialé, ça va passer. J'te promets de m'accrocher un sourire dans le visage.

— Ça, j'aime ça! T'as pas à t'excuser. Moi, c'est Mac. Mon vrai nom c'est Christian, mais tout le monde m'appelle Mac. C'est parce que...

— C'est beau, t'as pas besoin de rentrer dans les détails. S'il y a une fille qui comprend l'usage des surnoms, c'est bien moi.

Mes chums de filles s'étaient lancées sur la piste de danse et se donnaient comme si elles allaient se transformer en citrouille au douzième coup de minuit. Je ne trippais pas sur le pop-remix de la toune de Nirvana qui jouait, et encore moins sur le gars qui voulait partir un simili moshpit[8] dans un club où quatre-vingt-quinze pour cent des filles étaient en talons hauts, mais je me suis dit que la meilleure place pour s'amuser, c'était sûrement pas assise seule à cruiser un barman. Je devais rejoindre les filles. Je ne survivrais pas sans elles. Depuis plusieurs années, elles font partie de mon équilibre mental et elles sont aussi complices de mes déséquilibres.

Ce sont des filles folles, intelligentes, audacieuses et je les admire. Je pense que dans la vie, si on n'admire pas au moins une chose chez une amie, ce n'est pas notre amie, c'est un faire-valoir. Mes amies me rendent meilleure parce qu'elles me poussent à le devenir, et non parce que je me compare à elles en me sentant supérieure. Pour me sentir supérieure, je n'ai qu'à regarder les greluches dans les téléréalités.

---

8. Moshpit : Mouvement de foule que l'on peut voir dans des spectacles grunge-punk-rock-death, qui consiste à ce que les gens se foncent volontairement dedans. Quiconque mesure moins de cinq pieds deux pouces risque alors de sentir beaucoup d'aisselles et de manger des coudes dans la face.

Je n'ai jamais coupé les ponts avec les filles qui m'ont consolée de ma première peine d'amour, qui m'ont aidée à crier mes premières rages et qui m'ont permis de démystifier ce qui se passait dans ma petite culotte quand on regardait les beaux gars dans le cours de gym.

J'ai tendance à me fâcher après bien des demoiselles qui font honte à mon sexe, mais ces filles-là sont leur opposé. Je tiens à te les présenter, parce que ce sont trois filles qui font honneur à notre genre.

Il y a Karine, l'amie qui a viré sa vie à l'envers mille fois pour suivre ses passions. Elle est passée de serveuse à infographiste à mannequin à proprio d'une boîte de design graphique à entraîneuse privée, tout ça en faisant des marathons, des recettes débiles, des peintures éclatantes et en élevant seule ses deux bouts de chou. Aujourd'hui, elle est en couple avec un homme qui a trois enfants. C'est la zizanie constante chez elle. Un foyer où les cinq enfants cohabitent dans le bruit, la folie et l'amour. Elle m'épate. J'ai la moitié de son énergie.

Il y a Marie-Lyne, la bohème qui, à l'emploi de différents transporteurs aériens, nous quittait toujours l'automne venu pour aller travailler dans une destination internationale quelconque. Je dis «quittait» car aujourd'hui, à trente-six ans, elle reste au Québec à l'année longue et complète un BAC en infirmerie. Elle veut encore voyager, mais dans un contexte d'aide humanitaire. Si ça c'est pas admirable, je ne sais pas ce qui l'est.

Finalement, il y a Nathalie. Elle a perdu ses deux parents alors qu'elle n'était même pas encore dans la vingtaine. C'est une ancienne ambulancière au sang-froid exemplaire, devenue humoriste. Moi non plus je ne vois pas le lien, mais étant donné que je suis une ancienne psy devenue tatoueuse, je ferme ma gueule. C'est le genre de fille qui, lorsqu'elle entend les mots «besoin d'aide», te donne son CV d'aidante naturelle en te faisant savoir

qu'elle est disponible dès maintenant. Elle fait des cup-
cakes, ses boîtes de mouchoirs matchent avec sa déco et,
dans un monde où les textos ont la cote, elle m'appelle
encore pour me DIRE qu'elle s'ennuie et qu'elle veut aller
prendre un café. Si tu as une Nathalie dans ta vie, tu dois
sûrement, tout comme moi, te considérer comme
chanceuse.

Quand toutes ces filles-là sont réunies dans la même
pièce, il est interdit de s'emmerder. Je suis donc arrivée à
notre table avec un sourire aux lèvres et un cabaret de shooters à la main. Vodka-lime. Rien de trop fort ; on voulait
boire, pas se brûler l'œsophage. Je ne comprends pas les
gens qui boivent un alcool qui leur fait faire des grimaces.
Rendu à l'âge adulte, personne ne devrait se mettre dans la
bouche quelque chose qui provoque une expression faciale
semblable à celle qu'on a quand on force sur le trône. L'alcool ne devrait pas être une exception.

Malgré tout, on a fini par avoir beaucoup de plaisir.
Comme on dit, on a fermé la place.

Ce n'est qu'en sortant que j'ai vu le Brave. Il était assis
sur un banc tout près du vestiaire et il attendait quelqu'un.
Il était beau. Il avait les cheveux épais, noirs, un peu bou-
clés mais coiffés au gel, ce qui leur donnait un aspect
mouillé, des sourcils fournis qu'on aurait dit dessinés au
Sharpie mine large tellement ils étaient parfaits. Une petite
barbe de deux jours poussait sur son visage angélique. Il
avait des yeux noirs café. Même s'il était assis, je savais
qu'il était petit, mais je n'en avais rien à foutre de sa taille ;
je voulais sentir sa barbe me chatouiller le cou.

Je n'ai pas pu résister. Je suis allée m'asseoir à côté de
lui.

— Salut ! T'étais caché où ce soir, toi ? Je t'ai vu nulle
part !

Il était timide. Il m'a à peine regardée et a fixé le
plancher.

— Je n'étais pas ici. Mon cousin est trop saoul pour conduire, alors je suis venu le chercher mais ils ne m'ont pas laissé entrer dans le club, c'est fermé.

J'avais deviné son accent avant même qu'il ouvre la bouche. Une touche de chaleur du Maghreb.

— Bel accent. J'vais aller chercher ton cousin! C'est pas gentil de te faire attendre. C'est quoi son nom?

— Non, non, mademoiselle, ce n'est pas nécessaire.

— J'insiste, ça me fait plaisir! Le portier et moi, on est devenus copains-copains, ça sera pas un problème.

Il m'a enfin regardée dans les yeux. Son regard était rempli de malaise mais aussi d'une douceur apaisante.

— Karim. Son nom c'est Karim.

— C'est bon, bouge pas, j'reviens.

Le fameux Karim, défoncé, s'acharnait à convaincre une fille de l'accompagner chez lui. De son côté, elle préférait visiblement faire la sieste la joue collée sur le comptoir du bar. C'est fou comme l'alcool fait croire aux humains qu'ils peuvent réussir l'impossible.

— Hé Karim! Ton cousin t'attend!

Il a regardé mon décolleté, on a laissé la demoiselle dormir et on s'est rendus dans le hall d'entrée. J'ai aidé Karim à s'effondrer sur le banc et, pour me montrer à quel point il était reconnaissant, il a décidé de jeter son dévolu sur moi.

— J'aimerais bien être à place du collier qui descend entre tes deux nichons.

— Wow! Du beau désespoir de gars qui veut absolument se mettre à trois heures du matin. Ça me tente vraiment, champion!

C'est toujours insultant d'être un objet de désir de dernière minute. Je l'ai envoyé promener et j'ai dit au revoir à son cousin. Ce dernier s'est levé d'un bond pour me rattraper et je l'ai vu se battre contre sa timidité pour m'adresser la parole.

— Je... je m'excuse. Mon cousin est saoul... Je sais que ce n'est pas une excuse, mais il est con aussi. Ma tante m'a supplié de le ramener chez lui. Moi, je n'aurais jamais osé te parler comme ça... En fait, ajouta-t-il avec un petit sourire en coin, je n'aurais jamais osé t'adresser la parole même si j'en avais eu envie.

— Tu vois, si t'avais été avec nous ce soir, j'aurais tout fait pour que tu m'adresses la parole.

Je lui ai souri en lui tendant la main.

— Moi, c'est Charlie.

J'ai eu droit à une poignée de main molle. Je n'étais pas surprise. J'ai rarement croisé des hommes timides à la poignée de main assurée.

— Moi, c'est Kastar.

— Le petit Castor : tu es le plus petit, mais le plus fort !

— Non, pas Castor, KastAR.

— Oh, excuse-moi ! Moi aussi, j'ai un peu trop bu. C'était pas drôle, je m'excuse.

— Ce n'est pas la première fois qu'on me la fait... Euh... Est-ce que toi et tes amies pensez revenir ici une autre fois ?

— J'en ai aucune idée. Mais si c'est ta façon de me demander si on peut se revoir, j'ai une méthode plus efficace que le hasard. Laisse-moi ton numéro et je t'appellerai.

Je n'aime pas les flaflas quand l'attirance mutuelle est évidente. Et c'était clair, il était trop timide pour m'appeler. C'est la seule raison pour laquelle j'ai pris les devants, car habituellement, j'aime les hommes fonceurs et audacieux, deux qualités qui fuyaient Kastar comme la peste. Je tenais à le revoir, car il était charmant et il avait pris son courage à deux mains pour me rattraper. J'avais deviné que chaque jour, il lui fallait faire un effort incommensurable pour passer par-dessus sa timidité. Il avait osé, à jeun, se tenir droit devant moi et m'offrir des excuses au nom de son pitoyable cousin. C'était bien plus honorable que ce que plusieurs hommes avaient fait pour m'avoir dans leur lit.

Kastar : 1

Timidité : 0

Charlie : charmée

♠ ♠ ♠

J'ai rappelé Kastar le lendemain. C'est assez difficile d'avoir une conversation téléphonique soutenue avec un timide. J'ai donc rapidement proposé qu'on se rencontre dans un café. L'objectif était de me retrouver nue avec lui, mais j'avais le pressentiment qu'il était du genre à apprécier davantage la méthode traditionnelle de la bonne fille que la méthode « j'enlève mon linge et quand je te sens excité, je m'assois sur ta face ».

Trois jours plus tard, devant le comptoir du café, il insistait pour payer nos lattés. Je me souviens de m'être dit : « Merde, il se croit dans un rendez-vous galant. » Je ne cherchais pas à passer de célibataire à en couple, je voulais simplement substituer mon oreiller de corps par un homme pour une nuit.

Il était toujours aussi timide. J'avais envie de le prendre dans mes bras et de déposer sa tête sur mes seins pour le rassurer, mais chez Café Sans Thé, ça ne paraît pas très bien.

On avait pas mal écoulé toutes les questions classiques après le premier café. « Tu étudies en quoi ? Tu travailles où ? Es-tu né ici ? Habites-tu chez tes parents ? » Kastar habitait effectivement encore chez ses parents. Un cheminement classique pour un Maghrébin célibataire qui étudie à HEC. L'heure du souper approchait et je n'avais pas envie de le laisser partir.

Je ne demande jamais aux timides ce qu'ils ont envie de faire. La plupart du temps, leur réponse est : « Je ne sais pas, toi ?» Je saute donc cette étape et je propose un plan concret qui ne demande qu'un oui ou un non.

— Tu as envie qu'on soupe ensemble ? On pourrait aller chercher du poulet et écouter un film chez moi.

— Oui.

Voilà, mission accomplie.

Je ne me souviens plus du film qu'on a regardé. Mais je me souviens que Kastar était assez petit pour s'allonger entre moi et le dossier du divan, et me coller confortablement en cuillère. Du générique d'ouverture au générique de fermeture, il a patiemment enduré son érection, collée sur mes fesses. Il était beaucoup trop poli pour interrompre le film.

J'ai éteint le téléviseur et, pour la première fois, on s'est embrassés. C'était un baiser à l'image de ses yeux. Teinté de malaise mais d'une douceur exquise. Je ne m'attendais pas à ce qu'il se transforme en bête de sexe qui dicte quoi faire. Kastar n'avait pas en lui un leader caché qui se révèle au grand jour une fois nu. Kastar était constant, prévisible, rassurant, doux. Il avait la peau succulente et un beau pénis sans mauvaise ni bonne surprise.

Aujourd'hui, je me demande encore si je n'étais pas sa première ou deuxième fille, car il était certes inexpérimenté. J'ai posé moi-même le condom sur son sexe et j'ai initié chaque mouvement. C'est même moi qui l'ai chevauché, car le soleil se serait probablement levé avant qu'il fasse quoi que ce soit.

Dès que je me suis mise à bouger, j'ai eu droit à cinq va-et-vient. Oui, je sais, c'est triste quand on peut les compter. Étant donné qu'il était bandé depuis le début du film, je n'en ai pas fait un plat. Mon clitoris aurait probablement aussi explosé s'il avait été en érection pendant plus de deux heures.

L'avantage de faire l'amour avec un gars dans la vingtaine, c'est qu'il est rapidement prêt pour un deuxième round, mais malheureusement, je l'ai mis K.O. de nouveau en aussi peu de temps. Apparemment, personne ne lui avait parlé de son point de non-retour. Chaque fois qu'il venait, il tentait de se retenir. Ce n'est pas une vie sexuelle, ça! C'est une frustration sexuelle constante.

Pendant un one-night, il arrive plus souvent qu'on le pense que les hommes ne bandent pas ou qu'ils viennent précocement. Lorsque la situation se présente, un éléphant apparaît dans la pièce et personne ne veut le voir. Si on dit à l'amant: «C'est pas grave, ça arrive à tout le monde», ça le fâche, parce qu'à ce moment précis, ça n'arrive pas à tout le monde, ça lui arrive à LUI! Si on lui dit que ça ne nous dérange pas, il ne nous croit pas. Si on lui dit que ça nous dérange, ça lui met encore plus de pression pour les prochaines fois. J'ai appris à dealer avec le fait qu'il n'y a pas de porte de sortie dans ce genre de situation et que quoi que je dise, je n'en sors jamais gagnante.

J'ai donc mis cartes sur table avec Kastar.

— Je pense que personne ne t'a jamais parlé de ton point de non-retour.

— Mon quoi?

— Ton point de non-retour. Est-ce que tu conduis manuel?

— Oui.

— Super! Eh bien, le point de non-retour de ta pédale de transmission, c'est exactement comme celui de ton orgasme. Si tu connais pas ton point de non-retour en changeant de vitesse, tu vas étouffer le moteur de la voiture. Aussitôt que tu lèves le pied trop haut, peu importe ce que t'essaies de faire, tu peux pas revenir en arrière. Tu comprends?

— Oui.

— La mécanique de ta verge, c'est la même chose. Quand t'as l'impression que ton point de non-retour est proche, retire-toi, fais autre chose, caresse-moi avec tes doigts, tes mains, ta langue, laisse redescendre la vapeur et reprends quand tu sens que t'es en contrôle, sinon tu vas choker.

J'aimerais bien te dire qu'il y a eu un troisième round et que j'ai joui, heureuse d'avoir enseigné quelque chose à Kastar, mais ce serait mentir. On n'a pas cherché à recommencer. L'éléphant n'a jamais quitté la pièce, et j'ai reconduit mon jeune amant jusqu'à sa voiture, sous un parapluie. Il avait beau avoir le look «cheveux mouillés», c'était le déluge dehors. Tout près de son auto, on s'est embrassés, sachant intuitivement qu'on ne se reverrait jamais. En décollant mes lèvres des siennes, j'ai aperçu, gravé dans sa portière, ce message vulgaire: «Go home fucking Arabic.» J'ai sursauté.

— Oh mon Dieu, qui a fait ça?!

— Je ne sais pas, mais depuis ce qui est arrivé mardi passé, tout le monde me crie des insultes dans la rue et ça va en s'aggravant.

Ce «mardi passé», c'était le 11 septembre 2001.

— Ça fait trois heures que je n'ai pas répondu à mon cellulaire et j'ai vingt-trois messages d'amis qui me cherchent. Ces temps-ci, les gens dans la rue ne nous aiment pas beaucoup et on a peur de retrouver l'un des nôtres en sang dans une ruelle…

Il a prononcé ces mots avec toute la douceur et la tristesse de ses yeux. Il avait le regard de celui qui sait que sa vie ne sera plus jamais la même.

Je l'ai pris dans mes bras en me foutant de la pluie.

— Merci Charlie, merci pour ta douceur. J'en avais besoin.

Je n'ai jamais été aussi contente d'avoir déployé autant de tendresse avec un amant.

Le Brave est le seul de mes amants qui n'a jamais connu son surnom, car je le lui ai trouvé à la minute où il m'a quittée.

# Le proprio

En te présentant Marie-Lyne dans le dernier chapitre, ça m'a rappelé un ancien amant. Un jour, je discutais au téléphone avec ma grande amie voyageuse qui était à l'emploi de Club Med. Je cherchais une destination peu coûteuse, et elle avait le don de me suggérer des endroits qui ne me venaient jamais à l'esprit.

— Mon père s'est acheté un condo à Puerto Plata en République dominicaine pour y passer sa retraite. Allez donc le voir !

— Ben voyons donc, Marie ! On n'ira pas voir ton père sans toi !

— Pourquoi pas ? Il s'ennuie et je suis postée aux îles Fidji. Je peux pas aller lui rendre visite, mais allez-y, vous autres ! Je voudrais ben vous inviter ici, mais ça va vous coûter une fortune juste pour le billet d'avion.

— C'est un peu bizarre, tu trouves pas ?

— Ben non ; ç'a toujours été cher, des billets pour les îles Fidji.

— Non, je veux dire, aller chez ton père sans toi.

— Arrête là ! J'insiste ! Tu le connais, il va être super content de vous voir !

— Ben oui mais...

— Y a pas de «mais» ! Il va être ultra heureux de vous montrer sa nouvelle terre d'adoption.

Deux semaines plus tard, on débarquait de l'avion pour aller rendre visite à papa Serge.

«On», c'est Jessica et moi. Pendant mes études universitaires, je l'ai rencontrée à l'arrêt d'autobus. On attendait la 41 sur le même coin de rue, à la même heure, et ce, pratiquement cinq jours par semaine. Je n'aime pas discuter avec des étrangers, surtout pas à huit heures le matin, mais elle c'est l'exception qui confirme la règle. Habituellement, j'ai toujours mon gros casque d'écoute sur la tête et du beat dans les oreilles. Si tu as déjà pris les transports en commun ou que tu possèdes une parcelle de déduction logique, tu connais le sous-entendu du port des écouteurs : «Ne m'adresse pas la parole : je ne t'entends pas ou je fais semblant de ne pas t'entendre.»

Je suis peu sociable à l'aube. Une matinée, ça sert à deux choses : se faire sacrer patience et prendre un café. Si possible, dans cet ordre. De toute façon, avant que j'aie pris ma première gorgée de café, je ne parle pas vraiment ; je baragouine le cro-magnon. Si on entame une discussion avec moi entre ma chambre et la cafetière, je vais répondre par des grognements incompréhensibles. Je ne suis pas fâchée, je n'arrive juste pas à articuler. Je préfère me concentrer à essayer d'ouvrir les yeux et à me faire croire que je ne manque pas de sommeil.

«Oui mais Charlie, l'avenir appartient à ceux qui se lèvent tôt!» Ah oui? Alors si c'est vrai, l'avenir n'appartiendra jamais à une artiste! En connais-tu des gens qui veulent être sous une aiguille de tatouage à huit heures le matin? Pas moi. Le neuf à cinq, «je kif pas», comme disent les Français. Du moins, jusqu'à ce que je me reproduise. Rendu là, je sais que bébé va grogner plus fort que Cro-Magnon et que je vais devoir me lever à l'heure à laquelle bébé va l'avoir décidé.

Le jour où j'ai enlevé mon casque d'écoute, c'était pour grogner en duo avec Jess. L'autobus était en retard pour la deuxième fois cette semaine-là et la température ressentie était de moins mille. Mes cils collaient ensemble quand je fermais les yeux et on aurait dit que chacun de mes poils de nez était recouvert d'une petite couche de verglas. Jess en avait visiblement assez.

— Tabarnak! elle a dit.

C'est exactement ce que je me répétais en boucle depuis trente minutes.

— OUI, TABARNAK! j'ai répondu.

Il a fallu trois mots et sept syllabes pour qu'on devienne amies. On n'avait presque pas le choix: on était tellement entassées dans l'abribus que je pouvais compter ses plombages. Il nous restait juste à apprendre à se connaître. Jess étudiait en criminologie. À force de discuter, on s'est trouvé plusieurs points en commun.

Quoi qu'il en soit, quand Marie-Lyne nous a proposé d'aller rendre visite à son père, ça nous a vraiment fait plaisir: dix jours les fesses dans le sable, à se remémorer à quel point on se les était gelées le jour où on s'était rencontrées.

À notre arrivée à l'aéroport, Serge nous a accueillies comme un vrai papa: bras ouverts, gros câlins.

— Maudit que j'suis content de vous voir, les filles!!! J'peux pas vous amener au condo tout de suite parce que Gloria, ma femme de ménage, est en train de nettoyer. On va la laisser travailler en paix pis on va aller au car wash.

Sa voiture brillait.

— Ben voyons, Serge, ton char est super propre! a dit Jess.

— Arrête de rouspéter, fille, pis viens-t'en!

Une fois en route, il nous a expliqué comment fonctionnent les lave-autos à Puerto Plata. Ce sont en réalité de petits bars de quartier où on peut laisser sa voiture dans le stationnement. Pendant qu'un jeune garçon la lave, le propriétaire prend une cerveza[9]. C'est une façon de s'assurer que quelqu'un surveille les véhicules car, tristement, les vols de voitures sont très fréquents dans les coins peu fortunés de cette île paradisiaque.

Avant même de passer nous prendre à l'aéroport, Serge avait visité trois lave-autos. Sa voiture était donc propre-propre-propre. Pour te donner une idée, en voyant le reflet de mon sourire dans la carrosserie, j'ai aperçu un morceau de mon dernier repas entre mes deux palettes. Ça m'a confirmé deux choses : Serge aimait beaucoup relaxer avec une bière, et je n'achèterais jamais la photo prise par la Dominicaine à notre descente d'avion.

Ça faisait à peine deux mois que le papa de Marie-Lyne avait acheté son condo, et il connaissait déjà tous les locaux. C'était pour lui une fierté de nous présenter à ses nouveaux amis, qu'il appelait «mis amigos» : le caissier du dépanneur du coin, la serveuse du resto de la rue principale et la vendeuse de toiles sur son balcon. Après avoir dansé ma première bachata[10] à la sortie d'un magasin de meubles

---

9. Cerveza : Mot utilisé à outrance par les touristes, qui signifie bière en espagnol. La plupart des Québécois prononcent «serrevézâ pour favour», les Américains disent «seurvayssa please» et moi je dis «un ron con coca cola por favor». Je n'aime pas la bière.

10. Bachata : Danse d'origine dominicaine s'exécutant en couple et qui fut longtemps assimilée à la danse des putes et des troubadours mais qui aujourd'hui est honorable et acceptée comme danse nationale. Comme la plupart des danses latines, les partenaires peuvent s'y adonner en gardant une certaine distance entre eux, ou en se frottant de façon si intense qu'ils peuvent chauffer un appartement.

en rotin avec un vendeur de canne à sucre édenté, Serge nous a enfin amenées à son condo. On avait à peine déposé nos valises quand on l'a entendu crier à travers la porte de la salle de bain :

— Eille les filles, il faut que je vous présente le proprio des cinq immeubles à condos ! Le domaine appartient à un Québécois. Je suis le seul qui a pu acheter une unité ; je l'ai tellement gossé longtemps qu'il me l'a vendue pour me faire fermer la trappe. Tous les autres condos sont loués.

Clairement exténuée par le voyage, Jess a questionné papa Serge avec peu d'enthousiasme.

— Tu veux nous le présenter là là ?

Il est sorti de la salle de bain en boutonnant son jeans.

— Non, prenez le temps de relaxer. Il nous a invités à souper. Le resto qu'on a vu en arrivant au centre des immeubles, c'est à lui. Il est dirigé par des Dominicains qui font de la maudite bonne bouffe. Il faut être là dans deux heures.

Jess avait l'air soulagée.

— Ah fiou, parce que là, je suis plus capable de me retenir, il faut que j'aille aux toilettes.

— Come on, Jess, on vient d'arriver. Tu peux pas attendre vingt-quatre heures avant d'empester la salle de bain de notre hôte ? j'ai dit en rigolant.

— Oh, stresse-toi pas avec ça, ma belle fille, m'a lancé Serge. Après avoir vu les bidonvilles de la République, y a pu rien qui me dérange.

Serge avait raison. Ses nouveaux amis habitaient dans des bidonvilles situés à moins de cinq cents mètres des hôtels remplis de touristes bien nantis. Ça, ça levait le cœur. En fait, ça le serrait. C'était déprimant. Ça nous a pris au moins quatre jours, à Jess et à moi, pour cesser d'être horrifiées par le crime et la prostitution.

Dans cette pauvreté extrême, la criminalité était omniprésente, le jour comme la nuit. Personne ne semblait faire d'effort pour l'enrayer ni même pour la cacher. La psychologue en moi et la criminologue en Jess avaient de la difficulté à ne pas analyser la situation. Imaginer le travail de sensibilisation, de prévention et de réadaptation qu'il y aurait à faire dans ce pays était suffisant pour se taper un burnout. La seule façon qu'on a trouvée pour s'adapter a été de se dire qu'on ne pouvait pas intervenir avec notre mentalité de «petites Blanches du Nord». C'était surtout la seule façon qu'on a trouvée pour se déculpabiliser de faire la belle vie dans ce pays paradisiaque, dont des parcelles hébergent l'enfer.

Alors, pendant tout le voyage, j'ai consommé des produits locaux sans regarder les prix et sans négocier. J'ai aussi laissé un bon pourboire à toutes les jeunes filles qui me servaient un repas ou un verre. Parce que dès le premier soir, j'ai vu trop de demoiselles âgées d'à peine treize ans se promener vêtues de jupes exposant pratiquement leurs ovaires et se faire tripoter par de vieux touristes pervers. Faut croire que ces messieurs ne se donnaient pas la peine de chercher une façon plus honorable de participer financièrement à la survie de la famille de ces jeunes filles.

Il m'était donc inconcevable de m'obstiner pour deux piastres avec une vendeuse à la plage, tout en sachant que si elle n'arrivait pas à vendre ses chandelles à la noix de coco dans la journée, elle devrait probablement vendre son corps le soir venu. Ce qui m'était concevable par contre, c'était prendre une vraie noix de coco et la lancer sur tous les vieux dégueux qui se permettaient de tripoter des fillettes du même âge que leurs petites-filles.

Lors de ma troisième soirée en terre chaude, j'ai eu l'occasion de déverser ma colère. En sortant d'une boutique de souvenirs, sur la terrasse d'un restaurant en face j'ai aperçu un monsieur qui, clairement, touchait déjà sa pension gouvernementale. Ce restaurant, selon Serge, était réputé pour fermer les yeux sur le tourisme sexuel. Une jeune fille d'environ douze ans était assise sur les genoux du retraité et elle le nourrissait à la fourchette, pendant que lui avait les mains entre ses cuisses dénudées. Il s'amusait à déposer des morceaux de nourriture dans le cou de la jeune fille pour ensuite aller les chercher avec sa bouche. J'ai disjoncté devant l'horreur.

— Eille, mon gros criss, t'as pas assez de colonne pour aborder les femmes faque tu t'en prends aux plus vulnérables ?

— Va chier, la grosse, t'es juste jalouse parce que la petite est plus belle que toi !

J'ai sorti mon appareil photo, et j'ai pris des clichés qui m'ont donné mal au cœur.

— Je connais des journalistes à Montréal ! Sais-tu ce qui arrive à des gars comme toi en prison ? Tu vas passer un mauvais quart d'heure, le pédophile !

— Ah ben ma chienne, toi !!!

Il a repoussé la fillette et s'est mis à courir dans notre direction. Je ne suis pas une sprinteuse, mais au moins je courais plus vite que le vieux dégueulasse. Je souhaitais secrètement qu'il meure d'une crise cardiaque sur le trottoir. Jess me suivait de près.

— C'est beau, Charlie. Charlie, tu peux arrêter de courir ! Il a arrêté de nous poursuivre depuis deux coins de rue. Il est plié en deux en face du salon de barbier ; il cherche son souffle.

J'ai rebroussé chemin en espérant revoir la fillette, mais il n'y avait plus personne au resto. Le plus triste, c'est que le lendemain j'ai revu le pédophile et la petite fille ensemble. J'ai pleuré toute la nuit. Puis j'ai lâché prise en me disant que j'écrirais une lettre à OXFAM en arrivant à Montréal afin de connaître les organismes qui luttent contre le tourisme sexuel.

♠ ♠ ♠

Contrairement au vieux pédo, le proprio des immeubles à condos semblait sorti tout droit d'un cours de galanterie. En constatant qu'il avait autant de classe, j'étais contente d'avoir fait l'effort de sortir de mes vieux jeans. Une robe noire et blanche ajustée enveloppait mes hanches, et je portais de jolis talons hauts. Je mets rarement des souliers à talons hauts. Si mes pieds pouvaient parler, ils diraient que tenir mes rondeurs en équilibre sur des escarpins c'est illégal, et ils demanderaient sûrement le statut de réfugiés : je mets leur vie est en danger chaque fois que j'en porte. Mais ce soir-là, sachant que je n'avais que quelques pas à faire, j'ai enfilé le stiletto.

Déjà attablé sur une belle terrasse éclairée de multiples torches de feu, Marcel s'est levé pour nous accueillir.

— Bonsoir mesdemoiselles! Moi c'est Marcel. Marcel Lebel.

— Enchantée, moi c'est Jess.

— Moi c'est Charlie.

— Serge. Mesdames. Je vous en prie.

J'ai pris place en face de lui. C'était un bel homme, grisonnant et bronzé. J'étais certaine que s'il avait dû enlever son chandail et plonger dans la mer, il n'aurait eu aucun complexe.

— Vous avez encore votre teint pâle d'aristocrates, les filles. N'oubliez pas de vous mettre de la crème, parce que peu importe à quel point vous allez essayer de vous cacher du soleil, il va finir par vous trouver!

Il avait raison. J'avais l'air d'avoir voyagé dans un pot de farine tellement j'étais blême.

— Je sais, j'ai l'air d'une morte, j'ai répondu.

— Si toutes les mortes sont aussi belles que vous, mademoiselle Charlie, je vais me mettre à acheter des cimetières.

Ah ben câline! Le proprio me chantait la pomme! J'ai souri et j'ai surtout changé de sujet.

— Est-ce qu'on peut avoir les menus ?

Jess a approuvé ma demande.

— Ah oui, bonne idée ! Mon foie est en train de se nourrir de mes intestins tellement il cherche quelque chose à digérer !

— Vous n'aurez pas besoin de la carte, mesdemoiselles, le menu sera entièrement cuisiné en format dégustation et il sera servi à notre table dans quelques minutes. En attendant, voulez-vous un verre de vin ?

On était dans une autre ligue. Marcel Lebel avait les idées et le portefeuille pour charmer.

— Non, un cuba libre[11] para mi por favor.

On était tout de même en République dominicaine ; aussi bien sortir le peu d'espagnol que je connaissais.

Tout était délicieux ! En vacances, on dirait que chaque bouchée explose dans la bouche. J'ai fait plus de sons érotiques pendant le souper qu'une pornstar en plein travail. C'était «hummm», c'était «ahhhhh», c'était «ohhhhh», c'était plein d'orgasmes en bouche.

Marcel prenait plaisir à me voir manger, et malgré nos vingt-trois années de différence, je sentais bien qu'il avait envie que je mange autre chose que du sancocho[12].

— Les filles, voulez-vous monter à mon condo pour prendre un verre ?

En bon papa, Serge est intervenu.

— Marcel, je pense pas que les filles soient venues jusqu'en République pour prendre un verre avec deux vieux croûtons.

---

11. Cuba libre : Rhum and coke. En France, ça s'appelle un rhum-coca, et on doit le demander avec un accent chiant sinon ils comprendront rien. Et au Japon, ben… je le sais pas. On demande du saké.

12. Sancocho : Soupe repas qui peut contenir des cuisses de poulet entières, du bœuf, de la yuca, du plantain, des morceaux d'épis de maïs, de la coriandre… En fait, c'est un genre de bouilli typiquement latin, souvent accompagné de riz blanc et de morceaux d'avocats. Du vrai bouillon de poulet pour l'âme.

— Excusez-moi, les filles, Serge a tout à fait raison ! Des fois, j'oublie que je suis vieux. Mon chauffeur peut aller vous reconduire où vous voulez. Je vous laisse deux cents pésos, vous les lui remettrez pour ses bons services.

J'étais mal à l'aise.

— Non, Marcel, on va prendre un taxi. T'as été plus que généreux jusqu'à maintenant ! Déjà qu'on se sent mal de vous planter là, je te priverai pas de tes employés en prenant ton argent en plus !

— C'est vous le boss, mademoiselle Charlie, mais j'insiste. Je vous saurai plus en sécurité si Juan vous reconduit.

Il a fait un signe de la main et on a entendu le moteur d'un véhicule démarrer.

— Juan vous attend. À demain, les filles !

♣ ♠ ♠

Le lendemain matin, Jess dormait encore pendant que Serge me versait un café pour m'aider à modifier mon air de lendemain de veille.

— Qu'est-ce que t'as fait à mon ami Marcel ?

— Henrgn ?

— Toute la soirée, il a parlé juste de toi ! Il te voit dans sa soupe, fille ! Le trouves-tu de ton goût ?

— Voyons, Serge, il a genre vingt ans de plus que moi !

— Vingt-trois, mais c'est pas ça la question.

— Ben, ben… Je sais pas ! C'est un beau monsieur charmant. Mais il pourrait être mon père !

— C'est pas le cas ! Fais-en ce que tu veux, mais t'es rendue à presque trente ans et, selon moi, t'es assez vieille pour entendre la vérité : Marcel va tout faire pour t'amener dans son lit.

— Es-tu en train de me dire qu'un beau monsieur riche veut être mon sugar daddy pour la semaine ?

— Appelle-ça comme tu voudras, moi, je pense juste que tu lui plais et qu'il a les moyens de te gâter.

À moitié réveillée, Jess s'est mêlée à notre conversation. Encore étendue dans son lit, depuis sa chambre elle avait tout entendu.

— Profites-en, chica ! Tu cherchais des vacances pas chères ! Je pense que t'as trouvé !

— Ah, vous êtes cons !

J'ai dit ça, mais dans le fond, Jess et Serge disaient vrai. Marcel était charmant, beau, riche et tout ce qui m'empêchait de me retrouver dans son lit c'était vingt-trois ans de différence d'âge. J'ai soupiré.

— C'est beau, Serge. Demande-lui donc s'il veut venir à la plage avec nous aujourd'hui.

Fier de son coup, le père de Marie-Lyne nous a répondu à la vitesse d'un TGV.

— Son chauffeur est déjà en bas. On va aller le rejoindre dans sa petite villa sur le bord de la plage.

— Dans sa villa ? Coudonc, ce gars est vraiment riche ? !

— Le magazine *Les Affaires* évalue sa fortune à 1,2 milliard.

Jess et moi, on a dit la même chose en même temps :

— Ben voyons donc !

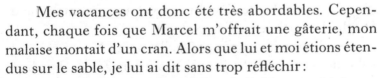

Mes vacances ont donc été très abordables. Cependant, chaque fois que Marcel m'offrait une gâterie, mon malaise montait d'un cran. Alors que lui et moi étions étendus sur le sable, je lui ai dit sans trop réfléchir :

— Arrête de me gâter, Marcel, j'ai pas envie de me sentir obligée de coucher avec toi en retour.

Ma remarque a fessé fort. Mais pas autant que sa réponse.

— Charlie, tu coucheras pas avec moi parce que je suis généreux avec toi. Tu coucheras avec moi parce que t'auras envie de moi.

J'avais effectivement secrètement envie de lui. Il était drôle, charmant, et son traitement royal me faisait de l'effet. Ce n'était pas un sacrifice de vivre la belle expérience que Marcel m'offrait!

Le soir venu, pendant que Jess siphonnait la bouche d'un Dominicain, Marcel et moi, sur la terrasse de sa villa, nous étions allongés sur un récamier. Il me racontait comment il avait fait fortune. Il achetait des industries, des terres, des immeubles pour ensuite les diviser et les revendre en morceaux pour en tirer un profit considérable.

— On dirait que tu me racontes ce que Richard Gere dit à Julia Roberts dans le film *Pretty Woman*!

— Qu'est-ce que tu veux que je te dise, c'est ça que je fais dans la vie, et c'est vrai que c'est payant!

Le soleil était couché depuis plusieurs heures et le vent se levait. Jess, trop saoule pour se rendre compte qu'il faisait froid, se tapait un bain de minuit avec son siphonneux.

— J'ai froid. On rentre, monsieur le proprio?

— Juste si t'en as envie, beauté.

— J'ai envie de rentrer, oui, et j'ai envie de toi.

En entrant dans la chambre de Marcel, j'ai éclaté de rire.

— Non! T'as des draps de satin rouge! Si tu me dis que t'as une robe de chambre en velours comme celle de Hugh Hefner[13], je pars en courant.

— Tu me la donnes pas facile, hein? Non, j'ai pas de robe de chambre. Pis je suis pas pour mettre des draps santé: il fait toujours chaud ici!

---

13. Hugh Hefner: Fondateur de l'empire Playboy et seul homme à habiter le Playboy Mansion, entouré de multiples playmates blondes.

— Oh, excuse-moi, je voulais pas t'insulter...

Je me suis avancée et je l'ai embrassé. Du coin de l'œil, j'ai aperçu sur sa table de nuit la photo de son garçon. Dans la jeune vingtaine, il portait un habit de graduation. Je l'ai retournée. Je ne voulais pas regarder une image qui me rappelait qu'à mon âge, j'aurais pu baiser avec le père ET avec le fils. Un pétard de vingt-quatre ans, ce n'est pas le genre d'image que tu veux dans ta tête quand tu t'apprêtes à t'amuser avec le père du pétard en question.

Marcel Lebel m'a fait l'amour avec classe et expérience. Ses mains, sa langue, ses lèvres, tout en lui criait : « Je sais ce que je fais, et je sais que je le fais bien. » J'ai passé une soirée sublime en frissonnant de plaisir sous ses doigts.

Cependant, nous étions tous les deux affectés par la boisson. Je n'ai pas eu d'orgasme malgré sa langue agile, et il a eu de la difficulté à avoir une érection malgré ma bouche gourmande. Alors au lieu de s'acharner à vouloir bander, tu sais ce qu'il m'a fait ? Un massage à l'huile. J'ai eu droit à la totale, de la racine des cheveux jusqu'aux orteils ! Sa confiance en lui-même a tellement rempli la pièce que l'éléphant n'a même pas eu la chance de pointer le bout de sa trompe.

Le lendemain, Jess et moi devions déjà quitter la République dominicaine pour retrouver le froid et la neige. Marcel m'a demandé mon adresse ; il voulait m'envoyer un cadeau.

— Je sais pas quoi encore, mais j'ai envie de faire une folie et de t'offrir un cadeau qui va commémorer notre semaine ensemble.

— Si tu permets, je pense avoir une idée de ce qui me ferait vraiment plaisir.

Deux semaines plus tard, Marcel m'envoyait un reçu officiel indiquant qu'un don de vingt-trois mille dollars et vingt-trois cents avait été versé à un organisme local venant en aide aux mineurs victimes de tourisme sexuel. Le reçu était accompagné d'une petite note écrite à la main :

En l'honneur de notre romance
et de notre différence d'âge.

J'ai versé deux larmes. Une pour sa générosité, l'autre pour m'aider à faire le deuil d'un cadeau de vingt-trois mille dollars.

# Monsieur Devin

Dans le conte fantastique *Peter Pan*, la fée Clochette mentionne à Peter : «Lorsque quelqu'un dit qu'il ne croit pas aux fées, il y a en une qui meurt.»

Dans MA vie fantastique d'adulte à moi, j'ai décidé que chaque fois qu'un homme respectueux me traite comme une reine, il y a un crotté qui meurt. Ça me fait du bien d'y croire naïvement, car malheureusement il existe encore des hommes sur cette planète qui touchent aux femmes sans leur consentement. Même s'il n'en restait qu'un seul, il serait de trop.

### MOYENNE PARENTHÈSE

Pour toi, jeune homme qui es peut-être en train de lire ce roman en cachette de ta grande sœur : si tu n'apprends pas à traiter dignement le sexe opposé avec qui tu assureras la survie de notre espèce, tu ne mérites pas de te reproduire, ni le plaisir qui vient avec. J'ai pour mon dire que si tu ne me respectes pas, il devrait y avoir une loi qui t'oblige à te tenir à au moins neuf mètres de moi, tout comme on demande aux fumeurs de garder leurs distances par rapport aux édifices publics.

Ne deviens pas un de ces imbéciles qui taponnent une fille au passage dans un club ou qui tapent les fesses d'une serveuse entre deux bouchées d'ailes de poulet. Si jamais je te vois faire ça, ce sera plus fort que moi, je te lancerai un «EILLE!» bien fort avec des yeux de maman fâchée pour te rappeler la tienne. Si quelqu'un faisait ça à ta mère, ça te purgerait à un point tel qu'on retrouverait des dents sur le plancher. Alors souviens-toi que la femme que tu taponnes c'est la fille, la mère ou la sœur de quelqu'un. Sois fier de faire partie du clan des hommes d'honneur et de respect; les femmes te seront reconnaisantes.

**FIN DE MA MOYENNE, MAIS Ô COMBIEN IMPORTANTE PARENTHÈSE**

Je ne comprends pas pourquoi les irrespectueux finissent toujours par se caser avec une femme qui les endure et qui accepte le fait qu'ils tapent les fesses de la serveuse du coin. Non, c'est faux: je sais pertinemment pourquoi les hommes de ce genre ont des blondes. J'ai assez d'expérience en tant que femme et psychologue pour confirmer ce que tu sais probablement déjà: les blondes de ces mecs souffrent d'un flagrant manque de confiance en elles.

Dans la vie, on nous enseigne à traiter les gens avec respect, et on doit s'attendre à rien de moins que la réciproque en retour. Malheureusement, trop de personnes se sous-estiment et acceptent de se faire traiter comme de la marde. Oui oui, j'ai écrit «marde» avec un «a». De la «merde» avec un «e» c'est trop propre, trop doux, trop film européen pour exprimer ce que je pense. Je n'ai pas dit «caca» non plus car même le caca, on en prend soin. On s'extasie devant celui de son enfant en couche et on dépose celui de son chat ou de son chien dans un beau petit sac parfumé conçu expressément pour ça. Mais dans la vie, lorsqu'on ne s'aime pas, on se sent comme de la «marde». La vraie, celle qu'on méprise.

Monsieur Devin considérait que la femme qui s'ouvrait à lui physiquement et émotivement devait être traitée comme il se doit, c'est-à-dire comme sa «petite reine de banlieue». Ce sont ses paroles. Lorsque j'étais chez lui, j'étais la reine de Laval! Sincèrement, l'endroit où se trouve le royaume n'est pas important. Ce qui l'est, c'est d'avoir rencontré un roi qui comprend que tu mérites d'être sa reine, même si ce n'est que pour une nuit.

Monsieur Devin est un Québécois caucasien issu de parents et de grands-parents québécois nés au Québec. Il se tient droit, il a une binette de nerd attachant, et son corps montre quelques signes de vieillissement mais aussi plusieurs preuves d'entraînement soutenu. Ses cheveux blonds tirent un peu sur le roux et ses yeux verts virent au gris lorsqu'il est fatigué.

Mais ce que j'ai retenu de ses yeux, c'est qu'après l'orgasme ils sont brillants et clairs comme du cristal. Si j'avais pu prendre en photo son regard au moment où il jouissait, je l'aurais fait. C'était une couleur si vive que j'espérais presque la retrouver au rayon de la peinture chez mon quincailler! C'est pas compliqué, j'aurais peint mon appartement au grand complet de la couleur de ses yeux, et j'aurais baptisé la teinte «relâchement de pureté».

Disons toutefois que ça aurait été un peu malaisant. Pas de peindre ma chambre, mais de prendre son visage en photo tout de suite après son éjaculation. Je me suis donc abstenue, mais j'aurais dû. Avec son sens de l'humour, il aurait éclaté de rire en me disant: «T'es conne!» Ensuite, il aurait pris la pose et m'aurait offert une séance complète de clichés devant la lentille en me montrant ses biceps de nerd !

Monsieur Devin et moi, pendant notre aventure, avons exterminé une génération entière de crottés au Québec. Ah oui ! C'est vrai, je ne t'ai pas encore raconté pourquoi je l'ai appelé Devin. Eh bien voici : le soir où nous avons couché ensemble, j'ai mis les pieds dans son portique et avant même que j'enlève mon manteau, il m'a dit :

— Si la chimie existe entre toi et moi, il va se produire deux choses : tu vas éjaculer dans ma main et demain m'as te faire des chocolatines.

Je n'ai rien rétorqué ; je l'ai embrassé.

Non seulement il était beau, mais il a su prédire l'avenir avec une confiance de stockholder à qui on aurait divulgué une information secrète. Chaque prédiction énoncée dans son vestibule s'est avérée, et les deux ont été délicieuses. C'est à ce moment précis que j'ai su qu'il était devin.

Bien avant que j'atterrisse dans son lit, on s'était croisés à quelques reprises dans le cadre du travail. Je sais, j'ai dit que je ne touchais pas aux hommes avec qui je travaille, mais monsieur Devin est un expert dans un domaine connexe au mien, et non un collègue avec qui je risque de vivre malaise par-dessus malaise au party de Noël post-baise.

Pendant que je passe une partie de mon temps à embellir des wakeboards pour les trippeux de sport extrême, lui, président de sa propre compagnie de production, il les filme en action. Nous nous sommes rencontrés dans un événement annuel en Thaïlande, plus précisément à la compétition King of Kicker au Thai Wake Park. Quand je crée, j'ai besoin de voir les athlètes en action pour ressentir leur énergie et pour pondre des designs qui les représentent bien. Le nom de la compétition m'inspirait. J'allais aussi y exposer mes croquis pour tenter de les vendre à des fabricants de planches en Thaïlande, un marché difficile à percer mais très lucratif. Monsieur Devin était sur place et couvrait l'événement, exerçant ses talents de photographe/ capteur d'adrénaline/producteur/globetrotter.

Après notre aventure charnelle, quand je l'appelais par son surnom, j'appuyais toujours sur «monsieur». J'aimais bien le taquiner sur son désir persistant à rester un garçon. J'ai donc décidé de lui imposer le titre de monsieur. Qu'on le veuille ou non, à quarante-six ans, les gens commencent à nous appeler monsieur ou madame. Il n'aimait pas ça du tout, mais il se vantait tellement de son titre de «devin» qu'il faisait fi du «monsieur» en riant. Un rire franc, d'ailleurs, qui le rendait charmant.

Il était un enfant avec un cœur d'homme. Oui, tu as bien lu, un enfant avec un cœur d'homme et non un homme avec un cœur d'enfant. Son cœur était mûr, authentique, expérimenté. Il avait été blessé par le passé. L'enfant qu'il était possédait autant de bébelles et de gadgets qu'un garçon de dix ans. Pas des figurines de Batman ou des collections de bandes dessinées, ni des histoires de «Je me déguise en chevalier le week-end et tu dois m'appeler Thor de Bergerac!». Non! Des bébelles technologiques d'adulte. Ayant travaillé toute sa vie et n'ayant pas d'enfant, il avait une belle maison sur la Rive-Nord qui lui servait principalement de résidence d'été, car l'hiver, il travaillait beaucoup à l'étranger. Son dada, c'était d'acquérir le gadget dernier cri et de le cacher dans son sous-sol secret.

Son sous-sol ressemblait… à un sous-sol. Une télé, un vieux divan, une table de billard. Une porte, qui semblait mener à une chambre d'amis, donnait plutôt sur une pièce de la grandeur de six garages! On y trouvait de l'équipement pour les DJ, toutes les bébelles nécessaires aux éclairagistes, des instruments de musique pour un orchestre complet, des caméras, des rails au plancher et au plafond, un écran vert pour créer des effets spéciaux et j'en passe : il y avait tellement de bidules dans cette gogo-gadgets-cave qu'on aurait pu garnir six tableaux de bord d'avion avec leurs pitons.

Avant d'entrer dans cette pièce, monsieur Devin m'avait invitée à aller relaxer dehors. La brise était fraîche, alors on s'est emmitouflés dans les couvertures, allongés un peu collés sur des chaises longues de patio, et on a fumé un joint.

Avoir une relation sexuelle sous l'effet de la marijuana, c'est un peu comme faire l'amour dans un monde connexe. Si on sait bien doser, quand on fait ensuite l'amour sur un lit, on a l'impression que nos fesses flottent un peu au-dessus des draps. La gravité ne compte plus et tout notre poids devient plume. Pour d'autres personnes, ça fait l'effet contraire : elles ont l'impression d'être une roche qui s'enfonce dans le matelas. Pour ma part, quand je fume, j'ai un peu l'impression de faire l'amour submergée dans l'eau mais sans jamais me noyer. Mes mouvements me semblent plus lents, plus fluides, plus sexy.

Je dis bien « me semblent », car je crois bien que si on me filmait en train de faire l'amour sous l'effet d'un joint et que je regardais la bande à jeun, j'aurais la confirmation que tout ça n'est que dans ma tête. J'imagine que c'est un peu comme lorsqu'on chante avec des écouteurs qui bouchent nos oreilles et qu'on pense être sur la note, jusqu'à ce qu'on les retire et qu'on comprenne qu'on chante aussi faux qu'un coq qui aurait passé la nuit à boire du scotch. Eh bien, c'est ça, le pot. Ça permet de décrocher et de se croire meilleur qu'on l'est. Une simple illusion momentanée qui nous fait croire qu'on peut chanter du Céline Dion alors qu'on a la voix aussi mielleuse qu'une casserole dans les mains d'un manifestant. Faut juste pas en faire une habitude ni en abuser. La modération a bien meilleur goût, c'est rien de nouveau.

Donc, entre le joint et le trip de bouffe, nous sommes retournés dans la pièce à bébelles. Monsieur Devin possédait une machine qui produit de la fumée artificielle. Il l'a mise en fonction et a allumé une quantité incroyable de lasers qu'on pouvait mieux voir grâce à la fumée. Ils se regroupaient pour dessiner un énorme cylindre. Un genre de tunnel illuminé qui traversait la pièce et la coupait en deux.

Quand on regardait le cylindre de l'extérieur c'était beau, mais monsieur Devin m'a prise par la main et m'a fait traverser les faisceaux lumineux afin qu'on se retrouve à l'intérieur du cylindre. J'avais l'impression d'être au centre d'une tornade horizontale de lumière. Un tunnel sans fin aux couleurs de l'arc-en-ciel dansait autour de nous. À jeun, ça doit être moins cool, mais je te le raconte comme je l'ai vécu. Je me sentais relax et hypnotisée à la fois. Je pense que si nous n'avions pas baisé dans le tunnel, j'aurais tenté d'écrire un album à la Harmonium.

Mais étant donné que ce soir-là, ô surprise, je n'avais pas le génie de Serge Fiori mais plutôt un surplus de libido, je me suis mise à genoux et j'ai pris le pénis de monsieur Devin dans ma bouche, en me disant que si j'étais un homme-gadget, me faire sucer dans cet environnement surréaliste serait certainement au nombre de mes fantasmes.

La pute en moi ne se pose pas mille et une questions quand vient le temps de s'agenouiller. Ce n'est pas un signe de soumission mais bien une prise en charge. La pute rend l'homme tellement fou qu'il perd le contrôle. Pourquoi crois-tu que dans les films XXX, la décharge faciale est si populaire ? Les hommes aiment se donner l'idée qu'ils reprennent le contrôle, car dans les faits, lorsqu'ils sont dans ta bouche, c'est toi qui mènes. Je vais faire un mauvais jeu de mots pour que tu comprennes : c'est toi qui as le gros bout du bâton.

La plupart des gadgets qui nous entouraient me plongeaient dans la confusion, cependant je savais très bien sur quel piton appuyer pour activer ce bâton-là. C'est donc en peu de temps que j'ai entendu monsieur Devin râler de satisfaction. Lorsqu'un homme prend son pied, j'adore sentir les contractions puissantes à la base de son pénis. Elles m'avertissent que la semence sera expulsée dans une fraction de seconde, et le jet, s'il s'accompagne parfois d'un grognement primal, est toujours rythmé d'une respiration forte, cochonne, sensuelle. Entendre un homme venir grâce à ma bouche, c'est de la douce musique à mes oreilles.

Après avoir retrouvé ses esprits, monsieur Devin m'a tendu la main comme un cavalier invite sa reine à danser et il m'a embrassée. Un homme qui n'a pas le dédain de son propre sperme, ça m'excite. S'il aime me voir avaler son sperme, je n'ai pas envie de le voir dégoûté à l'idée de m'embrasser par la suite. C'est selon moi d'une hypocrisie sans fin.

Il a tenu ma main dans la sienne et m'a amenée dans sa chambre, à l'étage. Je me suis étendue sur son lit et, avec une lenteur comparable à celle d'un voilier sous la brise, il a fait glisser tous mes vêtements en effleurant chaque centimètre de ma peau. Mon bas-ventre n'avait cependant rien du paisible voilier : j'avais l'impression que son moteur ne demandait qu'à courser.

C'est à trente ans que j'ai eu ma première éjaculation, et c'est grâce à monsieur Devin et à son ardent désir de me voir mouiller son matelas. Il m'a ouvert les cuisses, il a déposé des oreillers sous mes genoux et, en me regardant droit dans les yeux, il a murmuré :

— Laisse-moi faire, je vais prendre soin de toi. Ce soir tu m'appartiens.

Je me souviendrai de cette phrase toute ma vie. Ses paroles m'avaient tellement excitée que si c'était physiquement possible, j'aurais éjaculé sans qu'il me touche et avec une puissance démesurée. J'avais tellement envie de lui que j'aurais été capable d'arroser les plantes de son jardin alors qu'on était au deuxième étage ! Je serais littéralement venue en fontaine sur-le-champ.

Je l'avais pourtant averti après l'avoir frenché dans le portique :

— Perds pas ton temps, ça fait cinq ans que je le cherche, mon maudit point G, et je le trouve pas. Je l'ai baptisé « Le défaut de Véronique Cloutier », parce qu'on sait qu'elle en a un mais personne l'a jamais trouvé.

Il s'était esclaffé et m'avait affectueusement traitée de « p'tite comique ».

Juste avant de partir à la chasse de mon point G, qui selon moi était inexistant, il a fait le geste suprême de nerd : il a pris son téléphone intelligent et, par une simple commande, sa télévision s'est mise à jouer une liste de chansons toutes plus sensuelles les unes que les autres. En même temps, les lumières se sont éteintes pour laisser place à la luminosité de l'écran de télé qui diffusait des images de coucher de soleil.

J'ai ri. Fort. Je l'ai traité de nerd quétaine et il m'a répondu avec ses petits yeux cochons :

— Ferme-la et laisse le nerd t'allumer maintenant.

J'ai obéi. C'est avec plaisir que j'ai fermé ma gueule et ouvert un peu plus mes jambes, car sa bouche était déjà sur mon sexe et semblait se régaler.

C'est plaisant, l'amour oral, mais ce l'est encore plus quand on sent que le gourmand te mangerait pour le déjeuner, le dîner et le souper. En ce qui concerne le cunnilingus, j'ai décelé deux catégories d'hommes. Il y a ceux qui l'offrent poliment pendant une ou deux minutes juste pour accélérer la lubrification, et il y a ceux qui appartiennent à la catégorie suivante : « Advenant que je meurs la face dans ton sexe, t'auras jamais vu un homme sourire autant dans un cerceuil. » Ce n'est pas une surprise, je préfère la deuxième catégorie.

Monsieur Devin était un fervent partisan de l'amour oral. En tant que receveur, mais surtout généreux donneur. Je pense que mon sexe est devenu ce soir-là un cinquième groupe alimentaire ! Le tableau sur son frigo devait afficher :

- Fruits et légumes
- Viandes et substituts
- Produits laitiers
- Pains et céréales
- Vulves et vagins

Je peux dire qu'au moins une fois dans ma vie, j'ai fait partie de l'alimentation équilibrée d'un homme.

Lorsque ses lèvres et sa langue m'ont sentie bien détendue, il a introduit deux doigts de sa main droite à l'intérieur de mon sexe.

### PETITE PARENTHÈSE

Jeune homme, si tu lis encore ce roman que tu as volé dans la chambre de ta sœur et que tu te demandes quoi faire avec tes doigts une fois à l'intérieur de la fille, je te donne une image claire pour t'aider : insère-les de la même façon que tu soulèves un six-pack de bière. Tu introduis deux doigts sur le côté de la caisse, et tu en fais un léger crochet pour pas l'échapper. C'est la même chose quand tu fais l'amour. Deux doigts et un léger crochet vers le haut. Si tu fais bien ça, crois-moi, tu auras encore plus de fun que durant une semaine au manoir Coors Light.

### FIN DE MA PETITE PARENTHÈSE

Donc, monsieur Devin – qui aurait pu enseigner la maîtrise du doigté – a glissé l'index et le majeur de sa main droite en moi, et avec sa main gauche il a relevé doucement mon genou droit pratiquement jusqu'à mon épaule droite.

Des sensations divines sont apparues lorsqu'il s'est mis à tapoter, avec ses deux doigts, la paroi supérieure de mon sexe. Un peu comme un opérateur de télégraphe qui prend sa job vraiment au sérieux. Plus le temps avançait, plus le message qu'il m'envoyait devenait clair : éclabousse-moi ! Et c'est exactement ce qui est arrivé. Tu comprends bien que j'exagère, mais sa main, la douillette, le drap et le protège matelas y ont tous goûté.

J'ai été la première surprise de constater qu'il n'avait pas développé une tendinite avec un tel exploit. Ce fut long. Il a été patient et tenace, mais encore là, sous l'effet de la marijuana, la notion du temps est floue. Je croyais que la drogue avait joué un grand rôle dans ma capacité à relaxer et que c'était grâce à elle que j'avais déversé les eaux, mais c'est surtout à cause d'elle que j'ai dû dormir chez l'amant. Épuisée et, disons-le, encore un peu gelée, je me suis endormie après de multiples orgasmes, les fesses mouillées dans le bonheur sans trop me poser de questions.

Je me suis réveillée tôt. Plutôt difficile de rester endormie quand on reçoit des petits coups de pénis sur le bord de la joue à six heures du matin. Avec tendresse et humour, le pénis de monsieur Devin semblait me dire : « Bon matin ! »

J'ai eu droit à un deuxième acte, et c'est pendant ce deuxième tour que j'ai pu conclure que la marijuana n'était pas l'élément clé du succès de la fontaine. En trois minutes, pendant le lever du soleil, encore à moitié endormie, j'ai mouillé à nouveau son lit.

On s'est ensuite collés dos à dos, fesses à fesses, pour envoyer nos haleines du matin dans des directions opposées. Il m'a demandé :

— Veux-tu une chocolatine ?

J'ai répondu :

— Oui.

# Le sorcier

Il arrive rarement que toutes les filles de ma gang se retrouvent célibataires en même temps. Il y en a toujours une ou deux qui sont matchées sur le lot. Mais il y a quelques années, la vie a fait en sorte qu'on a eu le cœur libre simultanément. Certaines par choix, d'autres parce qu'elles s'étaient fait plaquer. J'étais dans la deuxième batch. Je m'étais fait « crisser là » violemment, sans préavis, par l'homme de ma vie. Mon cœur était libre mais salement amoché.

J'avais mal. J'annulais les rendez-vous de mes clients en prétextant que je souffrais d'une pneumonie et je passais mes journées en pyjama devant la télé en mangeant tout ce qui se vendait au dépanneur et, surtout, comportait une forte teneur en gras. Les yeux boursouflés, vêtue d'un vieil ensemble de yoga, sans bobette ni brassière, je ne me sentais pas prête à attaquer le monde épicier. J'étais en peine d'amour, et mon passe-temps favori était de jouer à trouver le mot manquant dans la phrase suivante : « Pourquoi il ne m'aime plus ? Ça doit être parce que je ne suis pas assez _____. » Pas assez belle ? Pas assez stimulante ? Pas assez sage ? Pas assez badgirl ? Pas assez divertissante ? Pas assez calme ? Pas assez affectueuse ? Pas assez rough ? Pas assez tatouée ? Pas assez indépendante ? Pas assez envahissante ? Pas assez douce ? Pas assez drôle ?

Je me tapais moi-même sur les nerfs avec mes questions. Je vivais la phase du «pourquoi» à l'âge adulte.

Avec le recul, ce qui m'énerve le plus, c'est que j'ai osé croire que c'était ma faute.

Un jour où j'attachais mes cheveux gras pour me faire croire qu'ils étaient encore propres, les filles sont débarquées dans mon appartement et ont envahi mon espace. Karine, Marie-Lyne, Nathalie, Martine ; toute la gang en même temps.

TOC-TOC-TOC!!

— Ouvre, mi gorda, on sait que t'es là !

Marie-Lyne m'appelle toujours «mi gorda». Ça veut dire «ma grosse» en espagnol. Un nom affectueux, sans arrière-pensée, qui va très bien avec ma shape.

Karine, qui est la gardienne officielle de mon double de clés, s'en foutait que je ne réponde pas et est entrée sans demander la permission.

— Bon! Ça suffit! Marie-Lyne veut nous annoncer une bonne nouvelle pis elle voulait pas le faire sans toi, faque va brosser tes dents pendant qu'on ramasse tes sacs de chips pis tes boîtes de pizza vides, parce que nous autres, on est tannées d'attendre et on veut pas sentir ton haleine d'outre-tombe !

C'est toujours propre chez Karine, et quand Karine vit une peine ou un stress intense, elle fait du ménage compulsivement pour se défouler. C'est un mal pour un bien, et ça donne des scènes dignes d'une comédie de vaudeville. Elle frotte sa plaque de four en pleurant, se voit dans le reflet, se trouve laide, pleure encore plus fort, les larmes tombent sur la plaque, elle frotte encore plus fort, se voit à nouveau, pleure… C'est une roue sans fin.

Tandis que moi, quand j'ai de la peine, je deviens aveugle. L'amour ne me rend pas aveugle. La peine d'amour, oui. Quand les filles sont entrées chez moi par effraction, elles ont trouvé un appartement décoré de plats contenant des restes de bouffe séchée et des miettes de chips dans les craques de mon divan. Au sol, des tas de poussière entremêlés à des mottes de cheveux se promenaient de pièce en pièce comme des boules de foin dans une scène de Far West. Quelques jours de plus et j'imagine que les boules auraient pris vie.

— OK, asteure qu'on est toutes ensemble, je peux vous le dire... Les filles, vous allez capoter !

— T'es enceinte !

On y avait toutes pensé, mais c'est Nathalie qui avait osé le dire.

— Ben non, là, c'est pas ça !... Pendant ma dernière affectation à Pointe-à-Pitre, en Guadeloupe, j'ai rencontré une Québécoise qui a acheté un studio là-bas. Elle nous offre de le louer pendant une semaine pour cinq cents dollars !! Regardez les photos, c'est malade !

Karine, déjà excitée à l'idée de s'offrir une semaine abordable entre amies, a mis l'accent sur le calcul mathématique.

— Wow ! Ça fait cent piastres chacune ! C'est pas cher !

Moi qui babounais depuis les deux dernières lunes avais plutôt l'esprit défaitiste :

— Bravo, madame la comptable. Mais si je me fie aux photos, y a juste un futon et un lit double. Ça loge quatre personnes, ça, pas cinq. Allez-y, vous autres, cent vingt-cinq piastres pour une semaine, ça reste...

Karine m'a interrompue.

— Ne-non ! On partira pas sans toi ; des histoires pour que tu tombes enceinte d'un sac de Doritos pendant notre absence. Tu viens pis tu vas avoir du fun, point.

Au départ, je n'en avais pas envie. J'avais le cœur arraché, j'avais mal à en vomir. J'avais passé deux ans on and off avec l'homme de mes rêves, puis il m'avait non seulement plaquée, mais il l'avait fait pour une fille qu'il fréquentait discrètement en même temps que moi.

J'aurais aimé dire «Ah la vache!», mais je ne crache pas sur les gens que je ne connais pas. Avoir voulu cracher sur quelqu'un, la cible aurait été Fred, mon ex. Il avait un sacré talent pour être nébuleux et évasif, et j'étais certaine que la demoiselle ne savait même pas que j'existais.

J'étais en peine d'amour avec un grand P et j'insistais pour m'encrasser dans ma phase du pourquoi. «POURQUOI IL NE M'AIME PLUS?» J'avais beau me poser cette question mille fois, je ne trouvais pas de réponse satisfaisante. Ma seule certitude, c'était que je me sentais morte en dedans.

J'avais aimé cet homme avec mes tripes. Il avait fait sortir le meilleur de moi-même et aussi le pire. J'aurais fait des bassesses pour qu'il m'aime. Il avait été ma muse, l'homme qui me poussait à toujours vouloir plus : plus de talent, plus de contrats, plus de sexe, plus de temps avec lui, plus de «je t'aime»… J'étais assoiffée de lui.

Mais j'avais perdu l'homme qui m'avait inspirée, l'homme que j'admirais, l'homme qui m'avait rappelé d'un simple frôlement de doigt à quel point j'étais femme. Il était fonceur, carriériste, cool, sexy, un king du réseautage et un artiste qui faisait l'amour à la scène chaque fois qu'il y mettait les pieds. La nature lui avait donné une voix si chaude que chaque note qu'il chantait faisait bouillir mon sang, sans compter qu'il avait suffisamment de charisme pour séduire le public qui, soir après soir, était en délire.

Il abordait la vie avec l'attitude du guerrier et j'avais eu envie d'être comme lui. Chaque fois que j'avais été en sa présence, tout avait été plus beau, goûtait meilleur, sonnait mieux. J'avais l'impression que si je demeurais dans la même pièce que lui, ma vie serait une montagne russe d'émotions fortes. Cet homme était ma drogue.

Il est parti et tout a changé. Pour toujours. J'ai voulu le ravoir, oh que je l'ai voulu. J'avais trop de larmes dans les yeux pour voir clair. J'étais rendue à vouloir changer pour lui. Je suis même allée jusqu'à dire à voix haute : « Il fantasme sur les filles aux cheveux noirs et aux yeux bleus, alors je vais teindre ma tignasse et m'acheter des verres de contact colorés ! » C'est à ce moment-là que mes amies m'ont botté le cul. Exactement comme je l'avais fait avec Carl. Je me suis lavée, habillée et j'ai recommencé peu à peu à apprécier la clarté du jour.

Dans la vie d'une fille qui tombe amoureuse d'un menteur-crosseur, il existe deux phases : l'avant menteur-crosseur et l'après menteur-crosseur. Impossible de revenir en arrière. Les trous de cul qu'on voit dans les films deviennent soudainement des personnages réels, tangibles, et là, on commence à avoir peur. On devient méfiante pour le reste de nos jours. Le crotté qui s'est permis de nous manquer de respect en camouflant ses manigances sous des tonnes de « je t'aime » modifie notre perception des relations, creuse un nid-de-poule dans notre autoroute, et ça frappe fort. Il faut rebâtir sa façon de voir les hommes, et malheureusement, ce sont souvent nos partenaires suivants qui écopent de la merde laissée par le menteur.

### PETITE PARENTHÈSE

Si tu es dans cette phase mademoiselle, prends ton temps. Prends le temps de pleurer, de vomir, d'être « en tabarnak » et surtout prends le temps de remplir ton nid-de-poule. Pas avec de l'alcool ou un paquet d'hommes, mais avec du béton. Du béton SOLIDE. De cette façon, lorsque tu rencontreras un type honnête, il aura devant lui une belle route pour marcher jusqu'à toi. Comme disait ma mère : « Charlie, c'est toujours mieux de panser ses plaies... ça évite que tu déverses ton pus sur les autres pis que t'infectes tes relations.» Ouain, je le sais, les métaphores de ma mère sont parfois douteuses, mais pas fausses pour autant.

### FIN DE MA PETITE PARENTHÈSE

♠ ♠ ♠

Trois semaines s'étaient écoulées depuis l'intervention forcée de mes amies, et le moment de notre départ pour la Guadeloupe était venu. On s'est bien retrouvées cinq dans un studio qui pouvait accueillir quatre personnes, mais Marie-Lyne la bohème voyageuse avait trouvé une solution simple pour régler ce léger problème.

— OK les filles! Première option: l'une de nous apporte un matelas gonflable dans ses bagages. Deuxième option: la plus saoule dort par terre sur des oreillers.

Premièrement, dans ma gang de filles, il n'y en a pas une, y compris moi-même, qui soit prête à sacrifier de l'espace de valise précieux pour un matelas gonflable. Deuxièmement, connaissant nos habitudes de consommation, dormir sur des oreillers sonnait comme un bon plan. Quand l'alcool coule à flot, même la céramique est confortable. Je le sais, je l'ai expérimenté avec mes amies alors qu'on s'est toutes endormies un soir sur le parquet de l'entrée de mon appartement, pour montrer à Martine que les petites bestioles rampantes attirées par l'humidité mangeaient pas les grosses bibittes. Le réveil avait été brutal, mais la soirée mémorable.

La Guadeloupe a mis un baume sur mon cœur. Passer une semaine à exposer mon cerveau à des trucs nouveaux m'a aidée à oublier l'autre pour quelques heures à la fois, et parfois même pour une journée entière. Chaque seconde où je ne pensais pas à lui m'était précieuse, car j'avais enfin l'impression de pouvoir mettre ma douleur en mode pause. Pendant une semaine, il n'y a pas eu de chanson, ni d'odeur, ni de lieu pour me faire penser à lui. J'étais en désintox de Fred, et je m'étais juré que si un jour il frappait chez moi et que par le fait même un danger de rechute se présentait, je lui claquerais la porte au nez en sautant sur le prochain vol pour une destination inconnue. Je sais maintenant qu'une immersion en sol étranger m'occupe assez le cerveau pour l'empêcher de baigner dans les larmes, et ça me donne le courage de continuer.

J'ai pris conscience qu'il était physiquement impossible d'avoir le cœur lourd quand on est dans un nouveau pays, qu'on voit pour la première fois un volcan, une chute tropicale, un prestigieux fort de Napoléon, et quand on rencontre un peuple souriant. Sans le vouloir, le cœur s'allège, et battre lui demande moins d'effort.

Le mien a même battu en double... quand j'ai vu Michel sortir de l'eau.

Un matin où j'avais besoin d'être seule, je suis partie à l'aube pour voir le soleil se lever et ainsi me rappeler à quel point la vie était plus grande que Fred. La rue se réveillait sous le balai des femmes qui nettoyaient leur espace asphalté, et le vendeur de journaux, fidèle, ouvrait son kiosque pour vendre les nouvelles fraîchement imprimées. J'ai acheté le journal local ainsi qu'une banane à la dame du kiosque suivant, et je suis partie m'étendre dans le sable pour regarder le soleil se pointer le bout du nez. À cette heure-là, je n'avais pas prévu de voir quelqu'un sortir de l'eau.

Michel était Noir, il avait la stature d'un nageur et deux émeraudes à la place des yeux. Le contraste de couleurs était à couper le souffle et m'hypnotisait. C'était le premier homme noir aux yeux verts que je voyais et j'étais incapable de détourner le regard.

Il s'est immobilisé à côté de moi.

— Mademoiselle, vous faites bien de vous lever tôt. À cette heure-ci, en Guadeloupe, les croyants disent que vous pouvez apercevoir le paradis de Dieu.

— Si le paradis existe, vous le clanchez sûrement.

— Clanchez ?

— C'est une expression québécoise : ça veut dire «surpasser».

— Oh, vous me gênez ! Mais merci, mademoiselle, et à plus tard.

Et pouf ! il est parti aussi rapidement qu'il est venu.

J'ai attendu toute la journée qu'il repasse, mais ça ne s'est pas produit. Les filles sont venues me rejoindre, on a lunché sur la plage et j'ai même eu le temps de faire une petite sieste dans un hamac. En me réveillant, j'ai soulevé le chapeau de paille que j'avais mis sur mon visage pour me rendre compte que tout mon corps était calciné. J'avais oublié de m'enduire de crème protectrice et le soleil de l'après-midi avait eu raison de ma petite peau blême.

Je suis retournée au studio, la mine basse. Ma peau craquait autant qu'un plancher de bois franc. J'ai croisé Yvonne, la vieille dame à qui j'avais acheté une banane le matin même.

— Oh yoy yoy ! Pauve enfant, tu ne pourras pas passer la nuit ! Je vais t'amener chez Herbavie, ils vendent des crèmes qui vont t'aider à oublier que t'as l'air d'un méchoui.

— Non, ça devrait aller, madame, j'ai de l'aloès au studio.

— BAHHHHH ! De l'aloès, c'est pour les amateurs. Crois-moi, tu as besoin de quelque chose de professionnel. Allez, viens ! C'est tout près !

Je m'attendais à ce qu'Yvonne m'entraîne vers une pharmacie, mais nous nous sommes retrouvées dans une maison privée remplie de «potions magiques» qui sentaient le sortilège.

— Madame Yvonne, j'suis pas sûre de vouloir mettre la santé de ma peau entre les mains d'une sorcière.

— Tsut ! Fais-moi confiance, jeune fille, tu as besoin d'être ici !

J'ai vite ravalé mes paroles. Premièrement, la sorcière était un sorcier. Deuxièmement, le sorcier était l'homme aux émeraudes. Michel était reconnu comme le meilleur herboriste de l'île. Un champion de la médecine alternative.

— Je te la laisse, Michou! Prends soin d'elle, elle est gentille!

Il a vu le doute dans mes yeux.

— J'avais raison de vous dire à plus tard. Je m'appelle Michel.

— Moi c'est Charlie. Je suis désolée de vous dévisager, mais vos yeux me fascinent; vous avez vraiment l'air d'un sorcier.

— Je ne suis pas un sorcier. Mes yeux verts sont typiques de Saint-François, le village d'à côté. On est plusieurs à avoir une pigmentation de peau foncée et des yeux clairs. Pour ta peau, je ne vais pas te jeter un sort, mais je vais te préparer une crème.

Il s'est mis à mélanger des lotions avec des huiles, des gelées et des herbes. C'est tout juste s'il n'a pas ajouté du sel et du poivre. Ne pas avoir su que cette crème était pour mon corps, j'aurais trempé une carotte dedans.

— Tu le savais, ce matin, que j'allais calciner? J'dois pas être la première touriste à oublier de se mettre de la crème, hein?

On était passés du «vous» au «tu» sans vraiment se poser de questions.

— En effet, tu n'es pas la première Blanche à qui je vends cette crème, mais je préfère te la donner au lieu de te la vendre.

— Pourquoi? T'as si pitié de moi?

— Non, mais si je te la vends, on entre en relation professionnelle, et si je te la donne, j'aurai peut-être la chance de te l'appliquer moi-même après t'avoir invitée à manger.

BOOM! Je ne pensais plus du tout à Fred!

— J'ai un bouillon et du riz aux fèves noires sur le feu. Si tu me donnes quelques minutes, je me lave les mains et je t'en sers un bol.

— OK, et la crème?

— Ça ne sert à rien t'en enduire maintenant; il faut t'enrouler dans des serviettes après l'application, c'est mieux avant le dodo, ma doudou.

— Ma doudou? Ah oui? On est rendus là?

Les hommes de l'île appellent les femmes des doudous. Un petit surnom teinté de sexualité, d'amour et de tendresse.

— Oui, on est rendus là. Mange et bois, car ton corps va avoir besoin d'énergie pour combattre l'insolation.

J'aimerais te dire qu'on a fait l'amour comme des bêtes, mais je souffrais beaucoup trop. Tandis que je l'aidais à débarrasser sa table, il m'a bloqué le chemin menant à la cuisine et a réclamé un baiser comme droit de passage. Ses lèvres étaient douces et goûtaient le coca-cola. Le meilleur, c'est qu'elles étaient froides grâce aux glaçons dans son verre.

— Laisse faire ça, je m'en occuperai plus tard.

Il m'a entraînée dans une petite pièce adjacente à son commerce. À ma droite, il y avait une table surélevée qui me rappelait celle de mon esthéticienne.

— Déshabille-toi doucement pour ne pas irriter ton épiderme et allonge-toi sur le dos.

J'avais l'air un popsicle deux couleurs. Le ventre rouge-gorge et le dos blanche-neige... J'avais osé le bikini et je commençais à regretter dangereusement l'initiative.

J'étais nue, ventre rouge, sexe et seins blancs, cuisses presque mauves. Michel a enlevé son t-shirt sous prétexte de vouloir éviter de le salir, mais je savais bien que c'était pour me faire revivre le lever du soleil. J'ai voulu toucher son ventre. Quand j'ai tenté de l'effleurer, il l'a contracté en reculant d'un pas. Ses flancs se courbaient vers l'intérieur, et ses abdominaux semblaient mener tout droit au bonheur.

— Mademoiselle Charlie, c'est moi qui te touche. Tu gardes les bras bien allongés de chaque côté et peu importe ce que je fais, respire et reste calme. Je vais y aller doucement, promis.

À l'aide de ses grandes mains, il m'a enduite de crème. Il a commencé par mes pieds pour remonter sur mes jambes, comme un saumon remonte la rivière. Il a écarté légèrement mes pieds pour masser l'intérieur de mes cuisses et j'ai senti son corps se pencher ; sa langue embrassait mon mont de Vénus. J'ai eu droit à un délicieux cunnilingus, offert par une bouche gourmande. Ma jouissance m'a rappelé que malgré toutes ses qualités, Fred n'avait jamais eu suffisamment de patience pour me faire vibrer avec sa langue.

La crème, d'une fraîcheur matinale, contrastait avec mon corps qui devenait de plus en plus chaud. Michel m'a enveloppée à l'aide de draps de coton blanc pour laisser la crème pénétrer mon épiderme, et j'ai entendu son jeans tomber sur la tuile. D'un coup, le dossier de la chaise s'est soulevé et je me suis retrouvée assise à quarante-cinq degrés. Il a grimpé sur la table et s'est arrêté, la queue bien bandée à quinze centimètres de ma bouche. Son pénis était gros, il avait du caractère et présentait des veines qui auraient pu lever un frigidaire. Le pénis de Michel était tellement massif qu'il aurait pu se trouver une job dans la construction.

Voyant que mon visage avait été épargné par le soleil, le sorcier s'est mis à faire l'amour à ma bouche. J'avais ses flancs, les muscles de ses cuisses et son six pack dans mon champ de vision et je prenais un malin plaisir à pétrir ses fesses en même temps que je le suçais. Il s'est retiré et, par reflexe j'imagine, il est venu sur mes seins enveloppés de

drap blanc. Ne voulant pas s'écraser sur ma peau, il s'est
levé. Peu après, il nous rapportait deux verres d'eau.

— T'as soif ?

— Oui, merci.

— Alors, comment tu te sens ?

— Très heureuse de ne pas avoir payé ma crème.

# M&M

Un jour, Jean-Philippe m'a invitée à un party. Fiesta sur un yacht. Le hic : ce type me tapait royalement sur les nerfs. C'est le genre de gars qui raconte tellement d'insignifiances qu'il donne envie de s'inventer un syndrome de la Tourette juste pour pouvoir lui couper la parole.

Je l'ai déjà entendu dire :

— Je prenais des stéroïdes pis je m'entraînais comme un malade deux fois par jour. C'est pour ça que j'ai des vergetures sur les bras. Y ont grossi plus vite que ma peau est capable de s'étirer.

Le gars semble avoir autant de jugement qu'un âne dans le coma. Cependant, ses fiestas sont toujours bondées. L'explication la plus plausible au phénomène : le yacht. Il en a hérité, et c'est fou comme l'argent peut amener des «amis». Chaque fois qu'il m'invite, je lui dis :

— JP, tu devrais charger un prix d'entrée sur ton bateau. Comme ça, je me sentirais moins mal de pas t'aimer.

— Laisse faire ton cover charge. Ça fait longtemps que je veux un tattoo de barbelé autour de mon bras pour cacher mes vergetures. Viens à mes partys pis en échange, tu m'encreras le bras. La pognes-tu ? Ancre à bateau ? Encre à tattoo ?

J'ai soupiré et ajouté :

— Oh boy, tu prends des risques ! Je viens de te dire que je t'aime pas, pis tu veux que je te rentre une aiguille dans le bras ?

— J'sais que tu feras pas de niaiseries. Ta réputation est en jeu, parce que m'as flexer mes muscles pis poster des photos de mes biceps partout sur Facebook ! T'es t'aussi ben de pas scraper ton œuvre.

Je ne croyais pas qu'il était possible de dire quelque chose d'aussi ridicule et logique à la fois.

### MOYENNE PARENTHÈSE

À toi, Jean-Philippe, qui envisages encore de te faire tatouer du barbelé, c'est non. Et camoufler tes vergetures de biceps avec du barbelé, c'est double non. Du barbelé, c'est quétaine autour d'une plaque d'immatriculation ; imagine autour d'un bras !

De toute façon, les gars qui trippent sur du barbelé sont habituellement des doux ou des timides qui veulent avoir l'air tough. Tu sais, le genre de gars qui se promène sur sa Harley et qui porte un manteau de cuir avec une patch de tête de mort, un casque de moto avec une tête de mort, une bague chromée avec une tête de mort et qui boit probablement de la vodka dans une bouteille en forme de tête de mort... C'est beau, on a compris ; tu es dangereux, du moins tu veux nous le faire croire.

Pourtant, on sait tous que les plus dangereux sont discrets. La preuve, après un crime sordide, il y a toujours un voisin pour dire du suspect : « Oh mon Dieu, j'aurais jamais pensé qu'il conservait trois cadavres sous son cabanon! Il était gentil et serviable. Il a même déblayé mon entrée quand je suis parti en vacances!»

Il n'en demeure pas moins que plus tu veux montrer aux gens que tu es dangereux, moins tu l'es. Alors, Jean-Philippe, penses-y deux fois avant d'annoncer à tout le monde que t'es un bad boy wannabe; on ne te croira pas. Pour l'amour du ciel, tu t'entraînes en gougounes...

## FIN DE MA MOYENNE PARENTHÈSE

Le soir de la fiesta, mon application météo annonçait une canicule persistante et les jeans étaient hors de question. J'étais en train de fondre dans ma robe soleil rouge à pois blancs de style pin-up quand le texto de Karine est rentré:

Karine
QTF? Mon chum est au cinéma avec les enfants, j'ai désespérément besoin de sortir.

Charlie
J'fais rien, mais JP organise fiesta sur son yacht...

Karine
On y va!!

Charlie
J'pense que t'as mal lu. J'ai dit JP organise...

Karine
SVP ça fait six mois que je suis pas sortie, j'ai pas les enfants!

Charlie
K, viens-t'en pis amène de la boisson, on prendra un drink avant d'partir.

Karine
K!

Je l'adore, ma chum Karine. Elle a fait mon site Web, elle m'aide à faire des croquis, elle me motive à m'entraîner et elle ne me demande jamais rien en retour. Je serais prête à endurer cinquante JP pour lui donner un break...
Une fois pompettes et poupounées, on s'est rendues au Vieux-Port. Le bateau était accosté. La musique semblait avoir déjà fait lever le party même s'il était à peine vingt-deux heures. L'hôte accueillait tout le monde à l'entrée de son embarcation, avec sa casquette de capitaine et ses légendaires gougounes.
— Ah ben ma beautiful, t'es venue! Pis avec une belle amie en plus!
— Oui, je suis venue... JP, je te présente Karine, Karine, JP.
— Salut, la belle Karine. Moé, chu le capitaine, mais j'vas faire toute c'que tu me demandes si tu t'assois sur mon mât de bateau.
Karine, qui se foutait visiblement de lui, a répondu du tac au tac:
— J'ai un chum et cinq enfants, décolle!
Ça, c'est ma Karine. Elle est passée à côté de lui sans même le regarder et m'a demandé où se trouvait le bar.
Notre hôte avait quand même eu la bonne idée d'engager un équipage expérimenté. Il n'y avait que des barmans dignes de travailler sur des paquebots de croisière. Vêtus de leur tuxedo, ils étaient clean cut. Des master mixers d'expérience. J'avais le béguin pour tous les hommes du personnel, car ils apportaient un peu de classe à cette

beuverie, et ils sentaient l'homme mature des kilomètres à la ronde. J'étais en mode chasse.

Je me suis installée avec Karine directement au bar, une station assez achalandée pour qu'on y poste deux employés, deux barmans clairement collègues de travail depuis plusieurs années et peut-être même amis. Leur dynamique et leur symbiose étaient très particulières. Malgré l'espace de travail étroit, ils ne se nuisaient jamais. Au contraire, ils se complétaient en s'échangeant des bouteilles, en se lançant des citrons et surtout en restant courtois malgré le flagrant manque de classe de certains passagers.

Les deux hommes avaient les cheveux bruns, mais l'un des deux avait un regard qui aurait pu faire figer une tornade. Ses gènes lui avaient donné un œil noisette et l'autre bleu. Magnifique!

Il a rapidement saisi que je le trouvais beau et il s'est mis à user de ses charmes.

— Bonsoir mesdemoiselles! Enfin, de vraies femmes à notre station! Qu'est-ce que je peux vous servir?

Karine m'a devancée.

— Un long island iced tea, j'ai un chum et cinq enfants, je veux boire, pas me faire chanter la pomme.

Karine, qui aime les hommes autant que moi, sait fort bien que la façon la plus facile de tromper son chum, c'est d'ouvrir des portes. Alors elle les ferme avec conviction au moindre signe de séduction.

— Parfait mademoiselle, un long island iced tea sans amour! Et vous, mademoiselle?

— Oh, moi, tu me sers ce que tu veux et tu mets une double dose de love dedans: je suis célibataire et sans enfant.

Moi, qui aime les hommes autant que Karine, je sais fort bien que la façon la plus facile de séduire un homme, c'est d'entrer dans la porte qu'il m'ouvre.

— Parfait!

Il s'est retourné vers son acolyte:

— Mathieu, la demoiselle veut une double dose de love dans son martini !

Tu le verses et je le shake, OK ?

Sympathique, comme duo. Les gars étaient charmants, vifs d'esprit, et ils possédaient un bon sens de la répartie. Karine et moi, on s'est offert des consommations à tour de rôle, et quand venait le temps de payer, les serveurs nous tendaient une fausse facture écrite à la main sur une napkin :

4 x 1 once de vodka-raisin
Sous-total : Deux sourires
TPS : Une poignée de main
TVQ : Un high five
Grand total : Restez jusqu'à la fermeture svp !

La seule raison pour laquelle on a soulevé les fesses de notre banc durant la soirée, c'est pour aller à la salle de bain.

Vers deux heures du matin, Karine s'est rappelé que sa levée du corps arriverait pas mal plus vite qu'elle l'aurait souhaité, et elle a appelé un taxi.

— Bon, c'est pas que je vous aime pas, les copineaux, mais dans quatre heures, j'ai cinq sandwichs à faire pour ma marmaille, pis si je veux pas oublier de mettre de la viande entre les deux tranches de pain, la soirée s'arrête maintenant.

— OK, je te suis ! j'ai dit.

— Ne-non, a dit Karine. Toi, tu restes ici pis tu t'amuses avec le barman pour moi, simplement parce que toi tu peux ! Au revoir !

Karine nous a fait de grands saluts de la main comme si nous étions sur le point de partir pour la traversée de l'Atlantique et qu'elle restait sur le quai.

Je sentais que Martin, le barman aux yeux bicouleurs, avait une proposition à me faire. Restait à savoir laquelle.

— Notre voiture est au quai, veux-tu un lift à la fin de la soirée ?

— VOTRE voiture ?

— Ma voiture, en fait. Mathieu et moi, on est colocs et on s'en va à la même place.

— Ah ben câline ! Mathieu et Martin… M&M… Il me semblait aussi que vous aviez une dynamique hors du commun. J'accepte l'offre, mais avant, je vais vous prendre en photo avec ta plaque d'immatriculation et je vais envoyer l'image à une amie, question que vous m'embarriez pas dans le coffre de l'auto au lieu de me déposer chez moi.

### GRANDE PARENTHÈSE

À tout âge, la sécurité, c'est primordial. Chaque fois que je quitte un club avec un homme, je prends une photo de lui et de la plaque de son véhicule si on prend sa voiture. Je texte la photo, les infos et l'adresse de mon amant à mon amie Martine, en qui j'ai une confiance absolue. C'est notre code. Lorsqu'elle reçoit cette série d'infos, elle sait que je passe la nuit avec un inconnu. Il m'arrive fréquemment aussi de recevoir des textos provenant d'elle. Ils ressemblent à ça :

Marc Lemieux
B72 PTA
1272 Aylmer Mtl
Yé miam - check-lui la face !

C'est donc mon devoir d'amie, le lendemain matin en me levant, de l'appeler pour m'assurer qu'elle va bien, et c'est son devoir de répondre pour ne pas que j'entre en mode panique. Jusqu'à maintenant, notre système est A1.

Et le plus important quand je vais chez un homme, c'est que je l'avise de cette tactique préventive. C'est essentiel qu'il sache qu'une tierce personne sait que nous passons la nuit ensemble et que cette personne saura quelles informations donner à la police si je ne rentre pas au travail ou si on me retrouve dans un container. C'est triste de devoir prévoir, mais de nos jours, il ne faut pas faire l'autruche. Aller passer la nuit chez un inconnu, c'est pas cent pour cent sécuritaire, et quand personne ne sait où on se trouve, ce l'est encore moins.

Au début, les hommes trouvent ça bizarre, parfois drôle ou même obsessif, mais rapidement ils comprennent. Certains m'ont même offert de prendre une photo de leur permis de conduire. Les bons gars saisissent vite. Les trous de cul pognent les nerfs. J'ai eu droit à un gars qui a pété sa coche quand j'ai pris sa plaque en photo. Pas besoin de te dire que je ne suis pas montée dans sa voiture. J'ai terminé ma soirée avec une bonne poutine au smokemeat, heureuse d'être en vie pour la déguster.

Dans le fond, ce que je veux te dire, lectrice, c'est: fais attention à toi. Moi, j'en suis au stade où je ne rêve même plus d'un monde dans lequel tous les gens s'aiment et vivent dans une harmonie fleur bleue. Pour ma sécurité, j'aimerais simplement vivre dans un monde où personne ne se déteste. Ça éviterait toute cette agressivité envers les femmes. Malheureusement, nous n'en sommes pas là, donc il faut être réalistes et prudentes.

**FIN DE MA GRANDE PARENTHÈSE**

Mathieu ne semblait pas enchanté de ma méthode. Il m'a lancé sans hésiter :

— J'ai un problème avec ça.

— Alors je vais prendre un taxi.

— Non, j'ai un problème avec la partie «te déposer chez toi». On aimerait mieux que tu viennes chez nous.

— On ?

— Oui, on. Nos mains sont pas juste bonnes à faire des cocktails...

«Oh wow !» j'ai pensé. Je venais tout juste de me faire proposer un trip à trois !

Pas toujours facile de mettre le sujet sur la table. J'ai été approchée à quelques reprises pour pimenter la vie sexuelle de couples, mais je n'ai aucun intérêt pour les femmes. Aucune attirance sexuelle envers elles, aucune envie de les toucher, de les caresser et encore moins de les lécher. Il n'y a qu'un vagin dans mon lit, et c'est le mien.

Deux hommes par contre, c'est une proposition intéressante. Quelle femme n'a pas rêvé d'être caressée par quatre mains en même temps, d'avoir un sexe dans sa bouche et un autre en elle, de sentir deux paires de lèvres sur son corps, une sur les lèvres d'en haut et l'autre sur les lèvres d'en bas ?

— Parfait, j'accepte d'aller chez vous. Par contre, j'ai pas assez de condoms dans mon sac. Si vous en avez pas, on va devoir arrêter au dépanneur.

— T'inquiète pas, m'a répondu Mathieu, on a une carte Costco. On a un paquet de trois boîtes de douze à maison.

— Wo, compte pas sur moi pour passer à travers tes trois boîtes ce soir ! Et rassure-moi en me disant qu'il n'y aura pas d'autre participant s'il te plaît !

C'est à ce moment que Martin m'a murmuré à l'oreille :

— Non, on préfère te garder pour nous deux.

J'ai senti ses lèvres frôler mon oreille. Instantanément, un frisson est né dans mon cou, a parcouru mon corps et s'est enflammé dans mon sexe.

♠ ♠ ♠

Pour faire la route jusque chez eux, les gentlemen m'ont fait asseoir sur le siège du passager. Je pensais que c'était par galanterie, mais pendant que Martin le chauffeur me massait d'une main les cuisses sous ma robe soleil, Mathieu, qui était assis derrière moi, m'agrippait les seins en glissant ses lèvres et son souffle chaud dans mon cou. Deux gars clairement habitués à travailler en équipe.

J'avais envie d'écarter les jambes et je voulais sentir rapidement quelque chose me pénétrer. J'ai enlevé ma culotte et j'ai mis un pied sur le tableau de bord, ouvrant ainsi mes jambes. Martin s'est mis à chercher l'entrée de mon vagin avec ses doigts. J'ai pris sa main et je l'ai guidé afin qu'il ne perde pas de temps et, soyons franc, pour éviter qu'il fasse un accident. Je n'avais surtout pas envie que mes genoux se retrouvent sur le siège arrière et ma tête dans le pare-brise.

Les doigts fermes de Martin faisaient plusieurs va-et-vient lents et profonds. Mathieu, la tête entre les deux sièges avant, m'embrassait. Mon cerveau jubilait et mon corps atteignait un niveau de chaleur que je ne croyais pas possible.

Il était quatre heures du matin et nous étions devant leur immeuble, dans la voiture stationnée sur une rue déserte. À peine sortis du véhicule, Martin et Mathieu m'ont accotée contre le capot. Tandis que j'avais les seins pressés contre la carosserie chaude et la robe remontée jusqu'à la taille, M&M pétrissaient mes fesses, glissaient leurs mains sur mon sexe qui ne demandait qu'à se faire mettre et faisaient cambrer mon bassin.

Quand on est entrés dans leur immeuble, j'avais un sein en dehors de la robe soleil, les cheveux emmêlés, et Martin tapait mes fesses entre chaque marche d'escalier.

Une fois dans leur appartement, j'ai perdu tout pouvoir de décision. Aussitôt que j'ai tenté de prendre l'initiative, je me suis fait remettre à ma place par Mathieu. Son regard était excitant et autoritaire.

— Ce soir, t'es ici pour combler notre besoin de donner. On donne, tu reçois. On veut te voir jouir. On veut te servir plus qu'un martini ; on veut te donner nos queues, nos mains et nos langues sur un plateau d'argent. Reste à savoir si t'es capable de recevoir.

— Recevoir, tu dis ? Dans une autre vie, j'ai dû être receveur pour les Expos. Amène-la, ta balle rapide, ta courbe ou ta slider… M'as l'attraper avec plaisir.

Et c'est ce qui s'est passé. J'ai reçu. Ils m'ont prise par-devant, par-derrière, tous mes orifices ont été comblés. Martin et Mathieu étaient enveloppants, sécurisants, attentifs et savaient exactement quand devenir brusques pour alimenter les multiples montées d'excitation qu'ils m'ont procurées.

Mille et une choses me sont passées par la tête cette nuit-là, mais je me souviendrai toujours de la chanson de Pink qui tournait en boucle dans ma tête :
« I've got a little bit of YOU-HOU !
I'm a slut like YOU-HOU !
Wham bam thank you ma'am ! »
C'est bon, des M&M.

# Italiano26

J'ai eu ma phase rencontressss Internet. Oui, «rencontres», avec beaucoup de «s». De la surconsommation d'hommes à son plus haut niveau. Une phase de ma vie que je qualifie de débauche sans fierté. On aurait pu me comparer à une milliardaire en week-end à Paris ; il n'y avait rien de trop beau, rien de trop cher, rien d'inaccessible. Dépassée par la quantité de mâles disponibles, j'ai dérapé, perdu le nord. Une limite de crédit d'hommes, ça n'existe pas.

J'ai même déjà planifié une baise avec un mécanicien à huit heures le matin car je n'étais pas disponible du reste de la journée. J'avais rendez-vous avec un conseiller financier à treize heures et je voyais un dentiste à vingt heures. Pourtant, je n'avais pas d'argent à investir et mes dents étaient en parfaite santé… J'abusais de la chair. Baiser trois hommes dans la même journée, ça ne relève pas d'un exploit, ça relève d'un problème de santé mentale.

Mes aventures d'un soir (ou d'un matin) n'étaient plus une façon d'assouvir mon désir sexuel normal de célibataire mais servaient plutôt à alimenter mon besoin de me sentir belle et désirable. J'en étais venue à croire que j'étais importante car plusieurs hommes me désiraient. Plus j'avais de messages dans ma boîte de courriels, plus j'étais souriante. Je vivais dans l'illusion d'être encore plus belle et encore plus spéciale.

C'était, je l'avoue, une bien triste illusion, mais une illusion tellement envoûtante qu'il était difficile d'y renoncer. C'était devenu un thrill, un jeu accompagné d'un high comparable à celui de la drogue ou des jeux de hasard. J'avais l'impression d'être une star. Mais comme le dit souvent Dr Phil[14] : « Peu importe à quel point la crêpe est mince, une crêpe a toujours deux côtés. »

Quand un homme quittait mes draps, mon buzz partait avec lui et je me sentais comme de la merde. Je ne retrouvais mon sourire que lorsque l'intérêt d'un autre se faisait sentir. Si je devais baptiser le phénomène, je l'appellerais le « syndrome Marilyn Monroe moderne ». Avoir l'impression d'être la femme la plus désirée au monde, puis se sentir seule et déprimée sans l'écran d'ordi et les hommes qui viennent avec.

Mon thrill commençait avant même d'ouvrir mes messages…. Qui m'avait écrit ? Qui me trouvait belle ? Qui voulait de moi ? Les réseaux de rencontres étaient devenus une spirale, un vortex de fausse lumière qui m'attirait dans l'obscurité. J'étais entraînée dans un monde parallèle créé par le Web, un monde où les humains deviennent de la marchandise. Un monde auquel je ne veux plus jamais appartenir.

---

14. Dr Phil : Docteur Phil McGraw, psychologue américain chevronné devenu populaire à la suite de ses apparitions à l'émission d'Oprah Winfrey. Il anime désormais son propre talk-show. C'est le grand monsieur pas de cheveux qui quitte toujours le plateau de tournage avec sa femme Robin, qui mesure quatre pieds onze et doit chaque fois faire des petits pas rapides pour arriver à le suivre.

Chercher un homme par l'entremise de sites de rencontres, c'est comme magasiner en ligne. On regarde la photo d'abord, puis on l'agrandit pour mieux voir les détails. Un œil qui louche est une raison suffisante de passer au produit suivant. Les sites de rencontres ont la fâcheuse capacité de transformer les humains en objets.

On passe de l'un à l'autre en sachant qu'il y en aura toujours. On peut même faire une liste de favoris. Je ne serais pas surprise de voir, dans un futur rapproché, qu'on pourra cliquer sur un homme pour «l'ajouter au panier».

Je me console en me disant que toute expérience de vie se pointe le bout du nez avec un apprentissage. La leçon que j'en ai tirée n'était pas négligeable, et je me la répète sans cesse depuis : «Charlie, tu n'es pas importante ou belle parce que tu enfiles les hommes du Web les uns à la suite des autres ; tu es importante et belle, point ! Les gens convaincus de leurs atouts n'ont pas besoin de se les faire confirmer constamment, alors sois convaincue.»

La popularité grandissante des sites de rencontres m'a aussi confirmé ce que je prêche aux gens contrôlants depuis longtemps : il est impossible d'empêcher son partenaire de nous tromper en l'espionnant, en lui demandant l'accès à ses textos ou en l'obligeant à nous donner ses mots de passe. Il ou elle peut facilement contourner tout ça, et ce, malgré notre acharnement à suivre ses moindres faits et gestes. Avec la technologie d'aujourd'hui, avec les pseudonymes et les alertes silencieuses, jouer au détective dans son couple, c'est s'empoisonner la vie. Il n'y a que deux solutions : bâtir une confiance en soi et en l'autre, ou quitter.

### MINI PARENTHÈSE

Si tu te trouves dans cette situation et que tu doutes de la fidélité de l'autre à un point tel que tu ressentes le besoin de fouiller de façon compulsive dans ses affaires, son cellulaire et ses courriels, quitte-le... Ce n'est pas facile, mais penses-y deux minutes: si, en dormant, tu crois avoir senti une coquerelle se promener sous tes draps, resteras-tu dans le lit pour la trouver? Non. Tu vas sortir du lit au plus vite, coquerelle ou pas. Sors du lit. Sors de ta relation, prends du recul pour analyser le tout, car si tu «surveilles» l'autre, tu ne vis pas en relation amoureuse, mais en relation parent-enfant.

### FIN DE MA MINI PARENTHÈSE

Malgré cette ombre au tableau des relations de couple, je suis loin de penser que tous les hommes sont des infidèles, des immatures et des irresponsables. Je connais trop d'hommes exceptionnels, de partenaires idéaux et de complices de vie fantastiques pour croire une telle chose.

♠ ♠ ♠

Le jour où j'ai pris conscience de mon Web-dérapage, j'ai pris la décision éclairée de vivre un fantasme avant de tirer la plogue sur ma chasse à l'homme virtuelle. C'était le dernier grand coup, le dernier thrill, la dernière passe.

Je cultivais un fantasme que j'avais envie de réaliser depuis quelques semaines, et le Web était selon moi la meilleure façon d'y parvenir. Mon désir était de clavarder avec un homme, de le voir arriver au pas de ma porte, de baiser dans le silence total et de le laisser partir sans que nous ayons échangé un seul mot. Un partage où seuls les corps auraient le droit de s'exprimer. J'aime le silence. On utilise souvent trop de mots pour dire l'essentiel.

Je voulais voir comment les corps se débrouilleraient. Je voulais voir du désir dans les yeux de l'autre. Je voulais, pour une fois dans ma vie, entendre une langue et des lèvres parler sans que soit émis le moindre mot.

Je suis tombée sur Italiano26. Il n'avait pas vingt-six ans et il n'était pas non plus né le vingt-sixième jour d'un mois quelconque. Il devait juste y avoir vingt-cinq autres Italiano inscrits avant lui.

La photo de son profil me paraissait alléchante. Un bel homme en forme, cheveux foncés, qui dégageait la mâlitude stéréotypée des Italiens. Accoté sur son véhicule, il ne regardait pas l'objectif de la caméra. Le cliché avait été croqué sur le vif dans une fête extérieure avec la familia!

Italiano26 avait un épi de maïs à la main et un petit chien yorkshire à ses pieds qui le suppliait de le prendre. Mais ce qui captait le regard, c'était son éclat de rire. Une réussite de photo! Avoir été conceptrice de pub, je l'aurais utilisée dans une campagne pour freiner l'exode des Montréalais vers les banlieues. Son visage illuminé, son véhicule, son sourire heureux, un blé d'Inde bien de chez nous dans la main, une famille aimante, un chien… Il manquait juste un beau slogan du genre: «Montréal, ma ville, ma vie!»

Conversation de fin de soirée:

05/04 - 23h48
message de: Italiano26
Salut Liechar! Quand je regarde tes courbes en deux dimensions, ça me donne envie de les voir en 3D… J'aimerais te rencontrer, est-ce possible?

Liechar, c'est le pseudonyme que j'utilisais. Facile à décrypter: c'est CHARLIE en syllabes inversées. Mais parce que les Charlie filles ça ne pleut pas, l'idée de reconstituer le nom à l'endroit venait rarement à l'esprit des prétendants. Je dévoilais mon vrai nom aux hommes qui m'intéressaient, tandis que pour les impolis dont je voulais me débarrasser, j'inventais une histoire. Par exemple, je leur disais qu'il s'agissait d'un nom ukrainien qui signifie «enfant pure de Dieu qui répand la bonne nouvelle». Habituellement, ils disparaissaient de ma liste dans l'heure qui suivait.

Oui, je sais, shame on me; je me suis déjà servi de la religion pour faire fuir des cons. Mais à ma défense, c'était de vrais cons, comme chaudlapin69 qui m'avait laissé ce message tout en finesse:

> 23/02 - 00h16
> message de: chaudlapin69
> Toé-t chaude, chte fourè si ça te tente.

Traduction libre: «Je te trouve attirante, j'aimerais mettre mon pénis dans ton vagin si tu en as envie.» Interprétation libre: «Vu mon langage recherché, tu peux en déduire que j'ai autant de classe qu'un homme qui parle fort dans une bibliothèque.»

### PETITE PARENTHÈSE

Si tu es un gars respectable qui lit ce roman oublié par hasard dans une salle d'attente et que tu penses que ça n'existe pas, des champions-cons du genre, je t'annonce qu'une fille le moindrement jolie reçoit ce genre de messages environ deux ou trois fois par semaine sur les sites de rencontres. Merci à toi de ne pas faire partie de cette catégorie. Tu es fabuleux et on t'adore.

### FIN DE MA PETITE PARENTHÈSE

Italiano26 était direct sans être déplacé. Il savait ce qu'il voulait et je le voyais comme le candidat idéal. Je me suis empressée de lui répondre.

05/04 - 23h52
message de : Liechar
Oui c'est possible, mais dans un contexte bien précis. Tu me sembles être un homme qui n'a pas de temps à perdre, et si tu me parles de mes courbes, c'est sûrement pas une discussion de quatre heures sur mon parcours scolaire ou sur ma couleur préférée qui t'intéresse. - Charlie

06/04 - 00h01
message de : Italiano26
Non en effet. LOL
Parle-moi de ce contexte, mademoiselle Charlie, tu m'intrigues.

06/04 - 00h12
message de : Liechar
Eh bien voilà, je me lance : je rêve de faire l'amour avec quelqu'un sans jamais avoir entendu sa voix. J'aimerais te voir arriver au pas de ma porte et que nous baisions sans parler, jusqu'à ce que nos orgasmes percent le silence. Lorsque tu arriveras et que j'ouvrirai la porte, si je te parle, ce sera pour te demander de quitter pour x raison. Je te laisse aussi la liberté de partir si je ne suis pas à la hauteur de tes attentes. On ne se le cachera pas, des fois, avec le Net, il y a des mauvaises surprises. Tu sais, le genre : «Ah ben r'garde donc, la photo que tu as mise date de 1982», ou encore : «Ah ben r'garde donc, sur ta photo on aurait juré que t'avais tes deux bras et tes deux jambes.» Alors, est-ce que mon fantasme est trop weird à tes yeux ou ça t'intéresse ?

06/04 - 00h15
message de : Italiano26
T'as qu'à me dire où et quand. Je suis tellement ton homme. - Mario

06/04 - 00h21
message de : Liechar
Demain (en fait ce soir, car il est déjà passé minuit),
20 h au 467 Cartier, Montréal. J'ai une coloc et par mesure
de sécurité je préfère faire ça chez moi. T'inquiète, on aura
notre intimité.

06/04 - 00h30
message de : Italiano26
J'y serai. Bonne nuit, bella.
P.-S. : Je suis déjà bandé.

06/04 - 00h32
message de : Liechar
Bonne nuit, Mario.
P.-S. : Miam.

Planifier un fantasme, c'est excitant. Attendre que le
fantasme se pointe à sa porte, c'est stressant ! On se met à
imaginer que l'homme va puer, que sa peau sera rugueuse,
que ses cheveux seront graisseux... Rien pour mettre une
fille dans le mood.

Je ne voulais pas passer mon temps à la fenêtre. Je
voulais le voir pour la première fois quand j'ouvrirais la
porte. J'ai donc essayé de me calmer en prenant un bain,
un apéro, en écoutant même des vidéos de singes qui se
grattent le derrière sur Internet, mais il n'y avait rien à
faire, j'étais nerveuse. J'ai voulu lui écrire pour annuler
mais il était trop tard : je venais de recevoir un courriel
m'informant qu'il partait. Ma nervosité se décuplait tellement que je voulais exploser et redevenir poussière. « Dans
quoi tu t'es embarquée, ma Charlie ? »

Puis la sonnette s'est faite entendre. Ma coloc Sophia
était au courant de mon projet, et même si elle me trouvait
disjonctée, elle voulait se prêter au jeu : c'est elle qui avait

la tâche de regarder par la fenêtre. Elle m'a crié de sa chambre à coucher :

— Holy shit, y est hot ! Pis en plus, y est en Mercedes 4 x 4 !!!

Je me fichais du 4 x 4 ! Je n'ai jamais évalué un homme par son véhicule. J'ai eu un chum qui se promenait en Pinto rouillée d'une valeur de revente équivalente à deux biscuits soda humides. Par contre, il accrochait son vélo de montagne de six mille dollars sur le top pour aller faire des compétitions partout au pays. C'est la passion et les intérêts d'un homme qui me font craquer, pas ses possessions. Cet homme-là était tellement passionné de vélo que pour pouvoir vivre sa passion, il était prêt à conduire un véhicule qui marchait aux menaces et à habiter dans un logement moins spacieux que le walk-in d'une banlieusarde.

Et soyons honnête : nous nous apprêtions à baiser dans le silence. Je me fichais pas mal de ce qu'Italiano26 conduisait.

DING-DONG !

Bon, j'écris «ding-dong», mais la sonnette de mon bloc était exécrable. Son son ressemblait plus à celui d'un buzzer qui annonce au concurrent d'un quiz qu'il a donné une mauvaise réponse.

HAIRRNNN-HAIRRNNN !

J'ai appuyé sur le bouton et je l'ai entendu ouvrir la porte de mon immeuble... Le temps qu'Italiano26 a mis pour se rendre à mon appartement m'a semblé interminable. J'ai entendu ma coloc me crier «Have fun !» juste avant de s'enfermer dans sa chambre.

Quatre étages plus tard, enfin un toc-toc-toc...

J'avais enfilé un jeans, des bottes aux genoux et une camisole décolletée en espérant qu'il me fasse un beau signe d'approbation avec sa tête. J'ai ouvert et le sourire que j'avais au visage lui a clairement donné le feu vert.

Il était un copier-coller de sa photo. Massif, un peu rondelet, une peau naturellement bronzée. Il sentait diablement bon. Pantalon noir, chemise noire légèrement déboutonnée qui laissait entrevoir un début de torse poilu, veston décontracté : un Al Capone classy des années 2000. J'avais déjà la folle envie de le déshabiller.

Je lui ai fait signe d'entrer. Une fois que j'ai eu refermé la porte, je me suis ramassée les seins bien pressés contre celle-ci, la face dans l'œil magique. J'étais prise entre la porte et son corps. Il tenait mes mains au-dessus de ma tête, embrassait mon cou et pressait son sexe sur mes fesses. Son « oui » était un peu plus clair que le mien.

Il a inspiré l'odeur de mon parfum, j'inspirais le sien. Nullement besoin de se dire « Tu sens bon », on savait que nos parfums nous enivraient mutuellement.

Nos vêtements se sont rapidement retrouvés éparpillés sur le plancher de ma chambre à coucher. Nous étions en feu. J'avais plus que du plaisir, j'avais du désir. Son corps était à ma bouche ce qu'un artefact est au pinceau d'un archéologue. Je le caressais comme s'il était un trésor tout droit sorti de Khéops. Italiano26 m'a fait signe de me calmer un peu en retirant son engin de ma bouche. Au moment où je pensais être allée trop loin, j'ai compris que si je gardais la même intensité, la partie de plaisir allait se terminer avec son ADN dans ma joue.

On entendait nos corps glisser entre les draps, le condom se dérouler, nos mains s'agripper au matelas, et parce que la vie n'est pas un film d'amour, on a aussi entendu un bruit de succion produit par nos corps qui se séparaient. Un bruit trop semblable à une flatulence pour qu'on garde le silence. On s'est donc entendus simultanément éclater de rire. C'était exactement le rire que j'avais imaginé en voyant sa photo. Un éclat sec, franc, accompagné d'un petit regard moqueur.

J'avais volontairement évité de combler le silence avec un fond de télévision ou de musique. Je préférais l'entendre respirer. Son souffle était profond et il m'a permis de suivre son crescendo jusqu'à sa jouissance. J'avais le visage dans les coussins et le derrière dans les airs, mais malgré ma position aveuglante, j'ai su qu'il allait venir une fraction de seconde avant son orgasme. C'est dans le silence qu'on entend les sexes parler.

Italiano26 s'est levé et s'est dirigé, à poil, vers les toilettes. Dans l'ignorance, c'est la porte de Sophia qu'il a ouverte en premier. Je l'ai su car j'ai entendu ma complice crier «Ha!» suivi d'une porte qui claque et d'un «Ben voyons donc, y est hot tout nu aussi!» en sourdine. Sophia m'avait avisée qu'elle écouterait de la musique avec ses écouteurs tout en travaillant sur un projet de fin de session, afin d'éviter d'entendre nos ébats. Elle n'avait pas entendu venir Italiano26, ni dans mon lit, ni à sa porte. J'ai eu mon deuxième fou rire de la soirée.

Mario est revenu dans ma chambre, le membre propre et encore un peu humide. Mais ce qui m'intéressait vraiment, c'était son expression, que j'aurais pu traduire par: «OK, ma belle, je veux t'entendre jouir.» J'avais bien interprété ses intentions. Il m'a fait un cunnilingus du tonnerre, et j'ai percé le silence à mon tour.

Italiano26 s'est rhabillé et je me suis enveloppée d'un drap pour aller le reconduire. Avec tendresse, il m'a empêchée de me lever. Il m'a embrassée sur le front, la joue, l'autre joue et finalement sur les lèvres. Ses yeux m'ont dit «Au revoir et merci», et il est parti.

Le lendemain matin, il m'a écrit.

07/04 – 9h23
message de: Italiano26
À quand la prochaine fois, délicieuse femme?
- Mario xxx

07/04 – 10h01
message de : Liechar
Jamais. Ce fut plus que parfait… Si on tente de recréer le moment, on n'obtiendra qu'une pâle copie de l'aventure. Merci pour tout, Mario. Sans blague, on n'oublie jamais celui avec qui on a réalisé un fantasme. Je quitte le monde malsain du virtuel. Tu es et seras toujours celui qui a rendu le Web meilleur. - Charlie xxx

J'ai supprimé mon compte.

# ZEUS

Montréal la nuit est une des meilleures villes du pays, sinon la meilleure. Même entre deux festivals, la métropole bouillonne pratiquement vingt-quatre heures sur vingt-quatre. Qu'on aime prendre un verre, regarder un match de soccer, voir un band de death metal, découvrir des bières de microbrasseries, danser le hip-hop, la salsa, le tango, le techno, ce ne sont pas les endroits qui manquent.

Au fil des ans, j'ai fait la fête un peu partout. J'ai expérimenté le pichet à cinq piastres aux crasseuses Fesses Électroniques, le jazz-martini au Divan, le luxueux rhum vieilli vingt ans au Carat, les séries de shooters sur la terrasse du Condo, l'exotique mojito à la Mangothèque et même l'ecstasy-bouteille d'eau au ParcGround.

Néanmoins, il y a un endroit que j'affectionne particulièrement : Le Bleu. Anciennement Au Ciel, anciennement sûrement un autre nom facile à retenir. C'est un bar parmi tant d'autres, mais c'est celui que j'appelle MON bar, celui où je me sens bien, celui qui m'accueille humainement et non comme si j'étais un portefeuille avec des seins. Découvert grâce à Stéphanie, la blonde du gérant, c'est un club de deux étages bondé de monde, multiethnique et multigénérationnel. C'est l'ONU sur le party!

Stéphanie et moi, on s'est rencontrées à mon travail : elle était une cliente walk-in, c'est-à-dire une cliente qui entre, habituellement sous le coup d'une impulsion, dans un tattoo shop et veut se faire tatouer sur-le-champ. Le hasard avait voulu qu'un de mes clients annule son rendez-vous dix minutes avant son entrée, ce qui m'a permis de dessiner un splendide hibiscus sur l'épaule gauche de Stéphanie, œuvre localisée qui, au fil des semaines, s'est transformée en manche complète. La chimie a «pogné», comme on dit, et on est devenues amies.

Les avantages de se pointer dans un club avec la blonde du gérant sont multiples. L'hiver, ça évite d'avoir à se geler les fesses dans le line-up, et l'été on ne s'y fait pas suer. On nous réserve aussi, en tant que clients privilégiés, un endroit pour nous asseoir, et différentes bouteilles d'alcool sont déposées à notre table sans même qu'on ait à sortir l'argent glissé dans notre soutien-gorge. J'étais peu habituée à ce traitement royal. J'imagine que c'est le même genre de traitement que l'on réserve aux jeunes mannequins connues, pour leur éviter d'avoir à endurer les vieux pervers qui essaient de leur pogner les cuisses en leur offrant de la poudre.

Mais malgré l'alcool gratuit et le traitement VIP, mon attachement à l'endroit s'est plutôt développé grâce au staff : des portiers géniaux, polis, beaux-beaux-beaux et qui imposent le respect. Est-ce que j'ai dit «beaux»? Ben oui, je l'ai dit!

Par ailleurs, les DJ savent exactement comment faire lever la foule, à l'exception de DJ ROI, qui porte très bien son nom : il me tape royalement sur les nerfs. Ma théorie, c'est qu'il a un déficit d'attention. Il est incapable de laisser jouer la même chanson plus de vingt secondes. C'est le genre de DJ qui veut se prouver en mixant toune par-dessus toune par-dessus toune... Pas moyen d'apprécier la chanson. Décevant, surtout quand c'est «ta toune».

Et que dire des barmaids ? Non, je dirais plutôt LA barmaid : Aline. Je ne croyais pas qu'il soit humainement possible d'atteindre une compétence égale à la sienne. Cette fille possède tous les prérequis pour être la championne des barmaids ! Une beauté naturelle, mi-Brésilienne, mi-Haïtienne, rarement maquillée. Un sourire rassurant et des jambes capables d'endurer des talons si hauts qu'ils ne devraient même pas avoir le droit d'exister.

Aline travaille toujours seule à sa station, un espace cubique d'environ six pieds par six pieds. La voir à l'œuvre, on jurerait une pieuvre. Elle se plante au centre de son espace, prend le lead et indique les clients du doigt chacun leur tour pour garder le chaos sous contrôle. D'une main, elle dépose quatre bières devant un client, de l'autre, elle poinçonne sur sa caisse enregistreuse. Elle prend l'argent en même temps que la commande du client suivant, tout ça en shakant un drink de fille. Et elle ne se trompe jamais dans ses calculs.

Aline se souvient aussi des noms de tous les habitués, elle danse entre les commandes, elle travaille constamment dans le bonheur et, à la grande surprise de tous, elle refuse poliment les verres que lui offrent les clients. Aline, alcoolique, vient tout juste de fêter ses trois ans de sobriété. Elle ne touche à rien, se contente de carburer au café et, pendant les gros rushs, elle se tape parfois une boisson énergisante. Je l'admire. C'est une femme forte, aimante, intelligente... C'est pas compliqué, être un homme, je voudrais la marier. Elle est mon *girl crush*.

La dernière fois qu'on s'est vues, j'étais accotée sur le comptoir de sa station-bar et elle m'avait servi, comme à l'habitude, un gin tonic double dans un grand verre sans même que j'aie besoin de le lui demander. J'étais arrivée tôt. Au fur et à mesure que la soirée avance, le bar devient bondé et c'est insoutenable. Passé une heure trente du matin, c'est immanquable, on est tous entassés comme des Chinois dans le métro à l'heure de pointe et je deviens agressive. Danser fâché, ça donne juste envie de donner des coups de coude aux gens saouls qui nous bousculent. Je quitte toujours le club un peu avant l'effet sardine ou quand survient mon envie de rentrer une fille dans le mur pour lui faire réaliser son manque de savoir-vivre.

### LONGUE PARENTHÈSE

Lectrice, si tu es sur le point de te marier et que tes demoiselles d'honneur t'organisent un enterrement de vie de fille dans un bar, n'oublie pas de leur mentionner que tu n'as pas envie de fêter comme si on enterrait ta vie tout court. C'est inévitable, chaque semaine au Bleu il y a une future mariée qui perd les pédales, la notion du temps et sa dignité. Un paquet de filles arrivent en gang, saoules, désagréables, avec des voiles et des bannières sur lesquelles est inscrit: «Future mariée.» Curieusement, elles ont la conviction qu'un enterrement de vie de fille est synonyme de: «Nous autres, on a le droit de laisser notre savoir-vivre à la maison parce qu'on a des diadèmes sur la tête!» Elles sont tellement défoncées qu'elles rudoient leur entourage, qui se demande clairement qui diable voudrait marier une de ces filles. Vraiment, le phénomène me dépasse. Je suis curieuse de voir ce qui se passe dans la tête des demoiselles d'honneur quand elles planifient le party et se disent: «En tout cas, c'est sûr que Jolianne oubliera jamais son bachelorette party!» Et ça se termine sur un tableau pas si joli, Jolianne qui vomit dans son voile en arrière de la banquette VIP réservée expressément pour son beau party. Je me trompe peut-être, mais j'ai plutôt le sentiment qu'elle n'oubliera jamais son lendemain de veille, l'odeur de la téquila et les nombreuses vidéos gênantes d'elle qui circuleront encore sur YouTube à ses noces d'argent.

**FIN DE MA LONGUE PARENTHÈSE**

La soirée était jeune – il était à peine vingt-deux heures trente – et il n'y avait aucune future mariée en vue. Aline et moi jasions de l'incompétence de son nouvel agent d'immeuble. Elle était sur le point de me dire qu'elle voulait changer de courtier lorsqu'un client s'est approché et a commandé une liqueur diète et une bouteille d'eau. Trop curieuse de voir quel genre d'homme sortait un samedi soir pour commander un cola et de l'eau, je me suis retournée. C'était une créature noire géante !

L'homme était penché, les mains appuyées sur le comptoir, la tête complètement rasée. Il avait un accent que je croyais français mais qui s'est révélé africain. Il était beaucoup trop large d'épaules pour sa tête et beaucoup trop long de jambes pour être un humain. Le genre de mec qui devait, tout comme moi, avoir de la difficulté à s'habiller dans une boutique standard (j'imagine que les très grandes personnes ont leur Addition Elle[15]). Sa chemise ne venait

---

15. Addition Elle : Détaillant spécialisé en vêtements taille plus au Canada. Toutes les dodues vivant au Québec savent exactement de quoi je parle, et il leur arrive à toutes de croiser régulièrement une autre dodue portant le même chandail qu'elles. On magasine toutes au même endroit par manque de choix. Tristement, les boutiques régulières s'obstinent encore à commander vingt-huit morceaux très-très-petits et aucun très-très-grand. Je ne serais pas surprise de voir du très-très-très-petit apparaître sur les rayons des boutiques : les filles devront se siphonner les organes internes pour réussir à rentrer dedans.

clairement pas d'un magasin grande surface, sinon il l'aurait déchirée juste en levant le bras pour se gratter le nez. Sa carrure était impressionnante et son visage doux. Il était beau.

Au départ, j'ai cru qu'il était la dernière acquisition de l'équipe de sécurité du bar, mais je ne connais aucun agent de sécurité qui porte une cravate normale. Un nœud papillon ou une cravate à clip peut-être, mais jamais une cravate classique. À moins qu'il ait secrètement envie de se faire étrangler par son adversaire pendant une bataille.

J'en ai donc déduit qu'il était client et les questions ont défilé en rafale dans ma tête. Gai ou hétéro? (Ouin... Mettons qu'en habitant Montréal, on finit par développer le réflexe de se poser cette question, mais avec le sourire qu'il m'avait lancé, je penchais plus vers hétéro.) Célibataire ou en couple? Était-il venu avec une fille? Était-il un ancien alcoolo? Un conducteur désigné? Un musulman? Tout ce que je savais, c'est qu'il ne buvait pas d'alcool ce soir-là et qu'il avait l'air immortel.

S'il m'avait dit: «J'ai la capacité de faire cesser l'orage et de faire lever le vent», je l'aurais cru. Zeus – c'est ainsi que je l'ai baptisé sur le coup – était Noir et je l'avais devant moi. Il avait le pouvoir de contrôler les éléments, c'est sûr.

Là, tu dois te dire que je romance mes histoires, mais non. À mes yeux, cet homme s'était évadé de l'Olympe et avait décidé de venir prendre un verre d'eau au Bleu.

OK, je l'avoue, j'ai peut-être un un peu trop d'imagination, mais tu comprends l'idée. Zeus était le genre d'être à couper le souffle; il était plus grand que nature.

L'immortel a laissé un généreux pourboire, suivi d'un chaleureux merci qui aurait fait mouiller une sœur cloîtrée. Il m'a lancé un deuxième sourire et nous a quittées.

C'est grâce au grand miroir qui placardait le mur situé au fond de la pièce que j'ai pu le suivre du regard. En se déplaçant, il a pris une gorgée de cola et a lancé la bouteille d'eau à l'un de ses amis. Les hommes lancent souvent les objets. J'ignore pourquoi. Mais je trouve ça sexy. Il y a un petit côté confiant chez un homme qui lance nonchalamment une bouteille d'eau à un ami, qui l'attrape l'air tout aussi cool. J'adore ça.

Reste à savoir pourquoi cette démonstration de camaraderie entre mâles m'émoustille. Probablement parce que ça me rappelle les joueurs de baseball, les petites tapes d'encouragement sur les fesses, la douche d'après-match. Voilà, c'est ça! En une fraction de seconde, je suis passée du lancer de la bouteille d'eau à la douche d'après-match... C'est peu scientifique comme analyse, mais je ne perdrai pas mon temps à chercher plus loin.

J'aime les miroirs dans les clubs. Ça m'évite de devoir faire le line-up pour aller aux toilettes quand je veux simplement retoucher mon rouge à lèvres. Oui, je suis un peu fe-fille dans le département du rouge à lèvres. J'ai toujours peur qu'il ne reste que les lignes contour. Le look clown, c'est pas ce que je cherche. Les miroirs sont pratiques pour jeter un coup d'œil rapide, agrandir une pièce ou suivre un dieu des yeux.

Je ne te cacherai pas que j'éprouve aussi un plaisir coupable à épier les gens en état d'ébriété qui se regardent dans la glace. C'est un spectacle des plus divertissant. Mes amies et moi, on passe des heures à jubiler devant tous ceux qui s'observent: un gars sur le jus[16] qui contemple son absence de cou, une fille qui étudie ses fesses en se demandant si le move qu'elle fait est semblable à celui qu'elle a vu dans une vidéo, la fille qui a pleuré parce que son ex s'est pointé

---

16. Sur le jus: Expression signifiant «qui consomme des stéroïdes». En d'autres mots, un être humain «sur le jus» n'a pas assez confiance en lui et est porté à croire que sa personne et ses qualités se mesurent à la largeur de ses trapèzes. C'est habituellement le même genre d'individu qui crie haut et fort que la margarine, le sucre blanc et les chips sont à bannir de nos épiceries alors qu'il s'injecte, au quotidien, une merde mortelle qui l'empêche de bander.

avec sa nouvelle flamme et qui se demande si son mascara a coulé, l'autre qui n'arrive visiblement pas à s'amuser car elle est trop obsédée par une couette de cheveux mal placée que nul ne saurait voir, le gars qui s'examine parce qu'il sent qu'il a une crotte de nez qui dépasse, un autre clairement sur la cocaïne qui se regarde lui aussi le nez mais de façon compulsive par peur qu'il se mette à saigner... Voilà tout ce qu'on peut voir dans une glace de bar.

Les trippeux de miroirs sont des bijoux de personnages saouls ou gelés qui pensent que personne ne les observe lorsqu'ils se scrutent pour mépriser ou aduler leur reflet. J'ai un plaisir fou à les fixer. Lorsque nos regards se croisent, à l'aide de deux doigts je montre leur personne, puis mes yeux, en alternance pour dire : «Oui, oui ! Je te vois.» Habituellement, ce sont des gens qui ont la fierté trop mal placée pour en rire et ils se détournent sèchement. Je suis certaine qu'ils se disent ensuite : «Je vais faire semblant que tout ça ne s'est jamais produit. Oh mon Dieu que j'ai dû avoir l'air con...»

Ma scène préférée à ce jour reste celle de ce couple qui dansait accoté sur un haut-parleur. Les deux partenaires s'embrassaient les yeux ouverts pour mieux s'admirer dans la glace... Attends, ce n'est pas fini : une fois le bon angle trouvé, le gars a pris un selfie de lui et de sa blonde.

Les amoureux sur le haut-parleur sont pour moi une parfaite représentation du narcissisme. Je m'aime, je me regarde dans le miroir avec une fille qui m'aime, j'immortalise le moment et ensuite je publie la photo sur les réseaux sociaux pour montrer à tout le monde que je suis désirable et aimé en espérant que les gens vont «liker» ma photo pour que je me sente encore plus aimé... On a atteint le summum du narcissisme, je pense. Et sincèrement, qui frenche avec les yeux ouverts ? Et pourquoi ? Ce type avait-il peur que sa blonde se transforme en brebis sans avertissement ? C'est à n'y rien comprendre...

Les amis de Zeus avaient clairement jeté leur dévolu sur les filles à la table VIP d'à côté. Elles semblaient souligner le départ d'une collègue de bureau. C'étaient de belles femmes, mi-trentaine, en quête de bon temps. Mais Zeus, lui, s'emmerdait. Je le savais car il regardait à peine la grande beauté qui lui adressait la parole. Elle devait mesurer six pieds, mais elle paraissait tout de même petite à ses côtés. J'imagine que c'est l'une des raisons pour lesquelles elle l'avait enligné rapidement. Si je mesurais six pieds, je serais doublement excitée de voir un mastodonte sortir de nulle part. Le jugement de cette femme était proportionnel à sa taille, elle a rapidement saisi que Zeus n'était pas intéressé et elle est discrètement passée à quelqu'un de plus sociable. Au même moment, j'ai vu la créature s'éclipser.

Aline est une excellente *wingwoman*[17] pour ses chums de filles. Elle est fidèle, amoureuse de son chum depuis huit ans, un rocker maigrichon dans le genre de David Bowie du temps où il vivait dans la peau de son personnage androgyne Ziggy Stardust. Les deux noms avaient beau commencer par Z, Zeus et Ziggy étaient à des kilomètres de se ressembler. Sur une île déserte, Zeus cuisinerait sans pitié Ziggy pour son petit déjeuner.

### PETITE PARENTHÈSE

Jeune homme, si tu lis ce livre parce qu'il y a une panne d'électricité chez toi et que tu ne sais pas quoi faire d'autre, je tiens à te confier un secret: «on sait c'est quoi, un «wingman». Nous, les filles, on vous voit venir. On comprend votre loyauté, mais soyez conscients qu'on le sait quand vous aidez votre ami célibataire à embarquer dans notre lit. On sait aussi que vous approchez la dodue ou

---

17. Wingman ou wingwoman : L'ami qui nous aide à faire la rencontre d'une personne qui nous intéresse. Une espèce de copilote ou de partenaire de chasse.

la moins jolie pour vous immiscer dans notre clan afin que votre ami puisse scorer avec celle qu'il a dans la mire... Jouez la game, mais foutez-vous pas de notre gueule: on vous voit venir avant même que vous nous ayez remarquées.»

**FIN DE MA PETITE PARENTHÈSE**

Ma *wingwoman* me connaissait assez bien pour savoir que Zeus me faisait un effet monstre. D'ailleurs, il faisait de l'effet à pratiquement une fille sur deux dans la place.

Après s'être enfui aux toilettes, le mastodonte est revenu nous voir et s'est commandé un «Pepsi double s'il vous plaît».

— Houuuu, on se lâche lousse, mon beau Hamad!

Ah ben bout d'ciarge! Aline connaissait son nom!

— Hamad, je te présente ma bonne amie qui est aussi l'artiste responsable du chef-d'œuvre sur mon bras : Charlie. Charlie, je te présente Hamad.

Grâce à Aline, j'étais debout sur la planche; il ne me restait qu'à surfer comme une grande pour ne pas me planter. Il m'était déjà arrivé de m'être mis les pieds dans la bouche devant un pétard, alors j'étais un tantinet nerveuse avec un immortel. OK, j'étais très nerveuse. Mais au moins, je n'avais pas dit «Ah ben bout d'ciarge» à haute voix... Une expression de mononcle qui jase dans son téléphone à cornet en 1922, c'est pas très attirant.

Hamad est resté. Hamad m'a offert un autre gin tonic. Hamad ne s'emmerdait plus. Il s'est avéré que Zeus venait d'une planète qui vénère les dodues aux fesses bombées : la Côte d'Ivoire. Il aimait les femmes blanches comme la neige et chaudes comme la plage.

C'est en se rapprochant physiquement à chaque début de phrase qu'on a vite su qu'un départ ensemble était imminent. De toute façon, comme à l'habitude, l'endroit était devenu tellement plein que la fête elle-même se serait poussée si elle avait pu.

Zeus était un chasseur de têtes. Il habitait Toronto, et non sur le sommet ennuagé d'une montagne grecque. Quand le travail l'amenait jusqu'ici, il venait généralement prendre un cola et se changer les idées avec Aline. Il avait même tenté de la recruter pour un luxueux club de Toronto. Elle avait refusé : Aline se foutait du salaire, son cœur appartenait à Montréal.

Voyant mon impatience devant la foule qui grossissait, Zeus m'a proposé d'aller ailleurs. J'étais venue en taxi vêtue d'un manteau peu adéquat, avec le froid qui était tombé contre toute attente sur la nuit. Je lui ai demandé où sa voiture était stationnée. Par chance, elle était juste en face.

L'air était glacial. Après avoir envoyé une photo de la plaque d'immatriculation torontoise à Martine, j'ai sauté dans la voiture, tremblotante comme un chihuahua qui vient de trop japper.

Zeus conduisait une grosse voiture noire spacieuse. Les bancs étaient en cuir et un grill sur le devant rappelait les véhicules des mafiosos des années 1940. Je ne crois pas qu'il avait choisi ce véhicule pour l'esthétique, mais plutôt par souci de confort.

Au premier feu de circulation, j'ai senti mes fesses chauffer.

— Étant donné que je ne peux pas te prendre tout de suite dans mes bras, j'ai allumé la chaleur sous ton banc.

— Merci, Zeus, t'es une grosse bête adorable.

— En fait, je voulais dire : Étant donné que j'ai pas encore mes mains sur tes fesses, je tenais à les garder au chaud autrement. Ça serait un sacrilège de laisser un si beau postérieur dans la douleur.

— Ah ! Me semblait aussi que t'avais d'autres intentions !

— Mes intentions sont aussi béton que mon érection.

Il a pris ma main et l'a mise sur son entrejambe. J'étais maintenant convaincue qu'il ne s'habillait pas dans une boutique standard, sinon son pantalon aurait éclaté. J'ai eu peur. Encore aujourd'hui, je ne suis pas certaine qu'il puisse insérer son pénis en érection dans un verre de bière. Ne me demande pas pourquoi il voudrait se rentrer le pénis dans un verre de bière, c'est juste pour te donner un exemple. C'était juste trop. J'ai fait une croix sur la fellation en voiture car je ne voulais pas avoir à ramasser ma mâchoire inférieure quelque part sur son tapis sauve-pantalons. Je lui ai dit, avec un trémolo de nervosité dans la voix :

— Ben y a une chatte qui va se sentir bien remplie tantôt...

Je te l'avais dit que j'étais capable de me mettre le pied dans bouche. On s'entend, on est loin du commentaire encourageant du style : «Wow!! C'est le plus gros pénis que j'ai jamais vu de ma vie. Je vais te vénérer pour toujours!»

Heureusement, ma réplique de chatte bourrée l'a fait éclater de rire.

— T'as pas idée à quel point ça me fait du bien de pas entendre : «Ben voyons donc, ça rentrera jamais!»

J'y avais pensé, mais sans raison valable, j'avais eu un élan de confiance en mon vagin, sachant qu'il ne m'avait jamais laissé tomber.

Nous sommes arrivés chez lui. Plutôt chez son frère. Zeus y séjournait toujours lors de ses visites à Montréal. En entrant, la première chose que j'ai vue, c'est un tableau de la Mecque et un tapis de prière. J'ai eu pendant un instant de la difficulté à comprendre ce qui se passait. Il était certes musulman : il ne buvait pas et je ne connais personne qui affiche une peinture de la mosquée la plus sacrée de l'islam chez lui. Il n'en restait pas moins que j'étais une inconnue avec qui Zeus s'apprêtait à avoir une relation sexuelle. Quand on connaît le moindrement l'islam, on sait que «fille inconnue toute nue dans ton lit = enfer».

Zeus a deviné mes interrogations comme les chiens sentent la peur.

— J'ai été éduqué en Côte d'Ivoire dans la religion musulmane. Mon frère est resté croyant et pratiquant, moi non. Ce soir, j'ai pas bu pour deux raisons : un, je voulais te ramener en sécurité chez moi, deux, je fais des compétitions de lutte gréco-romaine et je bois jamais pendant l'entraînement.

Je l'ai donc invité à aller dans sa chambre, en espérant ne pas voir le Coran sur sa table de nuit. À mon contentement, il n'y avait dans la pièce aucun objet sacré interdisant les relations sexuelles avec les infidèles. C'était une chambre peu décorée. Il y avait un lit king avec une grosse douillette aux motifs zébrés, un mobilier de chambre noir, des murs blancs et, curieusement, un panier de basketball accroché au mur. Zeus s'amusait à lancer le ballon étendu dans son lit. Un ballon réglementaire mais que j'ai cru miniature tellement il avait l'air d'un bébé ballon dans ses mains.

Dans toute ma maladresse sportive, j'ai osé faire un lay-up au panier... Un piètre spectacle, mais étant donné que j'avais eu l'intelligence d'enlever mon chandail juste avant, mon spectateur était très enthousiaste de ma performance. En peu de temps, je me suis retrouvée entièrement couverte de Zeus. Ses mains, ses bras, ses jambes... Il était chaud, fort et lourd. Il m'a soulevée et je me suis soudainement retrouvée la tête à l'envers. Il a réalisé quelque chose que je croyais impossible : nous avons fait la position du 69 debout.

J'aimerais te dire que c'était diablement bon, mais quand la position dans laquelle on m'offre un cunnilingus ressemble à une figure du Cirque du Soleil, je ne suis pas vraiment concentrée sur mon orgasme. Je me demandais plutôt comment j'allais redescendre.

Je m'en faisais pour rien. Zeus s'est agenouillé et m'a déposée sur le lit tout en douceur, a écarté mes jambes, et c'est millimètre par millimètre que j'ai senti son pénis géant m'ouvrir et entrer en moi. Ce n'est pas la profondeur qui m'a épatée. (Sans blague, je n'apprécie pas quand un homme pense que donner deux ou trois upper-cut à mon col de l'utérus fait de lui un king de la baise.) Passé cinq à six pouces, ce n'est pas la longueur qui compte, mais la largeur… Toutes mes amies préfèrent tomber sur une courte et large que sur une longue et mince. Hamad avait… avait… disons la totale! Il était long ET large.

J'avais utilisé le bon terme : j'étais remplie. Et que c'était bon d'être bourrée! Par chance, Zeus était conscient que la nature l'avait «supersizé» et savait exactement comment exécuter chacun de ses mouvements pour que son superbe membre ne devienne pas une arme de destruction massive.

J'ai eu droit à des prises de lutte qui m'ont gardée au matelas, à des lèvres qui m'ont tenue en haleine et à des caresses de feu qui auraient rendu jaloux le soleil. Le dieu suprême était en moi pendant que je prenais plaisir à me caresser d'une main en lui plantant mes ongles dans la peau. C'était divin. Il a retenu son éjaculation jusqu'à ce qu'il entende mes cris de jouissance. Son orgasme a suivi le mien et les sons qu'il a émis m'ont rappelé un volcan en éruption. Ils venaient de loin! Le matelas a tremblé et j'ai compris pourquoi il n'y avait pas de base de lit : elle n'aurait tout simplement pas survécu au séisme.

Zeus a été le seul homme à être partout sur mon corps en même temps. Seuls les dieux sont capables d'un tel exploit…

# Cowboy

À l'aube de mes vingt-cinq ans, j'étais aux études en psycho. Avec le recul, je peux te dire que je me sentais déshumanisée. Ça faisait six ans que ma vie se résumait à «métro-psycho-pas assez de dodo», et je m'étais transformée sournoisement en grosse éponge à informations. J'étais devenue un cerveau sur deux pattes, qu'on bourrait sans arrêt sans se demander si j'avais encore de l'appétit. Ça débordait de partout et l'université s'acharnait quand même à me gaver de psycho-poutine. Je me sentais comme une oie. Mais ce n'était pas mon foie qu'on voulait gras, c'était ma cervelle.

Cette année-là, à la mi-mai, je me suis autodiagnostiqué une folie passagère. Les cafés en rafale ne me gardaient plus alerte et les boissons énergisantes n'avaient pas encore fait leur apparition dans le merveilleux monde de la drogue légale. Même si j'en consomme aujourd'hui de temps en temps, je crois qu'elles méritent le deuxième rang des pires cochonneries mises en canne. Tout de suite après l'émincé de rognons.

Les boissons énergisantes font des ravages depuis leur apparition et les étudiants les consomment comme des Popsicle. Je sais de quoi je parle. Au début de ma carrière de psy, je travaillais fort à me bâtir une clientèle respectable, mais je n'arrivais pas à boucler mes fins de mois. J'ai donc pris quelques quarts de nuit dans un bar de quartier afin de pouvoir manger autre chose que des nouilles à la margarine et rembourser mon prêt étudiant au PC.

Voir les cégepiens carburer à ce poison de jour pour mieux se saouler la gueule la nuit, ça m'attristait. C'était pratiquement inévitable; après deux ou trois ans d'un régime bière-boisson énergisante, ils avaient beau être jeunes et en santé, ils finissaient tous par tomber comme des mouches. Smashés dans un pare-brise comme des insectes endormis en plein vol. La dépression frappait fort, et ils ne la voyaient jamais venir.

J'avais beau mettre les jeunes en garde, tout ce que je recevais en retour était le regard d'une jeunesse qui se trouvait cool et qui se foutait de mes conseils de vieille matante. Je n'avais pas encore trente ans et j'étais officiellement devenue «une matante pas cool», comme celle qui te souhaite du succès dans tes études à chaque jour de l'An, ou qui te dit: «Oh mon Dieu, t'as donc ben grandi!» sans même se rendre compte que c'est elle qui, rendue à quatre-vingts ans, refoule comme du cachemire dans la sécheuse.

J'ai donc cessé de faire la leçon aux cégepiens. Ils n'en avaient rien à foutre de mes avertissements. Je les reverrais fort probablement en thérapie dans quelques années, ce qui serait beaucoup plus payant qu'une pauvre piastre de pourboire laissée à contrecœur après que je leur avais servi un pichet à dix-neuf dollars.

L'ironie du sort, c'est qu'à vingt-cinq ans, c'est moi qui étais sur le bord de craquer. Après avoir passé à travers une boîte de Wake-up[18] dans le but de réussir à étudier toute la nuit, j'ai pris la décision de m'enfuir loin. Très loin. Loin de la famille, loin des profs, loin des théories, loin des grands penseurs, loin des approches thérapeutiques et surtout loin du cours de statistiques, qui me défonçaient le crâne et me mettaient les nerfs en boule.

C'était décidé, ma propre thérapie se ferait dans un dépaysement total. J'avais des idées de grandeur : le Népal, l'Indonésie, la Sibérie. Oui, même la Sibérie! J'aimais mieux voir mon cerveau geler que sur le point d'éclater.

Là, comprends-moi bien : quand je dis «geler», je ne veux pas dire «me défoncer le cerveau avec des substances qui me font oublier la couleur de mes cheveux». La drogue, je la préfère dans un contexte de plaisir. Autrement, c'est selon moi la pire façon de couvrir sa douleur. Se geler le cerveau pour mieux oublier, c'est comme mettre un bandage sur une plaie ouverte : tout ce que ça fait, c'est arracher la chair déjà blessée quand on l'enlève. Tant qu'à y être, aussi bien se mettre du duct-tape dans les cheveux; la douleur des cheveux arrachés va nous faire oublier que notre âme souffre…. mais j'en conviens, on aura moins de fun que si on se gèle la face.

J'avais besoin de plus que des Wake-up… Après avoir regardé mon budget et m'être dit : «Ah ben câline! J'ai zéro budget, moi!», j'ai abandonné ma session d'été et j'ai décidé de me rendre sur une ferme dans l'Ouest canadien. On est loin du Népal, tu vas me dire, et j'abonde dans ton sens. Mais au moins, sur la ferme, il n'y avait pas de profs gaveurs, ni de saoulons convaincus qu'en acceptant leurs shooters je devenais automatiquement leur meilleure amie ou une baise potentielle.

La première semaine sur la ferme, j'ai pleuré ma vie. Dépression, burnout, appelle ça comme tu veux, j'étais à

---

18. Wake-up : Comprimé de caféine vendu en pharmacie qui fait pomper le cœur et perdre 45 livres aux paupières, et qui permet de rester éveillé, du moins le temps des examens.

terre, dans la terre. En plus, ça puait! Imagine un pot
Mason dans lequel on a enfermé une porcherie, une mouf-
fette et un soupçon de poubelles oubliées au soleil! La
gorge et les yeux me piquaient même quand je dormais. Le
fermier était bête comme ses pieds et chaque fois qu'il ouvrait la bouche, on aurait dit qu'il mangeait de la ferme
trois fois par jour.

Après avoir passé trois jours à pleurer en ramassant
des oignons, des patates, du maïs, des tomates et des me-
lons, j'étais épuisée à un point tel que j'avais de la misère à
faire la différence entre un oignon et une patate! Je détes-
tais tellement la ferme que la Sibérie m'apparaissait comme
une destination de rêve.

Après soixante-douze heures de pur calvaire, le fermier a bien vu que tout ce que je voulais, c'était me rouler
en boule sur un lit. Il m'a donc dit, du haut de ses six pieds
six pouces:

— You can leave, little city princess. But if you get
through the first week, I swear you will enjoy your
summer[19].

Je me suis dit: «Ah ben câline! Y vient-tu juste de me
traiter de petite princesse de ville, lui?»

Il devait avoir vu l'étincelle de fougue qui me restait
au fond de la pupille. Il savait bien que je prendrais son
insulte comme un défi. Je me suis juré sur-le-champ qu'il
n'aurait jamais vu une fille ramasser autant de blé d'Inde!
J'étais prête à tout faire pour lui prouver que je n'étais pas
une princesse.

— I will stay, sir, j'ai dit, 'cause I'm not a princess[20].

Et j'ai enchaîné avec une phrase que j'avais déjà lue
quelque part sans toutefois me rappeler qui l'avait écrite:

19. Traduction: «Tu peux partir, petite princesse de ville, mais si tu
    passes à travers la première semaine, je te jure que tu vas apprécier
    ton été.»
20. Traduction: «Je vais rester, monsieur, parce que je ne suis pas une
    princesse.»

— I'm not a princess. Princesses need saving, sir. I'm a queen; queens get the shit done[21].

Il a éclaté de rire, et la brindille de blé qu'il avait dans la bouche est restée collée sur sa lèvre inférieure. Il m'a donné une petite tape d'encouragement sur l'épaule.

— That's my girl!

Puis il s'est éloigné en faisant des signes de «non» avec sa tête. Il riait tellement fort qu'il s'est étouffé. Je me souviens que la nuit qui a suivi, j'ai rêvé que la brindille de blé l'avait achevé. J'avais été un peu déçue de l'apercevoir à mon réveil, fidèle au poste dans son champ.

Ce n'est qu'une fois la rage passée que j'ai réalisé que le fermier savait très bien ce qu'il faisait en m'insultant. Il avait beau sentir la ferme, je ne devais pas être la première «p'tite fille urbaine» à débarquer chez lui avec un trop-plein d'orgueil.

Un matin à l'aube, alors que j'avais les deux yeux dans le même trou, les cheveux mouillés, des bottes de pluie aux pieds, un pantalon mou, un chandail trop grand, et que le fermier nous donnait les directives de la journée, j'ai entendu un camion au loin. Je dirais plutôt un tracteur. Si je dis «camion», tu pourrais t'imaginer un pick-up ou un 4 x 4, mais c'était un tracteur jaune sans portières, avec des roues géantes et un siège pourvu de tant de ressorts qu'on aurait dit que la personne qui le conduisait exagérait quand elle pognait des bosses. Un vrai camion Tonka, comme ceux avec lesquels les ti-gars jouent dans le sable l'été.

Ça peut sonner sexiste de dire que ce sont les petits gars qui jouent avec les tracteurs, mais moi, quand je jouais avec celui de mon frère, c'était pour asseoir Barbie sur la pelle avant et faire semblant que c'était un podium d'où elle donnait un discours, perchée au-dessus d'une foule qui l'acclamait. On était loin de la construction.

---

21. Traduction : «Je ne suis pas une princesse. Les princesses ont besoin d'être sauvées, monsieur. Je suis une reine, et les reines s'arrangent pour que les choses soient faites.»

Je l'avoue, le véhicule était pas mal plus impression-nant en vrai qu'en jouet, mais seulement parce que c'était Charley qui était aux commandes. Cet homme fringuant, un natif du coin, revenait chaque été travailler sur la ferme puante. Étonnamment, il portait le même nom que moi.

Il était tout ce que je m'imaginais d'un cowboy. Un archétype sur deux pattes. Charley de *Brokeback Mountain* mais qui préfère les femmes, Charley interprété par Brad Pitt dans *Legends of the Fall*. Un mystérieux Charley avec un chapeau de cowboy en vieux cuir brun un peu mollasse dont il se servait pour saluer poliment en laissant échapper un « Good morning ma'am ». Un vrai cowboy. Celui en jeans crottés, bottes, boucle de ceinture argentée, chemise en jeans ouverte sur une camisole blanche juste assez usée pour laisser transparaître des mamelons foncés, et des pec-toraux naturels bien découpés par le transport des bottes de foin et des chaudières de nourriture pour animaux.

Dans une histoire classique de cowboys et d'Indiens, j'aurais voulu jouer la belle Amérindienne qui ne parle pas français, et j'aurais dit : ME-NOUM.

Christina, qui en était à son troisième été comme em-ployée de la ferme, a murmuré à la fille d'à côté qui semblait comprendre son excitation : « Oh my God, it's Charley ! » Charley était donc connu de tous, et je n'étais pas la seule à apprécier le cliché qu'il incarnait.

J'ai rapidement mis une croix sur l'idée de me faire prendre par cet Ovila Pronovost[22] de l'Ouest canadien, en me disant que même mon plus beau sourire ne pouvait pas camoufler l'envie de vomir que j'avais dans le visage depuis mon arrivée.

---

22. Ovila Pronovost : Personnage de la populaire saga historique *Les filles de Caleb*, interprété par Roy Dupuis dans l'adaptation télévi-sée. Avec son petit air sauvage, on avait juste envie de lui croquer une fesse.

Entre moi, qui renfonçais dans quatre pouces de bouette à chaque pas tout en tentant de garder ma dignité que suçaient peu à peu le boss et les maringouins, et Christina, la fille soleil qui sautait sur place au moindre bruit de Tonka, le choix pour Charley n'était pas difficile à faire. Moi-même je me serais tapé miss Soleil, en espérant pouvoir aspirer un peu de sa joie de vivre.

Au passage de Cowboy, je me suis tout de même forcée. Je lui ai retourné son salut car on m'a bien élevée. J'ai enlevé les cheveux mouillés qui étaient collés sur ma joue droite et, avec le plus beau sourire que j'ai réussi à trouver à ce moment de mon existence, j'ai crié par-dessus le bruit du moteur de son tracteur :

— HELLO COWBOY, NICE HORSE... I HAD NEVER SEEN A YELLOW ONE BEFORE[23] !

— HA HA HA ! GOOD ONE, CITY GIRL[24]...

Il a éteint le moteur de son tracteur et, tout en me regardant directement dans les yeux vitreux, il a dit :

— I like you, city girl. What's your name[25] ?

— Charlie. My name is Charlie. Just like you, but it's spelled with an « i » and an « e »[26].

Il a fait vibrer de nouveau son moteur. Avec un sourire en coin, il m'a crié :

— THIS IS GOING TO BE A VERY INTERESTING SUMMER, CHARLIE WITH AN « I » AND AN « E ». VERY INTERESTING[27]...

---

23. Traduction : « Bonjour, Cowboy ! Beau cheval ! Je n'en avais jamais vu un jaune auparavant ! »

24. Traduction : « Ha ha ha ! Elle est bonne, fille de la ville. »

25. Traduction : « Je t'aime bien, fille de la ville. Comment t'appelles-tu ? »

26. Traduction : « Charlie. Je m'appelle Charlie. Comme toi, mais je l'écris avec un "i" et un "e". »

27. Traduction : « Ce sera un été très intéressant, Charlie avec un "i" et un "e". Très intéressant... »

Je n'ai pas revu Cowboy pendant sept longs jours et, je m'en confesse, n'eût été sa présence, je serais sûrement retournée à Montréal. Mais j'avais envie de lui parler, de voir ce qui le rendait si intrigant. Ma mission première en prenant la fuite : penser à autre chose qu'au cours de statistiques. C'était réussi ; je ne pensais qu'à revoir Cowboy. Je voulais fumer une Malboro autour d'un feu, assise sur une bûche, et me coller sur lui au moindre hurlement de coyote. Je voulais vivre une scène d'amour cheesy dans la forêt sauvage.

Bon, je ne te tiendrai pas en haleine plus longtemps : ça ne s'est pas vraiment déroulé comme ça. Premièrement, Cowboy ne fume pas ; il disait que ce n'était pas bon pour lui. Deuxièmement, lorsque Cowboy ne travaillait pas sur la ferme, il faisait des concours de rodéo. Il s'assoyait sur un taureau de mauvaise humeur et il essayait d'y rester le plus longtemps possible avant de se faire sacrer à terre par l'animal. Un petit sport tranquille, comparable à la pétanque.

J'ai su qu'il était cavalier quand je lui ai demandé, à l'heure du lunch, pourquoi son bras droit était plus gros que son bras gauche. Il nous a expliqué, à moi et aux filles qui lui faisaient les yeux doux, qu'il n'avait le droit de se tenir qu'à un bras sur la bête. Il a enchaîné rapidement en me demandant :

— You look often at men arms[28] ?

— No, but I'm happy to be looking at yours right now[29].

Il a regardé son bras droit et, en relevant la tête, j'ai su par la rougeur de ses joues qu'il était le type de gars qui vit mal avec les compliments. Le gars pas encore blasé quand une femme lui dit qu'il est beau.

---

28. Traduction : «Tu observes souvent les bras des hommes ?»
29. Traduction : «Non, mais je suis heureuse de regarder les tiens en ce moment.»

Au campement nous dormions quatre par chambre, sur des lits superposés. Mais étant employé saisonnier depuis plus de cinq ans, Cowboy avait sa petite cabane à lui. Rien de bien luxueux, mais au moins il avait la paix.

Pendant deux semaines, j'ai rêvé d'avoir la paix, collée sur lui, au centre de son lit... En fait, même si on avait voulu se coller sur le bord, on aurait roulé jusqu'au milieu, car les ressorts de soutien des lits semblaient avoir pris leur retraite en 1950. Peu importe où on s'endormait, on finissait toujours par se réveiller au milieu du matelas. Je rêvais de raviver les springs du lit! Je voulais les entendre «squeequer» sous nos ébats.

Peaufiner le scénario d'une nuit chaude avec Cowboy me gardait en vie. Penser à ses mains fortes qui massaient mes muscles endoloris suffisait à me faire oublier ma souffrance.

Un soir, alors que je marchais en direction des douches communes, je l'ai entendu arriver à cheval. J'avais une bouteille de shampoing, une serviette et un savon à la main, et j'étais vêtue d'un t-shirt sans brassière et d'un short sans slip.

Cowboy est descendu de son cheval pour m'avertir qu'il n'y avait plus d'eau chaude et que le fermier ne comptait s'en occuper que le lendemain matin. Voilà donc pourquoi les douches étaient libres... Vivre en commune n'était pas ma tasse de thé, et me laver tous les jours avec sept ou huit filles non plus. J'étais déçue. J'avais vu en la douche un moment d'intimité.

### PETITE PARENTHÈSE

Si tu es un jeune homme peu expérimenté qui préfère regarder des filles sur Internet au lieu de les aborder en personne, je vais briser tes illusions rapidement. Quand des filles prennent leur douche ensemble dans la vraie vie, elles ne finissent pas par se caresser entre elles ni par s'envoyer le jet d'eau entre les jambes. Ça se savonne (soi-même), ça jase un peu et ça s'installe face au mur quand vient le temps d'écarter les jambes pour se laver les parties. Par respect, on ne fait pas la split toute nue devant nos coéquipières ou nos collègues ; on se garde une petite gêne. Ah oui, on ne se fouette pas non plus avec nos serviettes en lâchant des cris aigus comme des vierges offensées, et on ne saute pas sur place pour faire bouger nos seins pendant que des gars nous regardent secrètement par un trou judicieusement dissimulé dans le mur. On se lave, point.

### FIN DE MA PETITE PARENTHÈSE

J'avais tellement envie de prendre ma douche seule que j'étais prête à endurer le supplice du jet froid. J'ai remercié Cowboy et j'ai continué mon chemin.

Ce furent les quinze minutes les plus relaxantes et satisfaisantes que j'avais vécues depuis ma rentrée au bac. J'étais tellement dépassée par le rythme de ma vie que ça m'a pris un quart d'heure pour enfin décrocher, seule dans une douche commune, à me laver les cheveux à l'eau froide sur une ferme qui puait en Colombie-Britannique. J'ai pleuré et j'ai éclaté de rire. Comme le fermier. Comme Cowboy. Le même éclat de rire que le leur, que j'entendais depuis mon arrivée. Un éclat franc, sincère et libéré.

— I see that you have found your real smile back[30].

Cowboy était entré. Il tenait son chapeau et me regardait comme si j'étais habillée. J'avais du shampoing dans les cheveux et les mamelons en constante érection à cause de l'eau froide, mais malgré tout, il me regardait droit dans les yeux.

---

30. Traduction : « Je vois que tu as retrouvé ton vrai sourire. »

— Oui, I'm happy again[31].

Il a déposé son chapeau sur un banc de bois et a sorti sa chemise de ses jeans.

— Good, 'cause I don't like to take a shower with a sad woman[32].

Il est venu me rejoindre avec empressement. Comme si faire de grands pas rapides lui donnait la confiance de ne pas reculer.

Il a emprisonné mon corps entre le mur de pierre et son torse, et sans jamais regarder ailleurs que dans mes yeux, il m'a embrassée. Sa camisole, ses jeans et ses bottes était trempés. Ses lèvres étaient chaudes, un contraste délicieux comparé à l'eau froide qui coulait sur nos corps.

Contre toute attente, Cowboy s'est mis à rincer mes cheveux. Avec sa main droite, la plus forte, il les a tirés brusquement vers l'arrière pendant que sa main gauche caressait mon front et descendait jusqu'aux pointes de mes seins. Contrairement au taureau, j'étais très heureuse qu'il m'agrippe avec autant de fermeté.

C'est en voyant mon sourire de satisfaction qu'il a enlevé ce qu'il lui restait de vêtements. Une fois nu, le pénis bien bandé sous l'eau froide – ouais, moi aussi je pensais que ça ne se pouvait pas, mais j'imagine qu'il a eu ses premières baises dans des rivières pas chaudes, chaudes –, il m'a soulevée comme si j'étais une bête. La pierre égratignait mon dos glacé et j'étais en extase ; j'étais en vie ! Il était tout ce que j'attendais d'un cowboy. Il m'excitait tellement que j'ai même voulu pendant un instant qu'il me jette au sol et enlace mes chevilles et mes poignets avec un lasso.

Il a plutôt soulevé mes deux jambes dodues qui visiblement ne pesaient pas le quart des bottes de foin qu'il

---

31. Traduction : «Oui, je suis à nouveau heureuse.»
32. Traduction : «Bien, parce que je n'aime pas prendre une douche avec une femme triste.»

était habitué à charrier et, en me poussant vers le haut, m'a assise sur ses épaules, le dos au mur, la chatte dans son visage. Cowboy était fort.

Après s'être délecté, il m'a redescendue pour prendre un condom dans son jeans mouillé, et c'est sur le plancher glacé de la douche qu'il m'a pénétrée en tirant mes cheveux et en disant : « Is everything all right, ma'am ? » Son mélange de sauvagerie et de politesse ont fait bouillir mon sexe. Et je te le confirme, le coup de bassin d'un gars habitué de se cambrer pour rester bien assis sur un taureau, c'est plus que wow. C'est HI HA WOW !

On s'est déchaînés jusqu'à en avoir les lèvres bleues, et c'est blottis l'un contre l'autre au milieu de son matelas malheureux d'avoir deux cent vingt livres de plus à supporter que j'ai retrouvé mes couleurs rosées.

Le lendemain matin, j'ai amassé une quantité impressionnante de fruits et de légumes. Le fermier est venu me voir et m'a dit que la ferme devrait manquer d'eau chaude plus souvent pour ravigoter les princesses de ville.

Cowboy a piraté le réservoir deux fois encore avant mon départ, pour me baiser comme une reine.

# Chauffeur

En vacances à Cuba avec frérot et ses amis, j'ai eu une aventure torride avec Chauffeur. Avant de devenir Chauffeur, il n'était qu'un grand mâle élancé, visage maigre au regard qui louche. Un soir où je me déhanchais avec la gang à l'International Club, il m'a invitée à danser une salsa, et soudainement il est devenu beau. Savoir guider une femme sur une piste de danse, ça rend les mecs magiquement beaux.

Je crois en la théorique selon laquelle les hommes qui savent danser font bien l'amour. Quand je parle de savoir danser, je ne veux pas dire à la Usher ou comme dans les concours qu'on voit à la télé. Je veux dire : danser sans trop réfléchir à l'image qu'on projette.

Il y a les hommes qui dansent avec leur tête, qui se regardent danser. Et il y a les hommes qui dansent avec leur tripes. Je préfères ceux qui entrent dans la deuxième catégorie. En fait, je préfère en général les gens de tripes aux gens de tête. Ils sont imprévisibles, spontanés et ils me semblent mille fois plus intéressants à fréquenter que les individus qui se laissent uniquement mener par leur tête.

Un gars qui danse avec ses tripes, c'est une bonne baise assurée. Un gars qui danse avec sa tête risque de savoir exactement sur quel bouton appuyer, mais sa partenaire aura l'impression de baiser avec un technicien. Un homme qui danse avec une fougue intérieure baise selon moi avec la même passion que Graham Bell, l'inventeur du téléphone. C'est-à-dire qu'en plus de connaître les fils pour se connecter à sa compagne, il va faire de cette baise un événement grandiose, et tous deux vont réellement communiquer! Crois-moi. J'ai épousé un Québécois d'origine latine, le genre de mâle qui danse en dormant tellement il a ça dans le sang. Sans farce, il se mettait parfois à me faire l'amour en plein sommeil profond.

C'est vrai, j'ai oublié de te le dire : j'ai été mariée. Ça a duré huit mois. Une erreur de jeunesse qui mériterait d'être racontée dans un autre livre. Comme Alanis Morissette le chante si bien, *You Live You Learn*.

Les proprios de l'International Club de Cuba ont vu juste en baptisant leur boîte de nuit ainsi, car elle est constamment bondée de gens venus de partout dans le monde. Sauf des États-Unis.

On sait que Fidel Castro n'a jamais trippé sur les Américains. Si tu as envie d'aller dans le sud pendant la semaine de relâche et que tu ne veux pas entendre une bande de jeunes Américains mal élevés gueuler au serveur : « Yo man! One cerveza por fucker! », évite le Mexique et la République dominicaine, et va à Cuba.

Chauffeur était bon danseur. Je dirais même très bon. Au début, je croyais qu'il était G.O. à l'embauche d'un quelconque hôtel sur la plage. Tu sais, le genre d'employé qui te gosse pour que tu joues au volleyball quand toi, tout ce que tu veux, c'est savourer ton lendemain de veille et dormir bien étendue à l'ombre? On les appelle les Gentils Organisateurs.

— VOLLEYBALL! COME ON, COME PLAY VOLLEYBALL IN THE POOL!

— Non merci, senior, je vais éviter de brasser le fond de boisson que j'ai encore dans l'estomac.

— COME ON, COME ON !

— No. Gracias.

— FUN FUN FUN !!!

— NON NON NON !!!

J'étais heureuse de savoir que Chauffeur ne faisait pas partie de cette gang d'hyper-motivés.

Lorsqu'est venu le temps de quitter le club, mon frère, ses amis et moi avons voulu faire appel à un taxi, et c'est là que Chauffeur s'est avancé :

— Soy un conducteur de taxi. Je ne travaille pas ce soir, mais je serais heureux d'aller vous reconduire, toi et tes amis, à votre hôtel.

Ah ben câline, le bon danseur devenait Chauffeur et parlait français ! Quelle belle surprise ! Mon frère et ses amis sont montés sur la banquette arrière, et moi en avant.

Ce qui m'a frappée, c'est la voiture. Une Audi de l'année. Un peu louche quand on sait que tous les chauffeurs de taxi à Varadero se promènent en superbes voitures des années 1950 pour ajouter au cachet touristique de Cuba.

Cependant, ce que Chauffeur m'a appris, c'est qu'on retrouve deux types de taxis à Cuba. Les taxis de luxe, qui se promènent surtout en ville, et les antiquités sur roues qui font du tape-à-l'œil pour les touristes. Les chauffeurs sont en général d'agréables vieux Cubains propriétaires de leur voiture. Ils fument le cigare en attendant les clients.

Je préfère de loin les antiquités aux Audi de luxe. Les voitures d'époque ont une âme et restent en vie grâce à l'amour inconditionnel que les Cubains leur portent. Elle possèdent la radio d'origine et une immense banquette arrière, et le bras de vitesse est rattaché au volant. Lors d'un précédent voyage, j'avais eu l'occasion d'être passagère d'une décapotable 67 en parfait état. Me balader en voiture de collection, la salsa dans le tapis, les cheveux au vent et l'odeur de la mer dans le nez reste à ce jour l'un de mes plus beaux souvenirs. J'ai rarement eu l'impression que la vie valait autant la peine d'être vécue.

Chauffeur et ses collègues, eux, se promènent en voitures de luxe appartenant au gouvernement Castro, et ils reçoivent une paye fixe selon les heures travaillées. Nous sommes donc montés dans une voiture qui appartenait au gouvernement.

Chauffeur m'a confié qu'il avait quitté La Havane afin de profiter du boom touristique de Varadero pendant quelques semaines et ainsi de faire un coup d'argent.

Je ne suis pas naïve. Je savais très bien que la proposition de Chauffeur était accompagnée d'un souhait : que je prenne son pénis dans mes mains. C'est un résumé cru, mais il n'y avait rien de plus vrai. Oui, les hommes sont gentils, et parfois ils le sont par simple élan d'altruisme. Mais dans ce cas-ci, la générosité de Chauffeur dégageait : j'ai-le-goût-que-tu-me-touches-partout.

J'étais confortablement assise dans un beau siège neuf en cuir noir et ça sentait le riche. En fait, un mélange de parfum d'homme, de voiture neuve et d'alcool envahissait la voiture. Je suis une maniaque des odeurs. *Chrome* d'Azzaro me fera toujours flancher. C'est le parfum de mon premier amour, et c'était aussi celui que portait Chauffeur. Mes premiers frissons, je les ai éprouvés avec ce parfum dans le nez. C'est une odeur que j'associe à tout jamais aux plaisirs sensuels ; un plus pour mon chauffeur qui travaillait fort à me séduire.

Je suis tellement sensible aux odeurs que j'ai déjà demandé à un ancien conjoint de changer son parfum ; il portait le même que mon père. On ne veut pas frencher un gars qui porte le même parfum que notre père. Ça nous mêle le cerveau, et alors il n'y a que deux options : changer le gars ou changer le parfum.

Sur le chemin du retour, j'ai proposé qu'on arrête pour manger. Quand j'ai l'estomac qui fait des siennes, je n'ai nullement envie de mettre dans ma bouche quelque chose qui ne se croque pas, et je deviens la fille la plus impatiente sur terre. David Beckham[33] pourrait être devant moi, je verrais juste des images de bonne bouffe défiler devant ses abdos. Pizza, poulet grillé, couscous à l'agneau, pavé de saumon.

Maslow[34] avait raison avec sa pyramide des besoins. Pour l'humain, du moins pour moi, se nourrir et se reproduire sont des besoins pratiquement égaux en importance. De plus, je me connais : si je ne mangeais pas, j'allais trouver notre session de love-making désagréable et doublement désagréable s'il fallait une éternité à mon partenaire pour atteindre le nivana.

### MOYENNE PARENTHÈSE

Lecteur, si tu es tombé sur ce roman par hasard parce que ta blonde l'a laissé traîner à côté de la toilette, je tiens à te dire qu'il est rare que les femmes adorent les séances de «love-making» qui durent trois heures. Pour vrai, si tu es capable de faire l'amour à une femme plus de vingt minutes en étant à l'écoute de ses besoins, la plupart seront heureuses. Passé ces vingt minutes, personne n'aime se faire frotter abusivement à la même place, y compris l'intérieur du vagin, et ce, peu importe à quel point ça fait du bien au départ. Toutes les filles vont te le dire, ça finit par irriter. Alors, si tu veux suer pendant trois heures et avoir mal aux muscles le lendemain matin, je te conseille plutôt de faire un demi-marathon. Et si tu planifies du «love-making» qui dure toute une nuit, pense au moins à

---

33. David Beckam : Ancien joueur de football européen, plus connu par la gent féminine pour ses publicités de calçons bien moulants.
34. Maslow : Célèbre psychologue américain. Je ne saurais dire s'il portait des caleçons moulants.

un entracte pipi, une pause cigarette ou un break rafraîchissement, sinon ce sera une véritable épreuve olympique. On veut faire l'amour, pas obtenir une médaille d'or.

### FIN DE MA MOYENNE PARENTHÈSE

À la sortie des clubs, beaucoup de jeunes Québécois se transforment en requins à trois heures du matin. Après être allée à Cuba, je peux dire que les Cubains sont des Vikings qui pourraient pêcher nos hommes-requins par un petit mardi matin. Oh qu'ils sont insistants! Ça frisait le malaise, à un point tel qu'on a dû quitter le restaurant. Chauffeur a payé ma facture, ce qui signifiait officiellement que j'étais non disponible, mais les amies de mon frère ne réussisaient pas à prendre une bouchée de leur pointe de pizza sans se faire interrompre par des hommes en quête d'une bouchée d'elles. Un vrai paquet d'ours qui voulaient mettre la main dans un pot de miel. Désagréable.

### PETITE PARENTHÈSE

Jeune adolescent, toi qui lis ce roman en cachette, permets-moi de t'aviser tout de suite: lorsque tu seras saoul et en rut, tu approcheras une fille en fin de soirée en espérant «scorer». L'alcool te donnera l'illusion d'avoir l'air de Cyrano, Roméo, Don Juan et un paon réunis dans la même personne... Mais ce dont tu auras vraiment l'air, c'est de ton mononcle saoul à Noël qui donne des becs mouillés à toutes tes tantes. Fais-moi confiance, reste relax et maintiens une distance raisonnable entre la fille et toi, parce que se faire postillonner au visage par un gars saoul à trois heures du matin, ça éteint pas mal tous les feux d'artifice qui auraient pu exploser ce soir-là.

### FIN DE MA PETITE PARENTHÈSE

Chauffeur n'avait pas bu. J'imagine qu'il ne tenait pas à esquinter la belle voiture gouvernementale dont il avait la charge. Je me sentais en sécurité avec lui.

Après être sortis intacts de la pizzéria, nous avons filé directement à l'hôtel. Frérot et ses amis sont descendus de la voiture. Cependant je savais très bien que sans bracelet «tout inclus» au poignet, Chauffeur ne pourrait pas nous accompagner.

On m'avait avisée qu'héberger quelqu'un dans ma chambre coûtait soixante dollars... Pour Chauffeur, débourser soixante dollars canadiens l'éloignait de son objectif principal, qui était de faire une passe d'argent à Varadero. De mon côté, c'est contre mes principes de payer pour avoir du sexe. On a donc fait comme des adolescents : on est restés dans la voiture, le moteur éteint mais les clefs toujours dans l'engrenage afin de nous laisser un fond de musique, gracieuseté Ricky Martin.

Un chapelet pendait à son rétroviseur, avec la photo de son fils d'environ dix ans. L'enfant affichait le sourire que montrent fièrement les trisomiques heureux. Chauffeur m'a confié, en tenant la photo dans ses mains :

— C'est pour lui que je travaille fort. Il est différent. Dieu m'a donné un enfant magique pour que je puisse voir le monde encore plus en couleurs. J'ai mis du temps à comprendre, mais aujourd'hui je suis convaincu que mon arc-en-ciel à moi est encore plus beau que celui des gens «normaux».

J'étais attendrie. Nous avons jasé de nos vies et de nos pays respectifs, entre deux frenchs. Puis Chauffeur en a eu assez que je porte des culottes. Il est sorti de sa voiture et a ouvert ma portière. J'ai voulu me lever, mais il m'en a empêchée. Il m'a poussée pour que je retombe sur mon siège, il s'est penché, a déboutonné mon jeans et l'a fait descendre. Quand mon pantalon s'est retrouvé à mes chevilles, il est retourné s'asseoir à sa place et j'ai refermé la portière du passager.

La conversation était officiellement terminée. Chauffeur s'est penché vers moi, m'a embrassée et s'est mis à caresser mon sexe. Mes jambes se sont écartées lentement, mais il n'en avait rien à foutre de ma lenteur. D'une main, il a tiré sur un de mes genoux pour le ramener vers lui, et de l'autre, simultanément, il a poussé mon autre genou jusqu'à ce qu'il frappe la portière du passager. Une fois que mes jambes furent bien écartées, sa main est allée directement sur mon sexe.

Il ne s'est pas attardé longtemps sur mon clitoris. Mais ma déception fut de courte durée. Ses doigts étaient devenus cinq explorateurs qui cherchaient l'entrée du bonheur. Si ma peau pouvait parler, elle te dirait que les mains de Chauffeur étaient expérimentées. Il n'y avait pas de doute, je n'étais pas la première femme qu'il touchait, et je remerciais en silence celles qui étaient passées avant moi et lui avaient enseigné à si bien se servir de ses mains.

Sans perdre de temps, il a inséré deux doigts à l'intérieur de moi. Je les sentais curieux et excités. Excités mais en contrôle. Chauffeur n'était pas contrôlant, il était en contrôle. Il ne voulait pas me contrôler, il voulait me faire jouir. Son pantalon était encore bien boutonné malgré la bosse visible entre ses jambes, mais sortir son engin ne semblait pas être son objectif principal. Il voulait m'entendre crier.

J'étais dans les vapes. La nuit était froide, mais j'étais si chaude… Le cuir du siège était rafraîchissant sous mes fesses brûlantes, et ses doigts savaient exactement où jouer pour que je me laisse aller.

Ses doigts ont accéléré la cadence pendant que, ma tête sur son épaule, j'inspirais son odeur. J'étais dans un pays exotique et je vivais le moment présent. J'avais à mes côtés un homme qui dansait comme un dieu et s'excitait à l'idée de me voir jouir… Ça, c'était un vrai souvenir de voyage. Au diable les aimants à frigo marqués «Cuba».

C'est dans un grand relâchement que j'ai senti ma jouissance couler entre mes jambes. C'était au départ un petit ruisseau discret, mais plus il coulait, plus Chauffeur augmentait la pression, et plus il augmentait la pression, plus le ruisseau se déchaînait. J'entendais ses doigts faire de la musique avec ma fontaine. Les sièges en cuir n'absorbaient rien, j'avais les fesses dans une douce flaque chaude de plaisir et ça m'excitait encore plus.

Chauffeur a redoublé d'ardeur mais il voulait jouir lui aussi. Il a sorti son sexe de son pantalon et a déposé ma main sur son membre bien gonflé. Un code pas mal universel pour dire : « Je vais exploser, caresse-moi s'il vous plaît ! » C'est avec le sourire d'une femme libre que je l'ai masturbé agilement, comme il l'avait si bien fait pour moi.

En peu de temps, son sperme a touché ma main, et c'est en le voyant sortir avec une pression impressionnante que je me suis mise moi aussi à venir partout. Vraiment partout. Sur le siège, sur mes jeans, sur le tableau de bord, j'ai « fontainé » comme je n'avais jamais « fontainé » de ma vie !

Après avoir retrouvé nos esprits, on a essuyé le parebrise. Je me suis dit à la blague : « Bon, y sont où les ShamWow[35] quand on en a besoin ? »

La voiture sentait le sexe jusque dans la tinque à essence. Le tableau de bord reluisait d'éjaculation féminine, j'avais les fesses dans la flaque de ma propre jouissance, il y avait du sperme sur le break à bras et même sur le boîtier du CD de Ricky Martin. Je ne pense pas que Ricky s'attendait à ça. D'ailleurs, moi non plus, je ne m'attendais pas à ça : je n'aurais jamais pu prédire qu'un jour je jouirais dans une voiture appartenant au clan Castro.

---

35. ShamWow : Chiffon réutilisable qui peut absorber plus de dix fois son poids en liquide. Je ne sais pas si c'est vrai, mais c'est ce qu'en dit le gars beaucoup trop motivé qui apparaît dans la publicité télé de ce chiffon.

# Tarzan

J'ai rencontré Tarzan au même endroit que Zeus. Des amies de la faculté de psycho fêtaient l'ouverture de leur cabinet, et j'étais ultra contente de retrouver les filles avec qui j'avais si durement bossé à l'université.

L'une d'entre elles a proposé de sortir au Magnetic Boulevard, un club qui encore aujourd'hui fait sa renommée en ne jouant que des hits des années 1980 et 1990.

— Voyons, Martine, tu veux vraiment aller te shaker sur du Cindy Lauper pis du Boy George toute la soirée ?

En passant, je ne sais pas si je suis la seule, mais à l'école primaire, j'ai longtemps pensé que ces deux vedettes étaient la même personne.

— Ben oui ! C'est super cool, ça nous rappellera notre jeunesse !

— Moi, j'aime mieux aller au Bleu. L'idée, c'est de boire et de danser à la santé de vos succès futurs, pas de vivre dans le passé !

— Ah, come on, Charlie, tu sais que je déteste aller sur Saint-Laurent. C'est trop chic, pis la jeunesse nous regarde comme si on était des vieilles frippées !

— Un : on s'en fout des autres, deux : je vous propose le Bleu, où je vous jure qu'on va être bien traitées, et trois : pour vrai, les filles, ça va nous éviter de devoir réanimer une boutique Au Coton[36] pour se sentir dans la game.

La démocratie l'a emporté. Quatre filles sur six préféraient rester dans les années 2000.

J'avais, dans d'autres circonstances, eu beaucoup de plaisir au Magnetic Boulevard, parce qu'on va se l'avouer, c'est trippant une fois de temps en temps de s'époumoner en chantant *Pump Up the Jam* ou *Like a Prayer*.

Et il existe un autre avantage à sortir dans un club comme le Magnetic Boulevard où la moyenne d'âge est plus élevée : les gens jugent moins. Une fille peut s'éclater sur une chanson de The Cure avec des Crocs[37] aux pieds et tout le monde s'en fout. À dix-huit ans, si j'avais vu une fille sortir dans un club en Crocs, je l'aurais jugée. Mais à trente-cinq ans, devant une telle image je me dis que cette fille a l'air heureuse. Parce que moi aussi, en vieillissant, j'ai renoncé au look pimpant pour miser sur le confort. Je vois de plus en plus de filles, chaussées d'escarpins, se saouler le plus rapidement possible pour oublier la douleur en-

---

36. Au Coton : Boutique populaire dans les années 1980, où l'on ne vendait que des vêtements faits de coton. Pour être vraiment cool, on achetait des vêtements trop grands et on roulait les manches et les bas de pantalons. Avec un toupet crêpé et une couette de cheveux gauffrée, on devenait la fille la plus en vogue.

37. Crocs : Souliers ultra confortables en simili-caoutchouc. Peu importe la variété de modèles coquets que tente de produire la compagnie, ça reste laid sans bon sens.

gendrée par leurs stilettos. À mon âge, je préfère danser toute la nuit sans faire pleurer mes pieds.

Le traitement royal que je reçois au Bleu est inégalable, mais le soir du party d'ouverture du cabinet de mes copines, je savais que j'arriverais tard à la fête : une de mes amies d'enfance fêtait le soir même ses trente-cinq ans dans un autre pub. J'ai pris un taxi entre les deux fêtes. C'est l'un de mes défauts : je ne veux rien manquer et j'essaie toujours de tout faire. Je me suis déjà rendue dans une conférence universitaire sur le développement social de l'enfant adopté avec un maquillage de papillon dans le visage, parce que j'arrivais de la fête de ma nièce. Quand une nièce veut qu'on se peinture les joues pour sa fête, on dit oui, point.

Quand je suis arrivée, Martine, visiblement en boisson, était debout sur une table en train de faire une tentative de twirk[38]. Elle m'a vue en premier et on a lancé les traditionnels cris aigus de filles trop contentes de se voir.

— C'est Charliiiiiiiiiie !!

— Yiiiiiiiiii !!! Salut les fiiiiiiiiiiiilles !!! Eille le party est pogné !!

— Câline, Charlie, tu nous avais pas dit qu'Aline était fine de même ! Depuis qu'on est arrivées, elle prend soin de nous autres comme si on était ses sœurs !

— Contente que tu sois pas déçue, ma belle Martine ! Je suis aussi contente de voir que t'as du fun même si tu twirkes avec autant de souplesse qu'une grue ! La prochaine fois que tu iras au Magnetic, tu te filmeras en twirkant sur *La Bamba* ; je payerais cher pour voir ta vidéo !

---

38. Twirk : Mouvement de danse qui consiste à se pencher vers l'avant pour faire ressortir ses fesses et à les faire bouger afin d'exciter la gent masculine. Un mouvement probablement né dans le règne animal, plus précisément chez les guenons au cul gonflé qui se dandinent devant les mâles afin d'être engrossées. Ce n'est pas chic chic et il faut un vrai talent de danseuse pour réussir à en exécuter une version respectable. Je préfère laisser ça à Beyoncé.

— Ah ah, laisse donc faire! Toi, pour twirker, t'as juste à sacrer une claque sur tes grosses fesses pis elles bougent toutes seules pendant une demi-heure!

On a éclaté de rire. On aime se lancer ce genre de bitcheries.

J'ai attaqué la piste de danse. Avant même de voir mes amies, j'avais aperçu du coin de l'œil un homme intrigant: avec sa casquette de marque Kangol sur la tête, il avait l'air du gars qu'on engage pour faire péter des gueules. Les traits de son visage incarnaient la dureté, mais lorsqu'il souriait, une fossette creusait chacune de ses joues, et son visage devenait si plein de soleil qu'avoir eu un enfant je le lui aurais confié sans crainte. Le contraste entre sa dureté et sa douceur m'attirait.

Le rythme tribal m'a donné envie de danser avec le sourire dans les hanches. Un homme s'est approché de moi. Saoul, désagréable, il tentait de me prendre par la taille pour se coller. Se coller, c'est un beau mot… Je dirais plutôt «se frotter». Il avait l'air d'un gars qui avait envie de faire un échange de transpiration.

### PETITE PARENTHÈSE

Je m'adresse encore à toi, jeune homme. Une nouvelle technique de cruise pour les gars dans les clubs consiste à arriver par en arrière pour se coller le paquet sur les fesses de la fille en faisant semblant de danser un peu. C'est NON! Fais pas ça. C'est aussi cheap qu'attendre que quelqu'un soit de dos pour le frapper avec un bâton de baseball. C'est aussi chiant qu'un squeegee qui s'approche dans ton angle mort pour venir cochonner ton pare-brise. Imagine, jeune homme, que le squeegee monte dans ta voiture et qu'il te fait savoir qu'il veut laver tout ton corps avec son éponge… ça écœure. Ne fais jamais ça, surtout pas à une inconnue dans un club!

### FIN DE MA PETITE PARENTHÈSE

J'ai eu peur du transpireux qui sentait le fond de tonne. Il avait beau être festif et souriant, il était trop insistant. Il faisait exprès pour ne pas entendre le «DÉCOLLE S'IL TE PLAÎT, ÇA ME TENTE PAS» que je criais clairement par-dessus la musique. Si un connard ne comprend pas la formule polie, je me permets de lui parler en langage de connard; j'ai donc pris la liberté de le pousser.

Je trouve désolant d'avoir à le faire, mais je trouve ça doublement désolant quand je vois une fille qui se fait coller par une tache regarder ses amies avec de grands yeux piteux qui disent: «Sauvez-moi quelqu'un, ça me tente pas d'être là!» J'ai envie de lui dire: Défends-toi, fille! Qu'est-ce que tu fais là à vouloir épargner les sentiments d'un saoulon? Tu dis non. Et c'est pas en disant non avec malaise et en riant la tête penchée par en arrière que tu vas le convaincre de te prendre au sérieux. Arrête de danser, regarde-le directement dans les yeux et imagine que c'est un chien qui vient de sauter avec ses pattes pleines de bouette sur ton nouveau divan blanc... S'il ne comprend pas ton «non», tu le pousses. Les hommes qui ne respectent pas un «non» méritent d'être traités comme des chiens.

J'ai appliqué la technique «chien» à quelques reprises dans ma vie, mais cette fois-là en particulier, ç'a été tout un défi. C'est du sport, pousser trois cent cinquante livres. J'ai essayé, mais mes mains se sont enfoncées dans sa bedaine molle pendant qu'il restait sur place, trop saoul pour ressentir quoi que ce soit. Un connard pesant avec de la force physique, c'est un emmerdeur de la pire espèce. En temps normal, j'aurais quitté la piste pour demander de l'aide aux employés de la sécurité, sachant très bien que le «pas de classe» aurait été invité à dévaler, peut-être même à débouler les escaliers jusqu'à la sortie, mais cette fois-ci j'ai préféré reculer en l'envoyant promener.

J'avais un plan : je voulais m'éloigner de l'envahisseur et m'approcher du type à la casquette Kangol. En fait, l'objectif suprême était de me débarrasser de la tache en reculant «accidentellement» SUR lui. J'ai regardé monsieur Connard dans les yeux et je lui ai dit en reculant : «Qu'est-ce que tu comprends pas dans "décolle"?» En même temps, mes fesses ont percuté «involontairement» le côté de la jambe de mon prospect.

J'avais un peu la chienne. Et s'il n'avait pas envie d'être complice et qu'il me lançait lui aussi un «décolle» bien affirmé? Mais il était vif d'esprit et il a rapidement compris que mon plan avait pour but de me débarrasser de monsieur Connard. Il m'a enlacée de ses grands bras, a fait aller son bassin africain.

Tout son corps vibrait sur le rythme de la musique et il se déhanchait comme un dieu guinéen ou brésilien, bref, un dieu né dans un endroit où il fait chaud. Oublie le Dieu catholique ; l'Église a banni Elvis de la télévision québécoise en prétendant qu'il incarnait la musique du diable parce qu'il bougeait le bas de son corps.

Non mais, sans farce, les Québécois peuvent bien avoir l'air coincés sur une piste de danse! As-tu vu notre danse traditionnelle? Les Dominicains ont le merengue, les Haïtiens le kompa, les Brésiliens la samba… Nous autres, on a la gigue. La gigue! La danse où rien ne bouge des chevilles en montant! Les bras se tiennent bien droits le long du corps et la tête reste encore plus droite, comme si on avait tous un tuteur à tomate dans le derrière. Et pendant que les danseurs giguent, les spectateurs les regardent assis sur des chaises en tapant des mains! Ce n'est pas par la danse que notre peuple s'est décoincé, certain!

Ainsi, mon prospect a dansé avec moi tout en regardant mon envahisseur avec ses yeux de tueur. C'est à ce moment que je l'ai surnommé Tarzan. Dans cette jungle nocturne, il avait le contrôle sur les animaux indésirables. En fait, je n'ai pas vu Tarzan regarder la tache, mais j'ai vu la peur dans les yeux de monsieur Connard. Je ne croyais pas que trois cent cinquante livres pouvaient disparaître aussi vite!

— Merci! J'avais besoin d'un coup de pouce.

Toujours bon joueur, Tarzan m'a répondu à l'oreille, tout en roulant ses «r» de façon charmante:

— Mademoiselle, vous pouvez vous serrrvirrr de moi quand vous voulez. En échange, vous me dites votrrre nom et je vous paye un verrre.

— T'es pas très bon négociateur! Tu me protèges et c'est toi qui me payes le verre en plus?

— Pourrrquoi pas?

— Charlie, je m'appelle Charlie.

— Enchanté, moi c'est Lei.

— Lé quoi?

— Lé-i! Ça veut dirrre lion en rrroumain.

— T'es Roumain???

— Non, je suis orrriginairrre du Burrrkina Faso mais mes parrrents sont un peu bizarrres; ils s'autoprrroclament citoyens du monde, il ne faut pas cherrrcher à comprrrendrrre, ma sœur s'appelle Bo-Yung.

— Wow...

— Qu'est-ce que t'aimerrrais boirrre?

— T'as juste à dire à Aline que c'est pour Charlie, elle sait exactement ce que je prends. Et ne t'avise pas de mettre du GHB dans mon verre; j'ai des amies très gentilles ici, elles me laisseront jamais partir avec toi si je suis droguée.

Tarzan est revenu avec une bière et mon gin tonic double habituel. Nous avons dansé jusqu'à ce qu'il me demande:

— Qu'est-ce que tu fais aprrrès?

— Je pensais aller m'acheter un poisson Béta au pet shop.

— Parrrdon ?

— Je te taquine. Il est une heure du matin, qu'est-ce que tu penses que je fais après ?

J'ai senti un malaise dans sa voix.

— Non mais je veux dirrre, est-ce que... est-ce qu'aprrrès t'aurrrais envie de rrrepartirrr avec moi ?

— Oui. Mais est-ce qu'on est vraiment obligés d'attendre jusqu'à trois heures ? Parce qu'on sait pas mal ce qui va se passer. On va se ramasser nus à se lécher partout, non ? Moi, je vote pour un départ imminent. Ça fait sauver du temps, de l'argent et on va se réveiller moins poqués demain.

— OK. Est-ce que tu es simplement dirrrecte ou tu es folle ?

— Parce que toi, t'es pas un peu des deux ?

— Bon point.

Mon téléphone a vibré ; Martine avait des plans semblables aux miens.

Martine
Je passe la nuit là !
Marc Melançon
543 Du Plaisant
Laval

Moi
Have fun
Je quitte avec Lei Compaoré
Je ne vais pas chez lui, on prend un taxi jusqu'à mon appart !

Il faisait exécrablement chaud. C'était le genre de nuit où même la canicule ne voulait pas aller se coucher, et il n'y avait pas d'air climatisé chez moi. Le balcon qui donnait sur la ruelle était notre meilleure option. Debout, face à face, cigarette à la main, Tarzan et moi avons parlé de la situation merdique de son pays d'origine.

Il me disait qu'il avait coupé les ponts avec tous les membres de sa famille à l'exception d'un frère, car ils utilisaient les profits issus de l'exploitation des ressources naturelles du pays pour investir dans des projets personnels, aux dépens du peuple qui baignait dans une misère constante.

— Ma famille est rrremplie de gens qui occupent des postes politiques prrrestigieux. Moi, je prrréfèrrre les appeler des voleurrrs prrrofessionnels. Mon pèrrre m'a envoyé ici il y a plusieurrrs années pour étudier en finance. Il voulait que je rrrevienne au berrrcail et que je les aide à gérrrer leur arrrgent. Quand j'ai comprrris le plan, j'ai coupé les ponts. Mon peuple est inculte et ma famille l'encourrrage à rrrester ainsi. J'aime mieux vivrrre pauvrrre au Canada que rrriche au Burrrkina Faso.

— Pas facile, comme histoire de vie, ça! T'as dû choisir entre la pauvreté et la jungle d'une richesse corrompue…

Il est resté silencieux entre deux puffs de cigarette.

— Je veux pas te contredire, Lei, mais un gars qui sort dans un club et qui paye des drinks aux filles est pas si pauvre que ça, me semble.

— Comparrré à avant, oui. J'ai une passe d'autobus et je vis dans un quatrrre et demi avec un coloc. Quand je suis arrrivé ici à dix-sept ans pour étudier au cégep, ma famille payait toutes mes dépenses, j'avais une BMW et je m'étais jamais fait à manger.

— T'étais gâté pourri!

— Non, je te l'ai dit, ma famille est rrriche. Mes parrrents ont des serrrviteurs. Ma mèrrre ne met jamais le pied dans la cuisine et exige même de mon pèrrre une voiturrre neuve tous les ans.

— Voyons donc! Vous êtes comme dans *Un prince à New York*!

— On peut dirrre. C'est juste que moi, je n'ai aucune envie de rrretourner là-bas, sachant que mon peuple meurrrt de faim pendant que ma mèrrre se pavane en nouvelle voiturrre de l'année. Je préfère être Lei le prrrince de Côte-des-Neiges et fairrre mon stage à La Capitale assurrrance.

— Eh ben! T''as renoncé à tout ça par principe! C'est toi qui devrais être aux commandes de ton pays. Moi, je pense que tu mérites doublement le titre de Tarzan.

— Ah oui? J'aime ça!... Alors Tarrrzan te demande, à toi, Jane : Tu sais ce que les animaux font dans la jungle?

— Y attendent que Tarzan les appelle?

— Non. Ils font ça.

Lei a lancé sa cigarette dans le vide et m'a fait faire un virage à cent quatre-vingts degrés. Il a tiré sur mon legging d'un seul coup pour exposer mon string au grand air et m'a penchée sur le garde-fou de la galerie. Il a craché dans sa main et, en tassant brutalement mon string, il a étendu sa salive sur ma chatte. Bandé bien dur, il m'a pénétrée d'un seul coup, bien fort. J'ai crié de plaisir dans sa main qui était sur ma bouche.

— C'est de ça que tu avais envie, hein? J'adorrre tes grrrosses fesses et je veux les voirrr danser toute la nuit!

Lei était effectivement lion. C'était bestial. On était dehors à deux heures du matin, j'avais le legging aux genoux, penchée dans le vide au troisième étage de mon immeuble. On n'en avait rien à foutre d'un lit confortable. La canicule me donnait l'impression d'être en pleine forêt tropicale.

Il ne me restait qu'un string tandis qu'il me prenait par-derrière. Il tenait bien fermement ma bouche d'une main et mes seins de l'autre, pendant que je m'agrippais au garde-fou; je ne tenais pas à finir étendue sur le capot de la voiture stationnée en bas. Nous avons joui. Plusieurs fois. Des jouissances explosives de l'intérieur, mais étouffées de l'extérieur.

Encore aujourd'hui, je me dis qu'on a certainement diverti quelques voisins insomniaques. Il se peut même que je retrouve un jour des extraits de nos ébats torrides sur les «zinternets». Je n'en serais pas fière, mais je reste lucide. Aujourd'hui, tout le monde a une caméra dans les poches, et rien ne me garantit que Tarzan et moi n'apparaissons pas sur un site russe de baises interraciales...

Ma nuit avec Lei s'est transformée en plusieurs one-night. Chaque fois, il était fougueux, beau, intelligent, et son refus définitif de vivre dans de la ouate corrompue m'allumait au plus haut point. Il était un rebelle exceptionnel, dans le genre Robin des Bois. Je me voyais en couple avec lui; j'aurais pu facilement tomber amoureuse et lui donner une grosse marmaille. Mais les rebelles que j'ai connus ont tous été difficiles d'approche, ténébreux, peu disponibles et souvent coureurs de jupons. Nous n'avons jamais franchi la limite au-delà de laquelle les gens passent d'amants à amoureux. Dans notre cas, ça aurait été un set-up pour le malheur... Avec le temps, j'ai appris que peu importe à quel point le malheur est passionnant, ça reste du malheur.

Ça fait déjà deux ans que je connais Tarzan. Il nous arrive encore d'entrer en contact pour planifier une nuit comme on sait si bien les faire. Même quand on ne s'est pas parlé depuis trois mois, les reproches ne font jamais partie de nos conversations et on apprécie toujours de se revoir. Il y a des aventures d'un soir, comme celle avec le roi, qui selon moi méritent d'être répétées encore et encore.

# Johnny l'Exhibi

« Dans l'incertitude, demande-toi ce que ferait Madonna. » Ce conseil a été lancé par une actrice américaine il y a quelques années à l'émission d'Oprah Winfrey. Je ne me souviens plus de quelle actrice il s'agissait, mais le conseil, précieux, est resté gravé dans ma mémoire comme un hiéroglyphe égyptien sur un sarcophage en or. Encore aujourd'hui, il me vient en aide dans différentes situations de ma vie. Je me souviens d'une nuit en particulier où il m'a très bien servie. C'est le soir où j'ai rencontré Johnny.

Johnny, c'est son vrai nom. Je l'ai conservé. C'est aussi le nom du personnage principal de mon film fétiche, joué par l'acteur Patrick Swayze... Quand un amant porte le même nom que notre fantasme d'enfance, on le lui garde, son nom, on l'embrasse, on le célèbre. On ne rebaptise surtout pas.

Au secondaire, une de mes amies voulait sortir avec un gars qui s'appelait John Peltier. John Peltier avait l'air d'un chien pug. Il avait le nez écrasé, les yeux croches et, cerise sur le sundae, lorsqu'il éclatait de rire, il sonnait comme un cochon qui s'étouffe. Mais malgré tout, mon amie le trouvait intéressant parce qu'il s'appelait John – secrètement, l'amour de sa vie était Jon Bon Jovi. J'en conviens, c'est pathétique, mais les amours de préados se créent et se dissolvent pour des peccadilles. Et sincèrement, même s'il avait l'air d'avoir reçu tous les ballons de la FIFA dans le visage, c'était tant mieux si John Pug-Peltier attirait l'attention de mon amie.

La première fois que j'ai aperçu Johnny, j'ai pensé : miam. C'était un Salvadorien un peu badboy à la chevelure d'un noir lustré qui rappelait la robe d'un étalon sauvage. Danseur latin suave, son dos donnait envie de le caresser, je dirais même de le lécher. J'ai appris rapidement que ce latin lover aimait avoir des aventures à l'extérieur. Pas à l'extérieur du pays, je veux dire dehors, au grand air. Du boum bam bam sur ton body, sous le ciel étoilé. De là le nom de famille que je lui ai inventé en riant par en dedans : l'Exhibi. Johnny l'Exhibi.

Faire l'amour à l'extérieur, c'est habituellement spontané. Je n'ai jamais entendu un gars dire à sa blonde : «Nathalie, à dix-neuf heures, m'en vas te prendre dans le champ de blé d'Inde!» À moins qu'on habite sur une terre et qu'on désire faire ça en cachette de nos parents, il n'y a pas vraiment de raison logique d'aller se promener les fesses à l'air dans le foin.

Habituellement, le sexe en plein air est la conséquence d'un flash du moment. On est en voiture, on voit une forêt ou un champ et pouf ! on se retrouve les culottes à terre entre deux nuages. C'est bucolique, mais ça se passe rarement comme dans les films. Les moustiques, la racine de l'arbre qui te fait mal aux fesses, l'écureuil qui te regarde… Ces malaises peuvent détruire facilement les belles images érotiques qu'on avait d'une baise en campagne. Le résultat est toujours loin des belles scènes d'amour entre Ovila et sa belle brume dans *Les filles de Caleb.*

J'ai expérimenté le love-making en forêt. Mon ex-mari et moi nous rendions à des funérailles – le défunt était le père du meilleur ami de mon chum. Nous étions donc en route vers le Manitoba, la province la plus aplatie de l'univers. Mon oncle aimait dire : «Si un jour tu traverses les Prairies canadiennes, tu vas voir des champs plats à perte de vue. Je te l'jure, si tu te penches et que tu regardes loin, loin à l'horizon, ça se peut que tu te voies le trou d'cul.» Que son âme de comique repose en paix.

Trouvant la route plutôt longue, et n'étant pas vraiment impliqués émotivement dans la perte de l'être cher, nous avons décidé de faire du sexe de plein air au beau milieu de l'Ontario. Bon, cette activité ne se retrouve probablement pas sur la brochure officielle d'attractions touristiques, mais dans cette province, de superbes forêts longent la route, rendant le camouflage plus facile.

Alors on se dit que ça va être excitant, différent et qu'une fois vieux et pleins d'arthrite, on va se raconter cette folie-là en se berçant sur le perron, et GO on le fait ! Ce n'est qu'une fois en pleine action qu'on réalise que, oui, on va se raconter raconter cette histoire-là une fois qu'on sera vieux, mais pas pour les raisons qu'on pensait.

La spontanéité, en matière sexuelle, ne donne pas toujours lieu à l'idée du siècle. Ne sachant pas trop dans quel tas de feuilles mortes ou de lychen mettre mes fesses, j'ai préféré rester debout, baisser mon jeans et appuyer mes mains sur un tronc d'arbre. Ceux qui pensent que baiser par-derrière comme des animaux c'est sale n'ont jamais tenté de faire le missionnaire dans de la bouette de forêt…

On y est donc allés «doggy-style», mais la vue n'était pas magnifique. Devant moi, sur le tronc d'arbre, une centaine de fourmis marchaient en ligne droite et travaillaient fort à ramener leur bouffe au bercail. Je te le confirme, un pénis dans le vagin et des fourmis devant les yeux en même temps, ça sème la confusion dans le cerveau. Ça chatouille agréablement et ça dérange simultanément, et ça, c'est un no-no.

Mon cerveau, intelligent comme un cerveau normal se doit de l'être, m'a donc proposé de regarder plus bas. C'est à ce moment que j'ai aperçu une image pas vraiment plus sexy : celle des jambes de mon chum entre deux souches, espadrilles aux pieds, pantalon aux chevilles, qui tentait de rester en équilibre sur la pointe des pieds.

Je ne suis pas assez du type plein air pour avoir savouré le moment. J'ai fermé les yeux en m'imaginant dans une suite au Hilton. Heureusement, je n'ai pas eu à le faire longtemps. La crainte de mon ex à se faire prendre les culottes à terre par un garde-chasse a dû faire accélérer le processus, car en peu de temps, je l'ai entendu gémir. Au même moment, des oiseaux effrayés se sont envolés, le prenant certainement pour un ours.

Si tu crois que je n'ai pas eu de plaisir pendant, attends de voir l'après. Ni lui ni moi n'avions de mouchoir, et malgré les feuilles mortes au sol, m'essuyer avec la nature n'était pas une option ! Je n'aime pas me laver avec un savon au parfum d'épinette humide, ce n'est pas à ce moment-là que l'envie allait me prendre.

Aussi, je voyais mal mon ex se retirer et courir jusqu'à la voiture pendant que j'attendais, seule en forêt, qu'il me rapporte les napkins de resto qui traînaient dans le coffre à gants. Je te le rappelle, j'avais les petites culottes aux genoux et j'étais légèrement penchée vers l'avant, les mains appuyées sur un arbre qui servait d'autoroute à fourmis. Ça n'a jamais été dans mes projets de vie d'offrir un spectacle burlesque gratuit à la faune et la flore ontarienne. C'était maintenant moi qui avais peur de me faire surprendre par le garde-chasse dans cette position peu flatteuse.

Aujourd'hui j'en ris, surtout quand je me revois remonter mon jeans en vitesse, pour ensuite assister à la messe funèbre avec, dans ma petite culotte, un souvenir tangible de notre escapade. Tout au long de la cérémonie, je me suis sentie comme la pire des pécheresses.

Tu comprendras que j'ai eu des doutes quand Johnny l'Exhibi s'est pointé dans ma vie.

C'était un soir de pleine lune. Par le passé, j'avais souvent entendu ma tante, qui est policière, dire : « Ça va être une nuit intéressante, les loups-garous sortent tout l'temps les soirs de lune ronde. » Les choses les plus bizarres de sa carrière se sont produites les soirs de pleine lune. Elle prenait toujours plaisir à nous raconter, chaque Noël, l'histoire de l'homme qui hurlait à la lune et qui criait après ses enfants en leur ordonnant de faire la même chose. C'est un peu bizarre, certes, mais quand on vit à Montréal, c'est le genre de truc qui devient anodin.

C'est la suite de l'histoire qui fait écarquiller les yeux : après avoir intercepté l'homme qui hurlait à la lune, ma tante a réalisé que ses enfants étaient en fait des miches de pain emmitoufflées dans des linges à vaisselle. Il pouvait bien capoter, le monsieur Mooglie. Ça hurle pas fort, des miches de pain...

C'est prouvé, les urgences des hopitaux débordent plus qu'à l'habitude les soirs de pleine lune. Quand on y pense, c'est pas si bête. Si les phases du cycle lunaire ont un effet sur les marées et que le corps humain est composé à soixante-dix pour cent d'eau, j'imagine que la pleine lune doit nous brasser un peu par en dedans aussi. Je crois que mon comportement avec Johnny a été le résultat de vagues intracorporelles, car le soir de ma rencontre avec celui qui aimait faire l'amour le swizz à l'air, la lune était aussi brillante que Marie Curie habillée en paillettes.

À l'époque, je vivais sur la rue Saint-Hubert dans le quartier Rosemont-Petite-Patrie. Tout près de mon appartement, plus précisement à quatre coins de rue de chez moi, se trouvait un club latin sous la promenade Saint-Hubert. Entre amies, on l'appelait le «club de la racaille». Souvent, les hommes y traînaient: on aurait dit des adolescents qui flânaient au dépanneur à l'heure de la récréation. Quand je n'étais pas à la recherche d'un amant et que j'avais juste envie de danser et de boire avec mes amies, cet endroit était idéal.

Ce soir-là, je n'avais nullement prévu de rencontrer un homme qui voulait faire un moon à la lune. Quand je suis rentrée dans le club, il était accoté au bar, une bouteille d'eau à la main. Il portait un jeans au look «déchiré avant même qu'il quitte la boutique», un t-shirt affichant une main faisant un doigt d'honneur et une casquette du Salvador à peine déposée sur ses cheveux. Il se mariait très bien avec les badboys de la place mais il n'avait rien d'un tout croche et j'avais quelques indices clés pour le prouver: il buvait une bouteille d'eau, ses yeux n'étaient pas vitreux, ses pupilles pas dilatées et, surtout, il n'avait aucun tic nerveux de gars sur la poudre. Malgré ses vêtements de bum, on aurait dit un Anglais sophistiqué dans une taverne remplie d'Irlandais saouls.

Mon jugement du Salvadorien s'est avéré exact. Johnny n'était pas un habitué de la place, mais plutôt un touriste de passage à Montréal. Quelques jours plus tôt, sa troupe de danse avait participé au Mondial des cultures à Drummondville. Avant de retourner au Salvador, les danseurs tenaient à faire un tour dans la grande métropole. Je me suis penchée au bar pour commander moi aussi une bouteille d'eau, et c'est en me tendant la main comme un gentleman qu'il m'a demandé dans trois langues si je voulais danser.

— Quieres bailar conmigo ? You wanna dance wi mi ?
Boulez-bous danser avec moua ?

J'étais sous le charme, alors j'ai répondu :

— Sí ! Yes ! Oui !

En lisant son langage corporel, j'ai vite décodé qu'il avait prévu, au moins une fois pendant sa visite au pays, de consommer des produits du terroir. J'ai pris sur-le-champ la décision de devenir sa confiture québécoise.

Après trois danses, nous avons quitté l'endroit pour entreprendre une chaude marche en direction de chez moi. Je me fais un devoir de toujours bien connaître mes voisins, alors quand je passe la nuit avec quelqu'un qui n'habite pas le pays, je me sens bien plus en sécurité chez moi que dans la chambre d'hôtel du touriste en question.

J'ai donc invité Johnny l'Exhibi à mon appartement, avec toutefois une petite gêne. Je n'étais pas gênée de l'inviter, mais disons que je ne suis pas du type ordonné. Contrairement à d'autres, je travaille bien dans le chaos : il y a des brassières suspendues aux poignées de ma commode, des tasses de café à moitié vides (tu sais, celles dans lesquelles un design de lait a eu le temps de se former à la surface du café froid ?), du linge propre à plier sur la table de la cuisine, du linge sale par terre et, plus souvent qu'autrement, de la vaisselle empilée dans l'évier. Ça sent bon chez moi, mais c'est le bordel.

L'appartement était à dix minutes de marche du club. Dix minutes à me demander comment j'avertirais Johnny du bordel qui l'attendait, en espérant ne pas passer pour une pas propre. Les dix minutes se sont transformées en trois quarts d'heure entièrement par notre faute : on s'arrêtait à chaque craque de trottoir pour se frencher. Il m'accotait sur les murs de toutes les boutiques, soulevait une de mes cuisses, glissait sa main sous ma jupe jusqu'à mon sexe en se foutant des passants nocturnes.

Entre deux baisers langoureux, je me suis mise à lui faire des excuses pour le bordel qu'il s'apprêtait à affronter et, contrairement aux hommes qui répondent habituellement : « J'm'en fous de ton bordel », il s'est arrêté et m'a proposé un plan B.

— Voy te singar aquí.

Ça sonnait plus comme un ordre qu'une proposition. « Je vais te prendre ici », disons que ça ne laisse pas trop de place à la discussion.

Je me souviens d'avoir eu un peu peur. Pas de lui, mais de l'acte lui-même. Faire l'amour en forêt, oui, mais est-ce que j'avais le culot de baiser en pleine ville ? Je me suis alors posé la question qui m'aide toujours à trancher : « Qu'est-ce que Madonna ferait dans ma situation ? » J'ai donc livré, sous la folie de la pleine lune, la même réponse que je lui avais donnée plus tôt : « Sí ! Yes ! Oui ! »

Nous étions toujours sur la rue Saint-Hubert, à la hauteur du boulevard Rosemont. Si tu es déjà passée par là, tu as sûrement aperçu le coin nord-est du quadrilatère : il est vide, sans buildings, sans commerces. Juste un terrain vague couvert de gravier et de mauvaise herbe ; des blocs de béton gris reliant une chaîne servent à en bloquer symboliquement l'accès. Rien de bien menaçant ; une enjambée de trois pieds permet de passer par-dessus. De plus, à trois mètres du trottoir, sur la propriété voisine, un arbre va chercher ses bains de soleil en penchant la majorité de ses branches au-dessus du terrain vacant.

C'est donc une jambe appuyée sur un bloc de béton, dans l'obscurité et sous les branches de l'arbre, que Johnny a soulevé ma jupe et baissé ma gaine amincissante – ohhhhhhh oui, que c'est gênant ! Mais je te l'ai dit plus tôt, je suis de format costaud. Pas une dodue n'irait danser toute une soirée sans gaine, sinon l'intérieur de ses cuisses va devenir un feu de camp et tout le monde va vouloir s'asseoir autour d'elle pour y faire griller des guimauves. Deux pâtés de maisons avant, j'avais été un peu embarrassée quand Johnny avait passé la main sur ma gaine, sous ma jupe. En le voyant travailler fort pour la faire rouler jusqu'à mes chevilles, je ne me suis pas sentie à mon meilleur. Même dans le noir, il m'a vue rougir. Il m'a donné la réponse que j'attendais : «Yé m'en fous!»

Il s'est mis à embrasser mon oreille et a murmuré des mots que j'adore entendre : «As-tou un condom?» Heureusement, j'en ai toujours avec moi. Je n'avais pas de poche, alors j'en avais collé un sur mon sein gauche, dans ma brassière. Je lui ai offert coquinement d'aller le chercher.

Comme plusieurs filles qui n'aiment pas traîner leur sac à main dans les clubs, les soirs où je suis en pénurie de poches, mon soutien-gorge devient un espace de rangement IKEA. Mes trucs sont toujours à la même place : le condom d'un bord, l'argent de l'autre, le ticket du vestiaire du côté centre-droit et le cellulaire du côté centre-gauche. Je porte du 40DD, donc tout se camoufle bien. Pour ce qui est de mes clés, je ne traîne que les essentielles dans ma botte ou mon soulier.

My God, je devrais donner des cours aux filles! Quand je les vois arriver avec des sacs à main aussi gros qu'un sac de sport, ça me décourage. En plus, elles dansent comme s'il n'y avait pas de lendemain sur une piste bondée en donnant des coups de sacoche à leurs voisines. Les poches de voyage à l'épaule ou sur le dancefloor, c'est non! Y a pas d'excuse; c'est pas comme s'il fallait traîner des jouets, trois couches pis du Zincofax dans un club. «Less is more», comme disent les Anglais!

Retournons à JOHNNY! (Oui, oui, je le crie comme Bébé dans le film.) Je ne t'apprendrai rien en te disant que ce n'est pas en regardant passer les voitures, un pied sur un bloc de béton, que les préliminaires prennent de l'ampleur. Ça faisait quinzes minutes qu'on marchait en se taponnant comme des ados qui se découvrent. Ça me suffisait, et franchement, on n'avait pas le temps pour un cunnilingus dans la garnotte.

Malgré tout, c'était dangeureusement plaisant. La peur de se faire prendre chaque fois qu'un piéton passait près de nous donnait du punch à l'aventure. As-tu déjà baisé dans le silence en bougeant au ralenti pour ne pas attirer les regards ? Je te le jure, c'est différent de tout ce que tu as connu. Je portais attention à chaque petit mouvement, chaque caresse, chaque va-et-vient. Je sentais l'homme entrer en moi centimètre par centimètre. Tout s'est fait au ralenti pendant que mon cœur battait à mille à l'heure. Thrillant !

Le stress était à son apogée quand on voyait un passant tout près, sur le trottoir. On arrêtait complètement de bouger, Johnny les culottes aux genoux, moi la jupe relevée. On aurait dit deux statues érigées en l'honneur du Marquis de Sade. J'en garde un superbe souvenir…

C'est surprenant de voir à quel point les gens ne sont pas observateurs. On était à trois mètres d'eux, un peu dans la pénombre mais quand même assez éclairés par les lampadaires pour qu'ils puissent nous voir. Personne ne s'est retourné. Johnny m'a dit, d'un ton confiant : «Quand c'est trop évident, le monde ne regarde plus.» Il avait raison ; même les patrouilleurs du SPVM ne nous ont jamais vus. J'imagine que les statues de Montréal sont plus adulées par les pigeons que par les citoyens.

On est restés discrets jusqu'à l'avant-dernière minute. Parce qu'à la dernière minute, Johnny a joui. Fort. Volontairement ! Il voulait qu'on le voie, il voulait qu'on le regarde venir. Un gars traversait la rue, et je l'ai entendu dire à son ami : «T'as vu ? Ils baisent, les cochons ! YOU LUCKY BASTARD !»

Johnny n'était pas un débutant, parce que dans un temps record, sans que je n'aie eu à faire un seul geste, son pénis était de retour dans son pantalon, ma jupe redescen-

due, et ma gaine posée sur son avant-bras comme une serviette blanche dans un restaurant chic. On avait tous les
deux un gros sourire.

Il m'a accompagnée jusqu'à ma porte, bras dessus,
bras dessous, comme des aristocrates. Il m'a embrassée
pour la dernière fois, on s'est dit au revoir et j'ai grimpé
l'escalier. Alors que je croyais qu'il était parti, j'ai eu droit
à un dernier cri passionné :

«¡Eres deliciosa mi amor! ¡Adiós!»

# G. G.

### GRANDE, GRANDE PARENTHÈSE

Lectrice, si tu es une ado de douze ou treize ans et que tu lis ce roman, ne fais surtout pas de moi ton modèle. N'essaie pas, à ton âge, de reproduire mes expériences. À treize ans je rêvais le soir, avant de m'endormir, que par un bel après-midi, pendant que je mangerais mon sandwich au jambon dans la cafétéria de l'école, Jordan Knight des New Kids on the Block viendrait me chercher pour aller faire un tour de décapotable. LA décapotable, celle qu'on voit dans le vidéoclip «The Right Stuff». Bien sûr, la scène se déroulait devant toutes les plus belles filles de l'école. Dans mon fantasme, j'étais en plein contrôle et je connaissais Jordan depuis longtemps; ce n'était pas une scène où tu me voyais devenir hystérique à sa vue. C'était en fait mon chum, et en le révélant, je surprenais toutes les filles pas gentilles qui m'avaient traitée de bac à graisse par le passé.

— Hey, Charlie-baby!

— Hey, Jordan!

Dans mon scénario, on ne s'était pas vus depuis longtemps et il me donnait une longue et chaude accolade avec un doux baiser sur la bouche. Puis il me prenait les mains en disant:

— Are you ready?

— Yes, we just have to pass by my locker, I want to drop my lunchbox.

Et je quittais la cafétéria avec l'homme de ma vie en laissant planer le mystère. Fin du fantasme.

Tu vois bien qu'à treize ans, je n'avais pas la libido dans le plafond, même si je portais mon kilt de collégienne.

Si tu es une ado de douze, treize ou quatorze ans, ne me fais pas croire que tu as les hormones dans le tapis et que ton corps veut coucher avec plein d'hommes. Je n'y crois pas. Et surtout, ne te le fais pas croire à toi-même. On sait toutes les deux que tu essaies simplement de faire comme les autres. Tu crois peut-être que tu seras enfin respectée et traitée en adulte si tu te comportes comme une femme. Il n'y a rien de plus faux. Pour citer mon idole Kelly Cutrone, je te dis: «If you don't know who you are, you have no business being naked in bed with someone else[39].»

Toutes les jeunes filles rêvent de tendresse avant de rêver d'orgasme. On s'est toutes vues en rêve avec un Jordan, ou un Nick des Backstreet Boys, ou un Justin de NSYNC, ou un Pierre de Simple Plan. Tu es peut-être de celles qui vont s'amouracher de

---

39. Traduction libre: Si tu ne te connais pas toi-même, t'as pas d'affaire à être nue au lit avec quelqu'un.

Katy Perry, peu importe. Mais en première secondaire, on ne pense pas à des pénis durs qui picossent les fesses quand on dort en cuillère. Alors, continue à rêver de tendresse, profites-en! Les chaudes nuits sexuelles vont suivre dans quelques années, ne t'inquiète pas.

D'ailleurs, la première fois, c'est rarement la magie comme dans les films. Ne t'attends pas à des feux d'artifice. Même après la première fois, ce n'est pas toujours tout beau. Parfois, la baise est tellement mauvaise et le gars te fait sentir tellement mal que tu as l'impression qu'il veut t'envoyer dans une boutique pour te faire réparer.

Sache que les hommes n'ont pas la clé du succès, surtout quand ils ne sont pas encore des hommes. Tout le monde apprend, peu importe l'âge, et c'est encore plus fantastique d'apprendre avec l'autre. Mais dis-toi toujours que le jeune homme qui embarque dans ton lit s'est déjà touché. Il a fort probablement eu de multiples orgasmes en solo. Alors, pourquoi ne pas faire pareil, hein? Amuse-toi: il n'y a pas de gêne à se masturber, c'est gratuit et si plaisant!

À quinze ans, j'ai voulu avoir l'air cool. On était dans un party qui avait lieu à Sainte-Julie, dans une cour arrière qui était en fait plutôt un champ de maïs ou de fraises, je ne sais plus. Quand je suis arrivée, il faisait très noir. Il n'y avait qu'un feu de camp et les étoiles pour nous éclairer. J'étais déjà ivre parce que mes amies et moi, on avait eu la simili-brillante idée de demander à un ami majeur de nous acheter de la Tornade aux fruits. Si tu te demandes c'est quoi, de la Tornade, c'est normal: ça goûtait tellement dégueulasse que ce n'est pas resté très longtemps sur les rayons des épiceries.

C'était un genre de bière aux baies ou au citron, et il y avait toujours un petit arrière-goût de... de... de dégueulasse, il n'y a pas d'autre façon de le dire.

C'est à ce party que j'ai rencontré l'ami d'un ami d'un ami... Un gars que je n'avais jamais vu de ma vie, lui aussi mineur. Mais au lieu de boire de la Tornade, il buvait pas mal tout ce qui pouvait lui tomber sous la main. Il est devenu le gros hit de la soirée parce qu'il s'écrasait des canettes de bière dans le front en criant comme un gorille. Aujourd'hui, je le traiterais d'immature, mais à quinze ans j'étais impressionnable ; je le trouvais divertissant, musclé (pour un gars de quinze ans). En plus, il avait des favoris stylisés comme Vanilla Ice. Bref, il ne m'en fallait pas plus pour lui faire des yeux de biche.

Ne me demande pas comment l'histoire a déboulé, mon souvenir est trop vague. J'étais rendue à un tel taux d'alcoolémie que j'urinais dans le fossé sans tracas — on repassera pour la lucidité et pour la classe. Thank God, le téléphone intelligent et Facebook n'avaient pas encore fait leur apparition ; des photos de moi ce soir-là auraient pu causer la perte de mes jobs de gardienne, de mon héritage et, connaissant ma mère, probablement de ma vie tout court.

Mes souvenirs de cette soirée sont flous, mais j'ai des flashs d'avoir subi une belle séance de dry-sexe[40] en me faisant solidement embrasser sur le capot d'une voiture. Le plus beau dans cette histoire, c'est que je me souviens par contre très clairement d'avoir refusé d'entrer dans la maison pour qu'on passe à un stade moins habillé. J'étais vierge et saoule, le jeune homme voulait que le dry-sexe

---

40. Dry-sexe : Action à laquelle se livrent deux personnes habillées mimant une relation en se frottant les organes sexuels.

devienne mouillé, et j'ai dit non. Oui, j'ai dit non.
Aujourd'hui, j'en suis encore très fière, car si je
croisais ce gars dans la rue, je ne pourrais pas
l'identifier. Pour être franche, je pense qu'il ne me
reconnaîtrait pas non plus. Cette histoire était clairement destinée à tourner au fiasco, encore pire que
mon épisode de camping.

Alors, jeune fille de treize ans, si tu ne retiens
qu'une chose de ce roman, j'aimerais que ce soit
ceci: la première fois que tu feras l'amour, fais-le à
jeun avec quelqu'un en qui tu as confiance. Si tu
penses que tu n'y arriveras pas parce que tu es trop
stressée ou gênée, c'est un bel indice: tu n'es pas
prête. Attends, sois patiente et fais-toi confiance.
Apprends à te dégêner et à te déstresser. Ça prendra
le temps que ça prendra, mais fais l'amour à jeun.

### FIN DE MA GRANDE, GRANDE PARENTHÈSE

Je me suis déjà ramassée au lit avec un homme qui
n'avait jamais fait l'amour. Je n'en savais rien, il ne m'a rien
dit jusqu'à ce que je déboutonne sa braguette.

On s'était rencontrés dans un bar. Grand mec,
six pieds six pouces, plutôt bâti pour un corps si grand.
C'est effectivement sa stature qui m'a induite en erreur, de
même que sa voix grave dont on aurait dit qu'elle provenait
directement du centre de la terre tellement elle vibrait. Je
le croyais beaucoup plus vieux qu'il ne l'était en réalité. Je
lui donnais environ vingt-huit ans, et ça s'est avéré qu'il en
avait vingt-deux. J'en avais dix de plus. Je l'ai appelé G. G.,
pour Grand Garçon.

C'est à ce moment que j'ai inventé une théorie. C'est
une théorie faillible, je l'admets, mais c'est ma théorie.
Quand une femme dans la trentaine a plus de deux cours
secondaires de différence avec un homme, la différence
d'âge est trop grande.

Imagine. Je suis rentrée au secondaire. Cinq ans plus tard, j'ai gradué. Une autre personne a à ce moment débuté son secondaire et elle a gradué cinq ans plus tard. EN-SUITE, G. G. est entré en première secondaire. Quand j'avais fini mon bac en psycho, lui ne savait même pas accorder un participe passé ! Bien des adultes ne savent pas accorder un participe passé, mais tu vois ce que je veux dire. Je me tapais des partys de faculté pendant que lui suppliait sa mère d'acheter de la crème pour faire la guerre à son acné ! J'étais au début de la trentaine et lui de la vingtaine. L'écart d'âge me rendait mal à l'aise.

G. G. était un anglophone issu de la loi 101. Il parlait donc français, mais étudiait à McGill en finances. On s'était d'abord embrassés dans un club. Cependant, j'étais dans un état d'ébriété si avancée que nous ne sommes pas allés plus loin. Comme je l'ai mentionné plus tôt, il faut savoir s'abstenir lorsqu'on n'est pas en possession de ses moyens.

Nous nous sommes donc textés pendant la semaine. Je me souviens, c'était le printemps car j'avais reçu son premier message le jour où j'assistais à une fête de famille à la cabane à sucre. On s'est échangé quelques niaiseries pendant que je m'empiffrais de saucisses à l'érable, de jambon à l'érable, de cretons à l'érable… C'est pas compliqué, j'ai mangé du cochon sous toutes ses formes dans du sirop d'érable. Je suis pas une fan, mais quand ma famille du Manitoba nous rend visite au printemps, c'est impossible de s'en sauver, il faut les amener à la cabane à sucre.

J'ai réalisé entre deux pets de sœur que les textos de G. G. dégageaient une confiance surprenante. Même ma cousine qui découvrait les oreilles de criss et qui s'était donné pour mission d'en manger jusqu'à ce que l'érablière soit en rupture de stock avait fait une pause pour lire les messages et valider mon impression.

G. G. était jeune, mais il m'intriguait de plus en plus. Il avait même osé faire un plan pour nous deux. Simple mais efficace. Regarder un film de sa collection : *La prison de Shawshank*. J'ai flanché. Il m'aurait suggéré *Les Transformeurs* et j'aurais dit oui. J'étais en manque de peau, et juste l'idée de regarder un film collée sur lui, enlacée de ses grands bras, était assez pour faire sourire mon bas-ventre.

Je l'ai donc invité chez moi, car comme tout étudiant qui ne veut pas trop s'endetter, il habitait encore chez ses parents, décision intelligente de sa part. J'aime beaucoup les grands garçons intelligents.

Le soir venu, il a frappé à ma porte et comme je le fais toujours, j'ai regardé par l'œil magique. Il attendait, casque sur la tête, vélo à la main. J'étais contente. En région, je l'aurais jugé, mais à Montréal, si on laisse son vélo dehors il devient celui de quelqu'un d'autre. En plus, comme j'acceptais d'héberger son vélo, G. G. n'aurait pas pu passer la nuit chez moi sous pretexte qu'on lui avait enlevé son moyen de transport. Je pouvais mettre le vélo en sécurité sur mon balcon arrière. Les chances qu'il disparaisse étaient minces ; à cette époque, j'habitais seule dans un petit studio au troisième étage d'un immeuble sans escalier de secours, et c'était tout de même juste un vélo. On pouvait peut-être grimper trois étages pour le voler, mais je voyais mal le voleur réussir à les redescendre sans scraper la bicyclette.

J'ai ouvert la porte. On aurait dit qu'il avait grandi depuis la dernière fois que je l'avais vu. J'ai fermé ma porte et ma gueule. M'aurais-tu vu lui dire : «Mon Dieu, on dirait que t'as grandi !» Aussi bien m'écrire MATANTE dans le front avec un avertissement : «Attention, cette dame pince des joues.»

Je lui ai fait une accolade et j'ai senti qu'il tremblait. Un genre de tremblement qui ne se voit pas de l'extérieur mais qui se ressent une fois collés. Tu sais, le tremblement de la nervosité qui ressemble à celui du lendemain de brosse ? Eh bien c'était celui-là. Subtil mais bien présent.

Je pense qu'à communiquer par téléphone, il montrait plus de confiance qu'il n'en avait réellement.

Je lui ai offert un cuba libre. Il l'a calé en trois gorgées. Un gros shooter aurait fait pareil. J'aurais dû avoir la puce à l'oreille, mais j'ai préféré croire que le trajet à bicyclette lui avait donné soif.

Je lui ai donc versé un deuxième rhum and coke. J'ai eu à peine le temps d'aller aux toilettes que le cocktail avait disparu. S'il avait été un enfant, j'aurais pensé qu'il l'avait versé dans le lavabo en cachette. Il en a pris un troisième et un quatrième avant même que débute le film. On l'a regardé collés. Malgré les huit onces d'alcool que G. G. avait avalées, ses tremblements continuaient. Même sa main qui caressait mes cheveux était bourrée d'hésitation et de doute.

Le film s'est terminé. On s'est embrassés et, avec un sourire en coin, j'ai enlevé mon chandail en murmurant : « On fera pas semblant que ça se passera pas, hein ? » et j'ai ensuite attaqué la braguette de son jeans. Je voulais le libérer, car son sexe suffoquait depuis le début du film. En fait, il avait pris de l'ampleur aussitôt que j'avais collé mon sein sur sa poitrine. Un autre signe indiquant clairement qu'il ne devait pas avoir vu beaucoup de seins en 3D.

Et c'est là que cette phrase a résonné dans le salon, aspirant d'un seul coup toute l'humidité de mon sexe : « Charlie, j'ai jamais fait ça avant. It's my first time. » Son débit n'aurait pas été plus rapide même s'il avait vomi ses mots ! Il m'a garroché ça comme un enfant lance du spaghetti sur les murs. Ça expliquait le calage de verres, les tremblements, la timidité et, disons-le, le french pas vraiment extra. Je pense que chacun des mots de sa phrase est allé se cacher en dessous du tapis de mon salon tellement G. G. semblait gêné de sa virginité.

— Holy shit !

Oui, je l'ai dit fort ! C'est le genre d'information qu'on n'entend pas souvent quand on a trente-deux ans. J'avais trente-deux ans et j'étais avec un jeune vierge de vingt-deux ans!!!

J'ai remis mon chandail. Une fois rhabillée, j'ai figé. Je te le dis honteusement, mais j'ai voulu appeler sa mère pour qu'elle vienne le chercher.

Je sais, je sais, ça lui avait pris un paquebot de courage pour s'ouvrir, mais je n'avais aucune envie de devenir la cougar/professeur/première femme de G. G. Ce n'est pas dans mes fantasmes de prendre un garçon et d'en faire un homme. Je trouvais zéro excitant d'enseigner le b.a.-ba du sexe à ce jeune vierge alors que moi, j'étais dans mon peek sexuel. Je guide avec plaisir celui qui se retrouve dans mon lit, mais je ne le forme pas. Vois-moi comme une sherpa du sexe, non comme un professeur chevronné.

Bref, je ne voulais pas devenir son souvenir de la première fois. Ce que je déplore chez les femmes qui décident de déflorer de jeunes hommes, c'est qu'une fois qu'elles ont fini de jouer avec leur boytoy, ils sont plus expérimentés certes, mais quand ils commencent à avoir des relations sexuelles avec des filles de leur âge, ils s'emmerdent, car la différence entre une fille et une femme au lit est notoire.

### GROSSE PARENTHÈSE

Jeune homme, si tu lis toujours ce livre et que tu te demandes quelle est la différence entre une femme et une fille au lit, la voici: la fille fait malheureusement trop souvent l'amour comme elle fait son travail. Elle espère répondre aux besoins et aux demandes du gars comme si c'était son patron, et elle sait rarement ce qui la fait tripper. Elle aura tendance à faire du copier-coller de l'industrie du sexe et à faire l'amour en se regardant faire l'amour. Trop de jeunes filles croient que le sexe, c'est se donner en spectacle et impressionner monsieur. Mais une femme expérimentée fait confiance à son instinct et à ses apprentissages antérieurs. Elle communique exactement ce qu'elle aime car elle a assez d'années derrière elle pour le savoir. Elle sait donner et, surtout, elle accepte de recevoir.

En général, les hommes préfèrent faire l'amour aux femmes qui savent ce qu'elles veulent. Ils sont conscients que le sexe est un échange divin. Contrairement aux garçons, ils ne désirent pas entendre une femme gémir à chaque coup de bassin comme le font les pornstars. Ça fait longtemps qu'ils ont compris que c'est du fake. Ils décodent le vrai plaisir de la femme dans la subtilité de ses expressions faciales, dans la cambrure de ses hanches, dans les spasmes de son sexe pendant l'orgasme. L'homme d'expérience n'est pas intimidé par les demandes d'une femme ; il prend les directives dans le plaisir, et fait de ce dernier sa mission.

### FIN DE MA GROSSE PARENTHÈSE

Ce soir-là, je n'ai pas appelé la mère de G. G. J'ai respiré et on s'est parlé. Je l'ai remercié d'avoir été franc. Ne pas avoir su qu'il était vierge, je l'aurais baisé et en cinq minutes la tête lui aurait décroché. Contrairement au fantasme répandu, l'initier n'aurait pas été une faveur à lui faire. La puissance des images est souvent sous-estimée en sexualité. Nos premières expériences plaisantes restent à tout jamais gravées dans notre mémoire.

Sur le moment, j'aurais peut-être répondu à un fantasme de jeune homme. Mais j'étais trop consciente des répercussions sur le restant de sa vie sexuelle pour le réaliser. Je ne voulais pas devenir les images et l'odeur que G. G. rechercherait inconsciemment toujours. Je savais qu'il était en train de dessiner ses préférences sexuelles et qu'en baisant avec lui, j'allais implanter dans son cerveau qu'une femme dodue, beaucoup plus vieille que lui, avec un dos tatoué était la plus belle chose qui existait au monde ! Les souvenirs de la première fois sont trop puissants. Pendant les mois qui allaient suivre, juste l'odeur du rhum and coke lui donnerait un semi-croquant dans le pantalon sans qu'il ne sache trop pourquoi... Je m'en serais voulu d'être allée jusqu'au bout.

On est restés habillés et je lui ai montré à frencher. Avec le corps et l'intelligence qu'il avait, s'il savait bien frencher, sa première fois allait arriver avant qu'il atteigne ses vingt-trois ans ! Et malgré le fait qu'il devait pédaler jusque chez lui les couilles bien pleines, je me suis permis de lui dire que sa vie serait plus simple s'il s'initiait au plaisir avec une demoiselle de son âge.

Je ne l'ai revu qu'une seule fois. Tristement, il était tellement défoncé qu'il s'accrochait au bar pour ne pas tomber par terre. J'ai bien peur que sa première fois ne se soit pas passée à jeun.

# Haïti Chéri

Depuis 2009, chaque fin d'année, les âmes dont la famille vit loin et celles qui ne désirent pas s'entasser comme des sardines dans un club pour célébrer le Nouvel An se retrouvent chez mon collègue et ami JF. Mon âme est du rendez-vous depuis la première édition.

JF, c'est l'exemple parfait du faux badboy. Il est tatoué, grand, il a un torse naturellement bombé, une tête dénuée de cheveux qui laisse toute la place à un front proéminent, un regard qui dit : «Niaise-moi pas sinon m'as te sacrer un coup de bottin téléphonique en arrière de la tête.» Et comme si ce n'était pas suffisant, ses mains sont assez grandes pour étrangler un cheval.

Pourtant, il est tout le contraire de ce qu'on pourrait penser de lui au premier abord. C'est un gars d'une bonté pure. Le portrait classique d'un homme victime d'intimidation dans sa jeunesse qui s'est forgé un look de dur pour éviter d'être blessé de nouveau. Un look qui crie : «Écœure-moi pas !» Tout ce que JF désire dans la vie, c'est éviter la bagarre et distribuer des câlins. Non seulement je le trouve extrêmement talentueux, mais je l'aime profondément... et sa dinde est la meilleure au monde !

Chaque année, il nous ouvre donc ses portes et s'applique à préparer une gigantesque dinde, juteuse à point. Tout le monde est bienvenu, il suffit simplement d'enrichir le pot luck pour être admis. Quand vient le temps du décompte, on est heureux d'être entre amis et juste assez réchauffés pour qu'un mec, habituellement un timide, se mette à distribuer des « Je t'aime » à qui veut bien l'écouter. Un beau spectacle.

— Gars 1 : « BONNE ANNÉE ! »

— Gars 2 : « Bonne année man ! J't'aime man, tu le sais que j't'aime, hein ? »

— Gars 1 : « Oui, oui, je l'sais. Moi aussi j't'aime. »

S'ensuit une grosse accolade masculine avec des tapes dans le dos.

Des « je t'aime » entre gars, ça m'émeut. Encore plus quand ils osent les proclamer à jeun. J'ai une réserve de larmes qui se déverse chaque fois que je regarde un film dans lequel deux gars se disent qu'ils ne se laisseront jamais tomber et qu'ils s'aimeront toujours. Je suis une fan finie de l'affection entre boys. Que ce soit Batman et Robin ou les gars de *Brokeback Mountain*, je trouve ça beau. Quoique si on creuse un peu, c'est peut-être la même histoire. Oh ! Scandale, Batman est gai ! Ben non, je niaise. Qu'il vienne me frapper s'il n'est pas content. POW-BANG-PIFF-CLOW !

Au réveillon de la deuxième édition, mon collègue Bigfoot, le perceur, était accompagné de sa blonde et d'un de ses amis, Patrick, qui, sans nous, se serait retrouvé seul ce soir-là. Dans notre meute de loups, on est un peu sauvages, mais une loi non écrite dit qu'on ne doit laisser personne seul le 31 décembre. L'inconnu a été accueilli dans la joie et la chaleur humaine.

J'étais un tantinet plus chaleureuse envers lui que tous les autres. J'ai tendance à affectionner les underdogs[41]. Malgré le grand cœur de mes amis, Patrick avait tout de même l'air du porteur d'eau de notre équipe de football. Il ne connaissait personne à part Bigfoot, et les inside jokes lui échappaient tout le temps. C'est quand tout le monde est parti à rire sauf lui que j'ai réalisé que pour avoir pris la décision d'aller fêter le Nouvel An dans un endroit où il ne connaissait personne, il devait se sentir seul en mausus. J'ai cherché à l'intégrer au clan et à faire de lui un membre à part entière, du moins pour une soirée. S'il avait été laid j'aurais fait la même chose, mais bonus pour moi, il était cute-cute-cute !

J'étais contente de sa présence, car grâce à lui on avait une parcelle d'Haïti Chéri avec nous ! Ma gang sait que j'ai un faible pour les hommes foncés. J'ai donc eu droit à une pluie de commentaires taquins aussitôt que Patrick prenait deux minutes pour aller à la salle de bain :

« Calme-toi Charlie, m'as être obligé de passer la moppe ! »

« Ouain !!! On voit que tu places tes cartes pour commencer l'année avec les Antilles en d'dans de toi, ma cochonne ! »

« Tsé Charlie, ça se fait mal, un décompte, quand t'as une grosse barre de chocolat dans la bouche ! »

J'aurais pu leur dire de se la fermer, mais ils avaient tous raison et ça me faisait rire. J'avais assurément envie de commencer l'année au chaud, collée sur Haïti Chéri. Je te l'ai déjà dit, j'aime voyager par l'entremise des hommes. Le seul continent où je n'ai jamais mis les pieds, c'est l'Asie. Ni physiquement, ni charnellement. L'occasion ne s'est jamais présentée.

---

41. Underdog : Mot anglais surtout utilisé dans un contexte de compétition et qui désigne l'individu auquel on attribue le moins de chances de gagner ou de remporter des élections, un match ou un concours.

Je connais un seul homme aux yeux bridés et c'est le docteur à la clinique d'urgence. Il est d'une part beaucoup trop vieux, et d'autre part zéro sexy ! Il tire mon lobe d'oreille avec ses petits doigts frêles pour mieux voir mes tympans, puis prononce des mots saccadés et sans chaleur ; il me donne l'impression qu'il me réprimande chaque fois qu'il m'adresse la parole. Et il me transperce avec son regard glacial quand je lui dis des trucs comme : « Non, je ne mets pas de bouchons pour aller à la piscine municipale. »

Ainsi, je peux dire que le seul représentant de l'Asie dans ma vie ne me donne pas envie de « get busy ». Je sais qu'il ne faut pas généraliser, mais pour que j'aie envie d'un Asiatique, il faudrait qu'il soit plus jeune, adepte du sexe tantrique et qu'il ressemble à l'acteur principal du film *Anna et le roi*. Et ça, ça ne court pas les rues ! Chow Yun-fat est probablement le seul acteur asiatique issu de l'union entre une reine de beauté chinoise et un camion tonka. Il est baraqué, imposant et je le trouve séduisant.

Je n'ai jamais été courtisée par un Asiatique. Fort probablement parce que la « non-attirance » est réciproque, ou parce que je ne saisis pas leurs codes sociaux et leur langage non verbal. Ce n'est pas du racisme, c'est de l'ignorance.

Cela dit, j'avais rapidement saisi les codes d'Haïti Chéri. Faut pas faire l'autruche ; souvent, dès les présentations, on sait qu'on plaît à l'autre. On fait juste semblant de ne pas s'en apercevoir.

— Charlie, je te présente Patrick, un ami avec qui je joue au hockey. Patrick, voici Charlie, une amie tatoueuse dans la shop où j'travaille.

— Salut.

— Salut.

Ses baisers sur mes joues en disaient déjà long. Il a pris une grande inspiration et, en se penchant dans mon cou, il a dit :

— Hum, *J'adore* de Dior, right ?

— Wow, un joueur de hockey qui connaît les parfums pour femmes. He shoots he scores, le monsieur!

— Ha ha! Tu sens vraiment bon… Damn, Bigfoot, si tu m'avais dit que t'avais une collègue aussi belle que des vacances, j'aurais pris le temps de m'arranger!

C'était la chose la plus quétaine et la plus belle qu'on m'avait jamais dite. J'étais à ses yeux «aussi belle que des vacances». Je l'ai répété deux fois dans ma tête. «Aussi belle que des vacances… Wow! Aussi belle que des vacances…» C'est beau en tabarouette, des vacances. J'ai adoré la comparaison, aussi kitch était-elle.

Au fur et à mesure que la soirée se déroulait, nos corps se rapprochaient. Je posais ma main sur son bras pour lui offrir une bière, il m'écoutait tout en déplaçant les cheveux qui tombaient sur mon visage. Des signes simples qui ne mentent pas.

On a poussé le kitch jusqu'au bout et on s'est embrassés pour la première fois en se souhaitant la bonne année. Et il a ABSOLUMENT fallu que Bigfoot mette son grain de sel.

— OUHHH, checkez, gang! Charlie pis Patrick se siphonnent la faaace!!

J'étais déçue qu'il lance une connerie pour interrompre un si beau moment, et je ne me suis pas retenue pour l'envoyer promener.

— C'est quoi là, t'as quatre ans? Si t'as rien d'intelligent à souhaiter à personne, va donc peigner ton poil de raie. Au moins, on va avoir la paix jusqu'en mars.

Haïti Chéri s'est esclaffé. Il s'est penché et m'a murmuré à l'oreille :

— Tu sais, si tu veux être tranquille, on peut aller ailleurs. Chez moi, chez toi, je m'en fous, mais j'ai passé l'âge de croire qu'une fille peut venir dans une toilette de party. Je préfère découvrir si tu sens bon de partout, ailleurs qu'ici.

— Bonne déduction! On finit de souhaiter la bonne année à tout le monde, on prend un dernier verre pis on call un taxi pour aller chez moi. Deal?

— Deal. Je signe où?

— J'accepte une claque sur une fesse en guise de oui.

Il a dit oui deux fois. Question de ne pas rendre une de mes fesses jalouse.

J'adore me faire taper les fesses. Toute mon enfance, j'ai vu mon père taper tendrement les fesses de ma mère en passant derrière elle lorsqu'elle faisait à souper ou simplement pour lui demander délicatement de bouger un peu car elle était dans son chemin. Ça fait presque quarante-cinq ans qu'ils sont mariés, et la petite tape fait toujours partie de leur quotidien. À travers cette petite tape-là, j'ai vu leur amour, leur désir, leur plaisir.

Je n'ai donc aucune gêne à dire que je suis une adepte de la coquette claque sur les fesses. Je l'aime douce et complice quand on est en public, mais en privé, je la préfère bien affirmée.

### MOYENNE PARENTHÈSE

Encore pour toi, jeune lecteur masculin. La claque aux fesses est un dérivé adouci d'un geste sado-maso souvent repris dans les scènes pornographiques. L'idée de se faire claquer les fesses excite certaines femmes. J'ai bien dit «excite». C'est l'intention derrière la claque, et non le geste lui-même, qui compte. Si, dans un contexte non sexuel, tu donnes aux fesses de ta blonde une claque qui pince autant qu'un homard, elle risque de répliquer. Et ce n'est pas parce qu'elle te remet la monnaie de ta pièce qu'elle a envie que tu la prennes sauvagement. Le contexte est plus important que le geste. Et il faut en doser l'intensité. Ne passe pas tes frustrations de vie sur le fessier de l'autre. Par contre, si tu y vas trop en douceur, tu passeras pour un gars qui ne s'assume pas. Je le sais, ce n'est pas évident. C'est le genre de truc qui se dose petit à petit. Un peu comme quand tu drilles un trou dans un petit objet dont tu crains qu'il pourrait fendre en deux. Tu commences par une petite mèche, doucement mais avec assurance, et, selon le résultat, tu prends une mèche plus grosse. Quand la fille dont tu claqueras les fesses trippera moins, elle va te faire signe. Tu diminueras alors d'un cran l'intensité de ta tape. Ne pars jamais en peur et surtout ne te prends pas pour Christan Grey. Non mais c'est vrai, la claque sur une fesse, c'est une chose ; se prendre pour Christian Grey, héros de «Cinquante nuances de Grey», c'en est une autre.

**FIN DE MA MOYENNE PARENTHÈSE**

Les claques d'Haïti Chéri étaient parfaites. Assumées, elles renfermaient assez d'intensité pour produire un petit bruit sec sans me faire bouger. L'idée, c'est de rester tout près de l'autre. Si un gars se donne un élan et que sa claque fait avancer la fille de trois pas, il faut lui dire de se calmer. C'est une marque de désir, pas le lancer du cul.

Pendant notre dernier verre, Haïti Chéri est allé faire un tour aux toilettes. Il en a profité pour photographier le contenu de son pantalon. Toute la soirée, j'avais reçu des textos de gens qui me souhaitaient la bonne année. Quand j'ai ouvert le sien, j'ai sursauté. Son énorme pénis me regardait droit dans les yeux et me communiquait ses souhaits ! J'ai poussé un «BEN VOYONS DONC !» bien fort. Je n'avais plus qu'à caler mon verre et dire au revoir aux potes.

Patrick est sorti des toilettes avec une bosse dans le pantalon et est venu m'embrasser en souriant fièrement. Je suis tombée amoureuse.

Le clan avait bien sûr prédit notre départ, et les membres s'en sont donné à cœur joie, lançant des commentaires de débiles pompettes, parsemés de leurs plus beaux rires.

«Eille, Charlie, as-tu des condoms Magnum à l'appart?»

«Ouain, fais attention! Quoique c'est beau, des bébés chocolat!»

«Envoyez-nous des photos de votre voyage, là!»

« AHAHAHAHAHAHAHAHA!»

— Non, c'est bon! J'ai déjà reçu une photo de Patrick, pis si je vous l'envoie, vous allez commencer l'année complexés, les boys. Je vous aime trop pour vous faire ça!! Arrivederci!

On ne s'est pas lâchés pendant tout le trajet. Les mains de Patrick étaient toujours à la bonne place, sa langue juste assez curieuse et la façon qu'il avait d'agripper mes bourrelets me faisait tripper. Il voulait assurément faire l'amour à tout mon corps.

Nous sommes arrivés chez moi et je me souviens de n'avoir allumé aucune lampe. On s'est lancés sur le lit en passant la porte. J'habitais un petit appartement où l'entrée donnait directement sur le salon et la chambre à coucher, à aire ouverte.

Ce n'est qu'une fois à moitié nue que j'ai réalisé qu'Haïti Chéri avait mal refermé la porte de mon appartement. Je ne suis pas timide, mais je ne tiens pas non plus à me donner en spectacle à mes voisins. Je me suis relevée pour aller fermer la porte, mais Patrick a tiré sur mon jeans à moitié descendu et je suis retombée sur lui.

Il m'a poussée sur le matelas, s'est levé, a enlevé ses jeans et ses boxers qui lui moulaient les fesses à merveille. Des fesses de joueurs de hockey qui patine vite. Pendant un instant, je me suis dit que P.K. Subban devait avoir exactement les mêmes fesses. Un postérieur musclé, légèrement creusé de chaque côté et bombé sur le dessus. Oui, les hommes aussi ont des culs de rêve, et celui-là en était un. Avant qu'il fasse un pas, j'ai embrassé sa fesse droite. Son fessier était un parfait équilibre entre le moelleux et le musclé. Je te jure, une paire de fesses digne d'être moulée dans le bronze.

Pendant qu'Haïti Chéri verrouillait la porte, je me suis enfuie en lui disant que je voulais me rafraîchir en prenant une douche.

— Est-ce que je peux me joindre à toi ?

— Oui, mais laisse-moi deux minutes !

J'avais besoin du petit coin avant de me laver et, sincèrement, je suis timide du pipi.

— OH ! TABARNAK !

C'est loin d'être féminin comme cri, mais c'était le désespoir d'une fille qui vient tout juste de réaliser que ses règles viennent de se déclencher.

— Qu'est-ce qu'y a ?

— Mes menstruations viennent de commencer !

— Genre gros déluge ou spotting brun ?

— AR-KE !

— Non, c'est pas grave, c'est la vie…

— Ben oui, mais dit de même, ça donne pas ben ben envie d'être dans le même mood que tantôt… Pour répondre à ta question, mettons que c'est plus une journée protège-dessous que tampons super-plus.

— Bon ben, on s'en fout ! Envoye dans douche !

Je suis tombée amoureuse d'Haïti Chéri une deuxième fois.

On s'est lavés rapidement. Prendre sa douche à deux, c'est le fun juste dans les films. On finit toujours par être soit sous le jet d'eau, les cheveux trempés même si on ne voulait pas les mouiller, soit à l'extérieur du jet à geler, les mamelons sur les hautes, pendant que l'autre nous savonne le dos en se pensant super romantique.

De toute façon, l'idée était de prendre deux minutes pour se rafraîchir, et non de faire le tour du chapeau sous la douche.

Avoir mes règles me désolait beaucoup. J'aime avoir la tête d'un homme entre mes jambes, mais jamais je n'insisterais pour que ça se produise pendant que je suis menstruée. Ça me répugne.

— Mets-toi donc un tampon, beauté. Si on peut pas faire l'amour, m'as au moins tasser la corde pis jaser avec ton clito.

— Quoi!? Ben non, t'es pas obligé, voyons!

— Mais oui! Tu viens de prendre ta douche. J'suis zéro dédaigneux et, sincèrement, manger une fille, ça me fait bander.

— OK, c'est pas moi qui vais m'opposer à l'idée. Mais si y a quoi que ce soit, tu arrêtes.

Oh que j'ai bien fait de dire oui. Il aimait manger une femme, en effet, et il avait de l'appétit. Le sexe féminin était un cadeau du ciel pour lui. Il a commencé doucement, de haut en bas, il a ensuite varié en faisant des petits ronds, alternant entre sa langue à plat qui caressait tout sur son passage et sa langue en pointe qui se faisait plus curieuse. Il s'est amusé jusqu'à ce qu'il trouve ma zone érogène la plus sensible, celle qui me fait cambrer le bassin, et il s'y est acharné. Doucement au départ, pour ensuite accélérer le tempo au rythme de mes cris. À la fin, sa langue était rapide et vigoureuse. Me retenir aurait été impossible tellement l'excitation était à son summum. J'ai senti mon sexe éclater. Il m'a entendue crier : «FUCK QUE C'EST BON!»

Je ne suis pas polie quand je fais l'amour. Je n'utilise pas toujours des mots propres.

Patrick était encore plus trash que moi. J'étais en train de récupérer lorsqu'il a tiré d'un coup sur la corde de mon tampon, s'est emparé d'un condom, l'a déroulé à la vitesse de l'éclair et m'a pénétrée ! Ça s'est passé si vite que tout ce que j'ai trouvé à dire c'est :

— T'as poppé mon tampon ? Pour vrai ?? T'as poppé mon tampon ! Je peux pas croire… T'as poppé mon tampon…

— T'aimes pas ça ?

C'est à cet instant que j'ai réalisé à quel point sa queue était divine. On aurait dit que l'univers avait créé mon vagin en le moulant à partir de son sexe. Il remplissait parfaitement chaque parcelle du mien.

— Oh oui, j'aime ça… J'adore ça.

Sans me demander la permission, il m'a retournée sur le ventre, a redressé le bassin et, simultanément, il a claqué mes fesses comme des cymbales.

— Une bonne fille, ça veut sûrement commencer l'année en douceur. Es-tu une bonne fille, toi ?

— Non, pas vraiment.

— OK. T'es quoi d'abord, si t'es pas une bonne fille ?

— I'm a bad girl.

— Dis-le encore.

— I'm a bad girl.

Il m'a agrippé les cheveux et les a tirés en arrière jusqu'à ce que je me retrouve à genoux, dos à lui, la tête sur sa pomme d'Adam. Il m'a murmuré entre ses dents :

— Encore, ma petite cochonne, dis-moi t'es quoi.

— I'm a bad girl.

— C'est parfait comme ça, j'adore les cochonnes qui s'assument.

Et c'était vrai. J'ai eu droit à toute une ride. Un mélange de rage, de passion, de doigts qui s'enfoncent dans la peau. Haïti m'avait donné deux becs sur les joues à notre rencontre, et au lever du soleil, lorsqu'il m'a quittée, il m'a frenchée en me tenant le visage à deux mains.

— Habiter Montréal, je frapperais à ta porte tous les jours, miss Charlie. Bonne nuit, fais de beaux rêves. La nouvelle année t'attend, belle cochonne.

Haïti Chéri habitait Calgary. Son travail l'avait emmené vivre six mois au Québec, mais il devait dès janvier retourner dans son équipe d'origine, postée en Alberta. Je n'ai jamais eu autant envie de déménager...

# Le Défenseur

Notre tattoo shop a pignon sur rue dans le quartier huppé du Plateau-Mont-Royal, à Montréal. Tous les jeudis et vendredis, on ferme à vingt et une heures, et j'adore retourner chez moi à pied, surtout l'été.

En cette saison, l'avenue du Mont-Royal butine très tôt en soirée. Les abeilles mâles et femelles prennent un verre sur les terrasses, ça sent la ruche qui veut répandre son miel. Je célèbre la séduction et je vénère les couples qui ont l'air mal assortis : des gens qu'on ne penserait jamais voir ensemble mais qui se font la cour comme s'il n'y avait pas de lendemain. J'estime que c'est un cadeau du ciel quand l'attraction des âmes l'emporte sur l'attraction du superficiel. J'aime voir des gros avec des minces, des laids avec des beaux, des grandes avec des petits. Je salue tous ces gens qui défient les stéréotypes, parce que c'est difficile d'aller à contre-courant de ces images dont nous sommes bombardés quotidiennement.

Le vendredi soir, après plusieurs heures de travail, on met la clé dans la porte et on salive déjà à l'idée de se retrouver dans notre taverne préférée. Les tavernes du Plateau n'ont rien à voir avec celles des quartiers défavorisés. Elles sont huppées, parfois à un point tel qu'en les fréquentant, on a l'impression d'être dans un film de répertoire. Je suis du type brasserie irlandaise aux planchers qui collent, et non salon de thé aux biscuits du terroir. À mon avis, une taverne a le devoir de ne pas être un endroit trop léché. Quiconque appelle son établissement «taverne» et y vend de la bière à onze dollars le verre me fait royalement chier.

Et c'est ce qui se passe dans la plupart des hyper-tavernes de l'avenue du Mont-Royal. Elles me font suer. Avec leur décor moderno-chic et leurs drinks coquets servis avec des tranches de caramboles, elles ont pratiquement toutes perdu leur âme de tavernes. Elles sont toujours bondées et le service y est merdique : les serveuses ne font pas vraiment d'effort, elles savent qu'il y aura toujours des clients au rendez-vous, une clientèle de «hipsters[42] wannabe» avides d'une réputation de cool.

Ce qui est ironique dans tout ça, c'est que ces gens croient pouvoir être perçus comme hip juste en ayant les pieds dans la place. Pourtant, si on prend deux minutes pour observer le phénomène, on voit très bien que la majorité des clients sont eux aussi à la recherche d'un statut cool. Au final, les hypertavernes sont remplies de gens faussement cool qui aimeraient donc l'être pour vrai.

Le Plateau est donc devenu un endroit «in», entre autres, pour les cégépiens du 450 qui veulent venir prendre une bière qui coûte plus cher que le salaire qu'ils gagnent en une heure à leur boulot d'étudiant. Parfois, j'ai l'impression qu'ils s'y pointent dans l'unique but de se taguer sur Facebook ; ainsi tout le monde saura qu'ils ont fièrement traversé les ponts.

---

42. Hipster : Individu anticonformiste et qui s'oppose à tout ce qui est populaire. Selon moi, les vrais hispters ne sortent plus sur le Plateau, étant donné sa popularité grandissante. Facile de discerner les vrais des faux : les faux sont habituellement ceux qui jappent fort et s'auto-proclament hipsters pour obtenir de l'attention. Les vrais sont plus discrets et se foutent éperdument de ce que les autres pensent d'eux.

Le quartier est devenu si populaire que les propriétaires des établissements embauchent des portiers chargés de s'assurer de la sécurité à l'intérieur et surtout de la discrétion des fumeurs qui sortent sur le trottoir après vingt-trois heures. Étant donné que l'arrondissement est d'abord et avant tout un quartier résidentiel, les bars reçoivent beaucoup de plaintes des habitants pour avoir troublé la paix. Donc, passé cette heure fatidique, un paquet de portiers-colosses passent leur temps à faire des «chut!» de bibliothécaires à des étudiants trop saouls pour réaliser qu'ils montent le ton aux six secondes.

Mes collègues et moi sommes fidèles à notre endroit. Un endroit spécialisé en importation de bières et de tapas. Le service est là aussi merdique, et si je me fie au roulement de personnel, la formation à long terme n'est pas la force des propriétaires. Mais la bouffe est bonne et l'alcool pas cher, deux critères importants quand on est travailleur autonome au revenu instable.

Le seul employé qui est là depuis plusieurs années c'est un portier. Une bête. Il y travaille à temps partiel pendant qu'il fait sa maîtrise à McGill. C'est un colosse qui mesure six pieds cinq pouces et pèse deux cent soixante-cinq livres. Tout le monde l'appelle Junior. Moi, je l'appelle le Défenseur, car ses statistiques ne sont pas approximatives : c'est sa fiche de joueur de football universitaire qui me les a révélées.

Quand le Défenseur te dit de baisser le volume, tu baisses le volume. Sinon, il te tackel[43] jusqu'à ce que tu te retrouves de l'autre côté de la rue. Bonne chance pour la retraverser dans l'autre sens sans son consentement.

---

43. Tackel : Au football, placage qui sert entre autres à empêcher l'adversaire d'apporter le ballon dans la zone des buts ou d'atteindre le quart-arrière. J'ai vu le Défenseur tackeler un joueur de l'équipe adverse pendant un match télédiffusé. Quand il plaque son adversaire, ce dernier rend l'âme même s'il n'est pas mort.

J'avais le pressentiment que Défenseur aimait les femmes «format tackel». De cette façon, il pouvait les brasser sans qu'elles cassent. Ses origines africaines orientaient certainement quelque peu ses goûts, mais c'est la demande spéciale qu'il me lançait chaque vendredi qui confirmait mon hypothèse:

— Salut Charlie! Toujours heureux de te voir. Fais donc un tour sur toi-même que je regarde ça, ces beaux jeans-là!

Bigfoot, qui est aussi subtil qu'une claque en pleine face, lui répondait toujours:

— On le sait, Junior, que tu veux juste lui r'garder le cul! Si tu me fais un spécial sur la boisson, je te dis où elle s'entraîne. T'auras juste à te placer sur le tapis roulant derrière elle, tu vas courir comme t'as jamais couru.

— Courir bandé, tu veux dire?

J'ai cru bon intervenir.

— Eille, c'est beau!! Vous saurez que mon postérieur, c'est pas une monnaie d'échange!

Je me suis mise sur la pointe des pieds pour donner deux becs à mon portier préféré.

J'ai toujours payé mes consommations et j'ai toujours laissé le Défenseur me mater les fesses. Je suis même ravie quand il me les caresse au passage. Je ne marchande pas mon sexe. Au contraire, je prends un vilain plaisir à allumer celui qui fait régner l'ordre; ça me donne l'impression d'affaiblir le plus fort. Et le colosse joue tout autant avec moi. Il s'amuse à me bloquer le passage à la sortie. Il me laisse partir seulement si je lui donne un câlin pendant lequel il presse mes seins fortement contre lui. Chaque fois que je quitte l'endroit, il me soulève avec ses grosses mains de footballeur en les mettant sous mon fessier et me dit d'en prendre bien soin, que mes fesses lui appartiennent. Je ris et on se fait la bise. Mes fesses n'appartiennent à personne et il n'en tient qu'à moi de décider qui peut les toucher. Lui, il a le feu vert.

Un soir que les collègues étaient tous partis et que le bar était pratiquement vide mis à part quelques amis du barman, je m'apprêtais à quitter lorsqu'un cycliste est passé rapidement devant nous sur la rue. Le Défenseur m'a tirée vers lui pour m'éviter de me faire happer, mais c'était beaucoup trop burlesque pour penser que son intervention était sérieuse. J'avais fait trois pas vers l'arrière et mes fesses avaient atterri sur son sexe. Il me tenait collée contre lui et me parlait dans l'oreille.

— Es-tu correcte ?

— Oui, ça va très bien merci. Le cycliste est passé dans la rue pis on est sur le trottoir. J'pense que j'aurais survécu.

— On sait jamais ; quand je suis là, personne a la permission de te faire de mal.

J'ai voulu avancer pour me décoller mais il m'a retenue.

— Attends, c'est mon devoir de te savoir en sécurité, laisse-moi vérifier tes signes vitaux.

Je l'ai laissé s'amuser. Me retenant toujours contre lui, il a pressé son index et son majeur sur ma gorge pour sentir mon pouls. Mon cœur battait fort.

— T'as eu peur ?

— Non, j'ai ta verge bandée accotée sur mes fesses. Mettons que ça biaise les données.

Il a libéré ma gorge, mais je suis restée collée à lui car ses lèvres pulpeuses caressaient mon oreille et semblaient vouloir dire autre chose.

— J'ai envie de toi… J'ai envie de toi depuis la première fois que t'as mis les pieds ici.

— Ah oui ? Qu'est-ce que tu me ferais ?

— Oh que je défoncerais ton beau petit cul.

— Wo, calme-toi. De un, y est pas petit, et de deux, tu veux me faire plaisir ou me rendre infirme ??

— Ha ha ha ! Non ! Je veux te rentrer dedans, je veux te montrer c'est quoi, un vrai homme.

— Alors on va faire exactement le contraire. Je vais te montrer qu'ici, c'est moi qui mène. Appelle un de tes boys pour prendre la relève à la porte, toi et moi on s'en va dans la ruelle.

Et je suis partie dans un racoin noir pour l'attendre. J'étais excitée, j'allais enfin goûter à sa chaude queue dont la taille et le diamètre étaient fort généreux, si je me fiais à son empreinte sur mes fesses. Il ne servait à rien de jouer la vierge offensée ou l'hypocrite, j'avais envie de lui. Dès la première fois qu'il m'avait laissée entrer dans l'établissement, je me souviens très bien d'avoir lancé un «ouf!» discret pendant que mes trompes de Fallope applaudissaient.

Le Défenseur est mon cadet de huit ans, mais il aurait pu me mener par le bout du nez, et c'est la raison pour laquelle j'avais voulu lui faire vivre autre chose que ce qu'il proposait. J'allais le dominer et, pour une fois dans l'histoire, ce ne serait pas le plus fort qui gagnerait.

Cinq minutes plus tard, je sentais sa respiration dans mon cou. Il était vêtu de noir, capuchon noir sur la tête, face de tueur comme je les aime en prime.

Dans l'imaginaire collectif, la ruelle est souvent synonyme de viol et j'avais décidé, pour redorer son image, de prendre le contrôle. Je connaissais assez bien le Défenseur pour savoir que, dans la ruelle, le sexe à l'air, il serait conciliant comme un Indien avec son chef.

— Y a des règles et je te les explique.

— Ah ouin! Madame se prend pour mon coach?

— Non, pour ton capitaine. J'ai pas envie d'être sur le banc comme un coach pendant que tu scores.

— OK, j't'écoute.

— Là, je te laisse mater mon cul, je vais baisser mes jeans, te laisser caresser mes fesses, taper chacune d'elles avec ta queue qui est présentement aussi lourde qu'un boyau d'arrosage de pompier, et ce sera tout. Quand t'auras l'impression que ton sexe divin est sur le point d'éclater, je vais me mettre à genoux, le glisser doucement dans ma bouche et te sucer jusqu'à ce que tu viennes.

— Et si j'ai envie de la rentrer profondément dans ton cul, ma graine, tu vas faire quoi ?

— Y aura une pénalité suffisante pour que la police s'en mêle. Niaise pas, tu veux pas ce genre de drapeau sur le terrain.

— Police ou non, j'irais jamais à l'encontre de tes désirs. Bien reçu, ma capitaine.

— Tu sais pourquoi je fais ça ?

— Pour me faire capoter ?

— Non, parce que tu te souviendras de moi, contrairement à toutes les filles qui t'ont laissé les «défoncer» parce que t'es un joueur de foot populaire.

Ça fait drôle à dire pour une fille qui s'apprêtait à faire une pipe dans une ruelle, mais la brute fut courtoise. Elle m'a même avisée avant de jouir.

— Oh shit, est-ce que je peux venir ?

— Non.

— Mais tu m'as dit jusqu'à ce que je vienne !!!

Je me suis relevée et je lui ai présenté mes grosses fesses qu'il aimait tant. Je les faisais danser sur sa queue pour qu'il puisse les voir bouger. Toujours dos à lui, j'ai passé ma main entre mes jambes pour caresser ses testicules bien retroussés dans leur sac et encore assez fringuantes pour ne pas pendre.

— Masturbe-toi en glissant ton gland sur mon string et viens sur mes fesses.

— Ça prendra pas de temps, j't'à veille d'exploser !

— Ça tombe bien : dans une ruelle, du temps, on n'en a pas en stock.

— Fuck que je t'aime, toi !

J'ai entendu un grognement que seul le Défenseur pouvait émettre. Je me serais crue dans le ventre d'un dragon tellement c'était teinté de feu. Ça a résonné partout dans la ruelle. J'ai fait «chut!» et on s'est mis à rire comme des enfants qui venaient de faire un mauvais coup au voisin pas fin.

Je savais très bien que son «Fuck que je t'aime, toi!» n'était pas de l'amour. C'était une bulle temporelle d'excitation à son summum. Ça arrive parfois, quand deux personnes prennent des risques, sortent de leur zone de confort et osent tenter des trucs nouveaux qui les font sentir en vie.

### PETITE PARENTHÈSE

À toi, adolescente, qui formes ton avenir: contrairement à ce que certains peuvent croire, une fellation dans une ruelle, c'est une relation sexuelle. «J'ai pas couché avec lui, je l'ai juste sucé.» Non, tu ne l'as pas «juste sucé». Tu l'as amené à partager son intimité, sa retenue, son fantasme, son envie de toi. Une relation sexuelle, ça ne s'arrête pas à la pénétration, c'est plus grand que ça. Si tu as quinze ans et que tu fais des concours de pipes dans des partys de sous-sol, l'étiquette de vierge ne colle plus à ta peau. Premièrement, arrête ça. Du sexe, c'est pas un concours. Deuxièmement, faut pas faire l'autruche; gars ou fille, quand l'expérience sexuelle apporte une jouissance, un partage des corps et un consentement qui implique les parties génitales, c'est se mettre la tête dans le sable que de croire qu'on fait juste encore du «touche pipi».

### FIN DE MA PETITE PARENTHÈSE

Contrairement au Défenseur, je ne suis pas venue ce soir-là. C'était sans importance. J'avais eu envie de prendre possession de lui, de mettre en valeur mes atouts sexuels, de l'exciter comme jamais. J'avais eu envie que ce soit à mon tour de décider s'il pouvait entrer ou non dans mon établissement. Et ce fut très satisfaisant comme ça…

# Grand Canyon

Un mois avant d'entrer au cégep en arts, j'ai postulé à un emploi de serveuse à temps partiel dans un resto famillial. Je tentais réellement le tout pour le tout en laissant la psychologie derrière moi. J'avais zéro expérience dans le service aux tables, mais j'avais une sacrée longueur d'avance pour comprendre les besoins des clients et m'arranger pour qu'ils repartent avec le sourire. Le boss m'a dit : « À voir ton CV, tu sais comment dealer avec des humains. Apprends le menu, fais des beaux dessins de coulis dans les assiettes à dessert, pis nous, on va t'apprendre à les apporter aux tables. » J'étais officiellement devenue serveuse.

C'est pas aussi simple qu'on le pense, mais une fois qu'on a compris quelques trucs, il y a du bon argent à faire dans ce métier, et ce, même quand on travaille dans un restaurant familial qui sert des croquettes en forme d'animaux.

Toutes les bonnes serveuses me l'ont dit : « Charlie, règle numéro un : tu dis bonjour en regardant la maman en premier. Ensuite, tu peux regarder le papa. JAMAIS LE PAPA AVANT LA MAMAN. Si y en a une que tu veux pas te mettre à dos, c'est la femme qui a pas dormi depuis les six dernières années. Tu veux surtout pas que cette pauvre maman habillée en mou, à bout de souffle entre deux pratiques de soccer, sente que tu mates son chum. Tu veux lui communiquer que tu vas t'occuper d'elle et de ses enfants pour la prochaine heure. C'est pas compliqué, tu deviens son assistante personnelle. Ça veut dire l'aider à convaincre ses enfants que du lait c'est ben meilleur que de la liqueur, et que si une crise du bacon devait avoir lieu, tu apporteras rapidement une balloune à la table pour que le p'tit se la ferme.» Anticipation, coopération et sourire sont les mots d'ordre pour faire de l'argent.

Règle numéro deux : «En déposant les assiettes sur la table, ne pas, je répète, NE PAS mettre ta craque de décolleté dans la face de monsieur, surtout si ta poitrine n'a pas encore été scrapée par l'allaitement. Quand t'as pigé ça, tu peux renverser une assiette sur la table et tu vas être pardonnée. En autant que tu la renverses pas sur les enfants… intentionnellement… Y a tout de même des limites !»

♠ ♠ ♠

Quand j'ai rencontré l'homme de cette aventure d'un soir, il faisait jour. C'était en fin d'après-midi et j'étais dans le jus par-dessus la tête. Craque de seins bien cachée, je servais un groupe de vingt personnes : cinq adultes et quinze préados d'à peu près onze ans, tous habillés en uniforme de soccer intérieur qui puait le… le préado de onze ans qu'on devrait laver à la hose. Apparemment, selon leur entraîneur, remporter un championnat devait se fêter tout de suite après la remise des médailles, au restaurant, et la douche était juste bonne pour les perdants !

Ce n'est qu'une fois l'équipe et ses coachs partis que je l'ai vu. En fait, je l'ai entendu. En nettoyant les tables entre deux essuyages de sueur au front, j'ai entendu une personne applaudir. Un applaudissement lent et saccadé. Tu sais, comme dans les films américains? L'image est ultra clichée: un seul individu dans une foule se met à applaudir le héros, et peu à peu tout le monde se joint à lui pour que la scène se termine avec une ovation. Eh bien, c'était ça, mais sans la foule… ni le héros. Finalement, c'était juste un gars louche assis avec ses amis qui m'applaudissait lentement. Une fraction de seconde avant qu'il ouvre la bouche, j'ai même pensé qu'il se moquait de moi.

— Bravo! J'ai jamais vu une serveuse oser dire à un jeune: «Calme-toi, t'es plus sur ton terrain de soccer. Si tu veux un verre d'eau, tu me le demandes sans crier et avec un s'il vous plaît.»

Oui, j'étais très ferme avec les enfants, mais aussi patiente et polie, sauf s'ils me manquaient de respect. J'étais une serveuse, pas une esclave. De toutes mes années de service dans ce resto, aucun parent ne m'a envoyée paître pour avoir repris son enfant. Probablement parce qu'ils se sentaient tous en partie responsables de la mauvaise conduite de leurs petits tannants.

J'ai éclaté de rire et en me retournant j'ai vu un homme mince dans la mi-trentaine, la colonne recourbée vers l'intérieur, les coudes sur la table. Il applaudissait toujours. Ses yeux étaient vert pâle, et ses cheveux, couleur… comment dire… «terre cuite sous un coucher de soleil flamboyant». Un beau rouquin, avec de coquines taches de rousseur sur le nez.

Vingt ans plus tôt, il aurait sans doute été l'un des petits tannants à ma table, mais aujourd'hui, il était loin d'être petit. Il s'est levé. Six pieds et cinq pouces de rouquin se sont dépliés pour venir me tendre la main. Il avait visiblement une personnalité aussi flamboyante que sa tête.

Et si tu as un peu suivi depuis le début de mes aventures, tu sais déjà que j'ai un faible pour les hommes grands.

— Salut, moi, c'est Benoit. Si t'as terminé ton shift, nous, on va du côté bar pour le 4 à 7. Ça me ferait plaisir que tu te joignes à nous ; je te paye un verre, tu l'as plus que mérité.

En temps normal, j'aurais refusé. Mais le gin allait me faire voir d'un œil plus humoristique le petit morveux qui, quatre minutes plus tôt, catapultait à l'aide de sa cuillère des petits bouts de napkin trempés dans du lait.

Je les ai donc rejoints après ma journée, on s'est assis et on a jasé. En fait, c'est l'un de ses amis qui m'a le plus parlé.

— Ce grand flanc-mou-là, c'est mon chum depuis vingt ans ! Un maudit bon gars ! Ça fait trois mois qu'y habite chez nous parce qu'y vient de se séparer. Son ex a gardé la maison et y attend de la vendre avant d'acheter autre chose. La maison, là, pas l'ex ! Ha ha ha ! Je devrais tellement m'inscrire à l'École nationale de l'humour !

Ouain… J'ai commandé un autre gin.

— Eille, ça fait cinq mois qu'y a pas fourré ! Man, tu t'imagines, ce gars-là fait quatre cent mille piastres par année, mais y a tellement peur d'être seul qu'y préfère crasher sur mon divan que de vivre à l'hôtel. Ça fait trois mois qu'y dort les genoux pliés en position fœtale, à brailler sa vie… Approche, m'as te dire un secret : T'es la première fille à qui y fait des avances depuis son divorce. J'ai AUCUNE IDÉE de ce qu'y te trouve, mais chapeau, t'as réussi à y mettre un sourire dans face.

Je lui ai dit tout en souriant :

— Moi aussi, j'ai un secret à te dire : J'ai l'impression que toi, ça doit faire trois ans que t'as pas fourré. J'me demande ben pourquoi…

J'ai regardé le grand flanc-mou qui, selon moi, méritait un meilleur surnom. Il était grand et la couleur de ses cheveux me rappelait le Grand Canyon. C'est donc ainsi que je l'ai rebaptisé.

— Ton ami est ben smat de t'héberger, je lui ai dit, mais là il est de trop. Veux-tu aller voir *Kill Bill* au cinéma?

Sans même finir sa bière, il enfilait son manteau.

— Minute, Grand Canyon, le film est à vingt et une heures, et contrairement aux ti-champions de tantôt, je vais aller prendre une douche avant. OK?

— OK. On se rejoint à vingt heures quarante au cinéma sur Taschereau. À tantôt.

On a échangé deux becs sur les joues et nos numéros de téléphone, et j'étais en direction de chez moi. Oui, j'avais sué pendant mon quart de travail, mais j'avais aussi une tâche à faire qui, selon moi, est pire qu'une tâche, c'est une corvée : j'ai nommé la tonte corporelle! Je ne sais pas pourquoi, mais au vingt et unième siècle, la pilosité est devenue un moyen de contraception. Le poil n'habille plus l'homme, il le répugne. En fait, il répugne les jeunes hommes. Les vrais hommes s'en foutent pas mal, du poil; ils en ont vu d'autres et ils ne passent pas par-dessus une bonne baise uniquement parce qu'une femme laisse sa vulve à l'état naturel.

Je sais, chacun sa tasse de thé, il faut vivre et laisser vivre, mais moi, la coupe à blanc au niveau des organes sexuels, c'est non. J'aime bien la petite toundra qui me rappelle que je suis une adulte. Je l'avoue, la toundra prend de l'ampleur en plein hiver et le territoire devient un peu plus sauvage. Ce soir-là, ma porte d'entrée était presque totalement cachée. J'avais une job de home staging à faire avant que la visite arrive. J'ai rasé le bikini, mes jambes et mes aisselles, et j'ai lavé mes cheveux, le trou de mon nombril, sans oublier le derrière de mes oreilles : les probabilités étaient fortes de me faire lécher là à un moment ou un autre de la soirée...

L'opération grand ménage m'a fait craindre d'arriver en retard, mais je me suis pointée au cinéma avant Grand Canyon. Je me suis mise en file pour acheter les billets, question de gagner du temps. J'ai bien fait, car il est arrivé à la course à neuf heure moins cinq.

— S'cuse-moi! Mon ami a décidé de rentrer à la maison finalement et il a fallu que j'aille le reconduire à Candiac.

— Zéro trouble. Je suis contente que tu sois là.

On a laissé tomber le maïs soufflé et on s'est engouffrés dans la salle. Cinq minutes après le début des previews, il y a eu une panne de courant générale dans le quartier. Là, je sais ce que tu penses: un homme, une femme, une panne de courant... Mais NON, on est restés habillés! On a suivi les lumières de secours jusqu'à la sortie, et quand est venu le temps de nous faire rembourser nos billets, c'était le chaos: deux cents personnes s'entassaient devant les guichets. J'ai préféré perdre douze dollars que deux heures de mon temps, et on a quitté.

Ce fut ma première déception de la soirée. Pas la panne de courant, mais le fait qu'un homme qui se promène en Mercedes et qui dit gagner quatre cent mille dollars par année ne m'ait pas offert de rembourser au moins son propre billet. Ce n'est pas comme s'il ne savait pas ce que je faisais dans la vie...

J'ai préféré mettre son geste sur le dos de l'oubli ou de la distraction pour ne pas gâcher la soirée. On était debout devant sa voiture et il s'est penché pour m'embrasser. Il s'est beaucoup penché, et moi je me suis dressée sur la pointe des pieds. J'étais heureuse. J'adore m'étirer pour embrasser un homme. Je trouve belle l'image d'une petite femme et d'un grand homme qui font tous deux un effort pour que leurs lèvres se touchent. Je trouve l'image romantique, mais mesurant cinq pieds et huit pouces, je n'ai pas souvent l'occasion d'embrasser un homme beaucoup plus grand que moi.

Même si on était en février, Grand Canyon a proposé qu'on se rende au bord de l'eau et qu'on s'emmitoufle dans les couvertures qu'il avait dans son coffre d'auto. J'ai aimé l'idée. On était bien, le corps au chaud et les petits nez au froid. Tout allait bien jusqu'à que la neige féerique cesse de tomber, que les nuages se dispersent et que le vent se gonfle et soulève la neige au sol. Couvertures ou pas, se faire fouetter le visage par du vent mouillé, c'est assez ordinaire.

Grand Canyon m'a donc fait la grande demande :

— Je veux pas t'inviter sur le divan de mon ami, mais aimerais-tu aller à l'hôtel ?

Il était temps. Pour vrai, je n'avais plus aucun plaisir.

— Oui.

On est donc retournés sur le boulevard Taschereau. Si tu as habité la Rive-Sud, tu sais comme moi que sur cette artère se trouvent plusieurs motels offrant la sieste. Mais monsieur Quatre cent mille dollars voulait dormir confortablement, alors on s'est retrouvés au Comfort Inn. À la réception, la dame nous a dit qu'il ne lui restait qu'une chambre de luxe. Cheveux de feu m'a regardée et a dit :

— Est-ce que ça te pose problème ?

— Bien sûr que non !

— Parfait ! On va payer moitié-moitié, madame !

« Ah ben tabarnak ! » me suis-je dit à voix basse. Mais mon orgueil de femme indépendante a pris le dessus, et j'ai souri en serrant les dents.

Quand la réceptionniste nous a demandé : « Comment allez-vous payer ? », j'ai aussitôt répondu :

— Le jeune homme va payer cash et je vais vous payer avec Visa, madame.

Oui, Grand Canyon était passé d'homme à jeune homme. Et je préférais payer avec ma carte de crédit, question d'accumuler des points et d'avoir une preuve de cette (més) aventure à montrer à mes amies.

Je sais, c'est à ce moment que j'aurais dû dire : «Oublie ça, le grand, j'vais aller me toucher bien au chaud chez moi.» Mais mon désir l'a emporté sur ma dignité. C'est fort, le désir, quand on est en manque de peau! Ça fait faire des trucs qu'on ne ferait jamais autrement. Certaines personnes cassent des vitres d'auto pour voler des GPS lorsqu'ils sont en manque; moi, j'acceptais de payer une chambre d'hôtel moitié-moitié avec un riche cheap. À chacun sa faiblesse!

Dans l'ascenseur, le silence s'est installé. Je me souviens très bien de m'être répété cent fois, entre la réception et la chambre : «Oh que c'est mieux d'être bon.»

On a commencé par prendre un bon bain chaud dans le Jacuzzi. Assis dans l'eau face à face, on relaxait. Après l'épisode «neige dans la face», ça m'a fait énormément de bien et j'ai retrouvé peu à peu mon envie d'être charmante. Jusqu'au moment où il m'a dit :

— Donne-moi ton pied.

— Ohhh oui!! T'es donc ben gentil. Tu sais que pour une serveuse, un massage de pieds, c'est comme gagner à la loto, hein?

Il a saisi mon pied.

— Non, je veux pas le masser.

Il a sorti mon pied de l'eau et a mis mon gros orteil dans sa bouche pour le sucer. En fait, il ne l'a pas sucé, il l'a siphonné, je dirais même pompé! J'avais l'impression qu'il essayait d'extraire du pétrole de mon talon et que la survie d'une nation au complet en dépendait. C'était désagréable. Je me retenais pour ne pas rire. Sans farce, quinze minutes avant je m'étais sentie ultra gênée d'avoir laissé échapper un petit pet à travers les bulles du Jacuzzi, et lui était là, bien à l'aise, à prendre mon orteil pour une tétine de biberon!

Je déteste les pieds. C'est pratique, mais je n'arrive pas à trouver ça beau. Mes pieds sont standard et mes orteils sont alignés dans un decrescendo tout ce qu'il y a de plus classique. Je n'ai pas d'oignon ni d'ongles incarnés. Mais j'aime pas les pieds. Je mets du vernis à ongles pour leur donner une chance, mais n'en reste pas moins que si un homme prend mon pied pour prendre son pied, je ne mouillerai jamais, même si je suis dans un bain. Je suis à des kilomètres du fétichisme des pieds.

Grand Canyon semblait avoir du gros fun. Je ne le lui ai pas demandé, mais si je me fiais à l'érection géante qui frottait l'arrière de ma cuisse pendant qu'il me suçait mon énergie vitale, je ne pouvais qu'en conclure que mes orteils, à ses yeux, étaient vraiment sexy!

### PETITE PARENTHÈSE

Lecteur, si tu es une personne qui, comme Grand Canyon, lécherait des pieds pendant toute une soirée, ne panique pas; tu es normal. Dans mon cabinet de psychologue, on m'a souvent posé la question: «Est-ce que je suis normal?» Quand il s'agit de comportements sexuels un peu marginaux, sucer un orteil par exemple, beaucoup de gens s'interrogent dans ce sens. Pour savoir si un comportement est normal, il faut se poser quatre questions:

1- Est-ce que je mets en danger ma santé physique ou psychologique? (Réponse: Non.)
2- Est-ce que je mets en danger la santé physique ou psychologique de l'autre? (Réponse: Non.)
3- Est-ce que nous sommes entre adultes consentants? (Réponse: Oui.)
4- Est-ce que mon comportement nuit à mon bon fonctionnement au quotidien? (Réponse: Non.)

Si tes réponses à ces questions sont celles qui sont indiquées, c'est que le comportement au sujet duquel tu t'interroges est tout à fait normal.

### FIN DE MA PETITE PARENTHÈSE

Normal ou pas, moi, ça m'écœure. Je ne suis pas compatible avec l'homme qui trippe sur les pieds. Les fesses oui, les seins oui, la bouche oui, j'irais même jusqu'à dire les cheveux. Mais les orteils, non.

Je l'ai laissé tripper pendant une dizaine de minutes, mais quand j'ai vu que j'avais l'orteil qui plissait encore plus que le reste de ma peau, je me suis dit : «Ça va faire. Un lit, ça serait ben l'fun !»

J'anticipais avec excitation le moment où il mettrait sa bouche sur mon sexe comme il l'avait fait avec mon pied. Toutes les filles le savent : en sortant du bain, du lubrifiant c'est essentiel. En tube ou en salive, on s'en fout. Il faut réhumecter la région. En sortant de l'eau, notre sexe est tellement propre que lorsqu'un gars s'y frotte, ça fait presque le même bruit qu'une main sur une assiette dans une pub de détergent. On dira ce qu'on voudra, une vulve, c'est pas supposé faire «squik squik».

À mon grand désarroi, monsieur s'est fermé les yeux en se couchant sur le dos comme une grande girafe qui venait de perdre un combat. Plus d'orteil dans la bouche, plus d'érection. C'était un vrai lien de cause à effet. Je pense que lui avoir passé l'orteil sous le nez, j'aurais vu son pénis avoir de petits spasmes d'éveil tellement ce conditionnement malsain semblait avoir d'emprise sur lui.

Je lui demandé ce qui pouvait ravigoter monsieur Pénis pour que je puisse moi aussi avoir du fun, et il m'a répondu :

— Rrrrrrrrrfffllllllll… Rrrrrrrrrrrrrrrrfffffffff… RrrrrrrrrrrrrrrrrrrrrrrffffffffffffffA.

Je me suis donc rhabillée.

Ce soir-là, je n'ai pas eu de fun, et j'ai loué la chambre la plus dispendieuse de ma vie.

Juste avant de partir, j'ai pris tout le linge de Grand Canyon et je l'ai déposé dans le sac offert par le service de la buanderie. Je l'ai laissé à la dame de la réception en la remerciant pour le bon service.

J'ai quitté le motel frustrée, avec un orteil crissement propre.

Voici la série de textos que j'ai reçus au courant de la nuit :

5h45
Aye T où ? S'cuse-moi sexy, je m'suis endormi.

5h48
Allo ??... Bon tu dois dormir.
T'aurais quand même pu rester.

À six heures, mon téléphone a sonné et je n'ai pas répondu.

6h03
OK niaise pas.
Qu'est-ce que t'as fait avec mon linge ??

À six heures cinq le téléphone a sonné à nouveau, et je n'ai pas répondu.

6h09
K LÀ C BEAU, NIAISE PUS !
AS-TU GARROCHÉ MES TRUCS PAR LA FENÊTRE, CRISS DE FOLLE ??

6h13
Calme-toi. Si tu veux ton linge, demande-le sans crier.

6h15
OSTIE DE CONTROL FREAK!

6h20
J'ai trouvé que t'étais un crotté, faque j'ai envoyé ton linge se faire laver à la buanderie de l'hôtel.
T'en fais pas, c'est moi qui ai payé au complet… ;)
Rappelle-moi pus jamais, cheap-freak.

# La Machine

J e suis une dodue qui s'entraîne. J'aime ma shape, mais
je n'aime pas faire des bruits de vieillard quand je me
penche pour attacher mes souliers. Je vais donc au gym une
fois de temps en temps pour éviter que des sons de papi
sortent de ma bouche et, surtout, pour m'assurer de ne
JAMAIS au GRAND JAMAIS suer en mangeant. Il y a
bien des maudites limites à faker le bonheur dans la vie.
Nul ne me fera croire qu'il est bien dans sa peau s'il est
incapable de sortir du lit ou que son poids l'empêche de se
laver les fesses sans l'aide d'une brosse extensible. Un moment donné, il faut prôner le juste milieu.

Je n'aime pas m'entraîner, mais pour ne pas perdre la
motivation, j'essaie de diversifier mes activités. J'ai eu ma
phase yoga à la maison avec la petite madame de la télé
communautaire, mais c'est fou comme on ne plie pas
comme on veut quand on a une bedaine, hein ?

Ensuite, j'ai eu ma phase piscine, mais j'ai les cheveux
aussi épais que le portefeuille de René Angelil, donc ça

doublait mon temps d'entraînement juste pour me les sécher. Et on va se le dire, le casque en caoutchouc, ça fait mal pis ça laisse une belle marque dans le front avant d'aller travailler. C'est sans compter les ronds de lunettes étampés dans le visage, quand on veut éviter d'avoir les yeux rouge chlore devant les premiers clients du matin. En tout cas, moi, je ne ferais pas confiance à une tatoueuse aux yeux couleur post-marijuana.

J'ai aussi essayé le jogging en nature. C'est pratique et peu coûteux, mais mes genoux m'ont poursuivie en justice. Je vais te l'avouer, j'ai beau être une femme confiante, quand je croise une fille qui «court belle», ça me fait vraiment chier. Tu sais, les filles qui joggent sexy. Je ne pensais même pas que ça existait, jogger sexy, jusqu'à ce que je voie Artémis, la déesse de la chasse en personne, courir avec son chien TOUS les matins. Camisole blanche qui moule son corps avec ZÉRO spot de sueur en dessous des bras, queue de cheval parfaite qui bat au vent – oui, la fille court assez vite pour avoir du vent dans les cheveux –, legging du futur qui me fait croire qu'elle est peut-être une X-Men[44] et chien qui suit son rythme non pas devant ni derrière, mais directement à côté d'elle, avec ou sans laisse. Je te le jure, mets-lui un étui avec des flèches dans le dos et elle va se faire engager dans le prochain film de Quentin Tarentino[45].

Jalousie, quand tu me tiens, j'arrête de jogger dans le parc.

J'ai aussi fait de l'aérobie et toutes sortes d'activités capables de transformer les fesses en fer. Des classes qui regroupent une gang de filles avec deux ou trois gars perdus, où on essaie de suivre la prof qui est rarement sur une

---

44. X-Men : Héros de bandes dessinées publiées par Marvel Comics. Les X-Men ont été créés par Stan Lee, qui a sûrement vu une fille comme Artémis courir dans un parc le jour où il a inventé le personnage de Mystique.
45. Quentin Tarentino : Réalisateur de films à l'univers délicieusement fucké, dont *Pulp Fiction, Kill Bill* et *Django Unchained*.

scène et qui oublie toujours que passé la troisième rangé, personne ne voit ses pieds. Résultat : les filles d'en arrière suivent les filles d'en avant, ce qui fait que tout le monde décale ses pas d'un temps, et en bout de ligne on a l'impression de jouer au cardio-téléphone-arabe.

En plus, les élèves qui se mettent en avant sont toujours celles qui n'ont ni rythme ni coordination, alors on se ramasse à faire, off beat, des moves que la prof n'a jamais faits. Je ne suis pas sportive, mais je danse depuis assez longtemps pour savoir qu'une fille qui danse off beat, c'est comme entendre notre «matante» taper des mains sur le mauvais temps au concert de l'école. Je le sais que c'est de bon cœur, mais c'est malaisant pareil.

J'ai aussi joué à la balle molle. Je le confirme, c'est vrai qu'il y a un ratio lesbien plus élevé dans ces équipes que dans la société en général. Je dirais même que c'est l'inverse : quatre-vingt-dix pour cent de lesbiennes, dix pour cent d'hétéros. Cela dit, ce n'est pas la raison de mon abandon. J'ai quitté la ligue après deux belles saisons parce que la marde avait pogné. Sylvie avait trompé Rachel et elles ne voulaient plus jouer dans la même équipe. On les a changées d'équipe, mais Rachel, qui était au monticule, s'arrangeait toujours pour coper[46] Sylvie quand elle arrivait au bâton.

— Tabarnak, Rachel ! Arrête de me viser, ça fait mal en criss ! Est pas molle pour vrai, la balle !

— T'avais juste à pas me tromper, maudite vache !

— On était en break !! Là, ta gueule pis lance-m'en une que je peux frapper. J'tannée de marcher au premier but !

— TA GUEULE ?? AH OUIN ?? Check ben ça, m'as la coper, ta gueule, moi !

---

46. Coper : Terme utilisé au baseball pour désigner l'action d'envoyer la balle directement sur le frappeur au lieu de la faire passer au-dessus du marbre.

Et ainsi de suite.

Lesbienne ou pas, quand la marde pogne dans un clan de filles, ça dégénère et ça se règle rarement avec «deux ou trois tapes su'a gueule pis on en parle pus». Au contraire, ça s'envenime. Je me suis mise à recevoir des appels à une heure du matin pour faire la médiatrice parce que moi, j'avais jamais été amoureuse d'une fille du clan, donc j'étais devenue l'arbitre en règle. Je n'avais plus envie d'être l'arbitre.

J'ai aussi eu ma phase d'abonnement au gym. Le premier mois, j'y allais intensément. Le deuxième mois, mes visites s'espaçaient, et le troisième, il n'aurait pas fallu qu'ils prennent les présences parce que j'aurais eu une trâlée de retenues pour absences prolongées.

Il n'y a rien à faire, je me fais toujours avoir par le gars qui téléphone pour renouveler mon abonnement.

— Bonjour! Ici Marc du Cardo Fit Plus.

— Bonjour Marc.

— Je regarde votre dossier et si vous renouvelez maintenant, on vous donne deux mois gratuits et un rabais de cinq dollars par mois sur vos paiements, vu que vous êtes une cliente fidèle.

— Tu veux dire que tu vas me donner un rabais pour ne pas encombrer tes machines?

— Non, c'est pas ça que je voulais dire, je voulais juste vous faire profiter de notre promo, vu que vous êtes avec nous depuis plus de cinq ans.

— Ayoye, cinq ans. Ouain, j'pas pour lâcher maintenant, hein, monsieur Marc?

— Non madame! Je voulais aussi vous dire que maintenant on a le Cardio Fit Plus pour ELLE, c'est-à-dire que le deuxième étage est réservé aux femmes. Est-ce que vous voulez y transférer votre abonnement?

— Tu veux dire qu'il n'y aura pas d'hommes voyeurs en train de regarder les seins des filles qui courent?

— Euh… ben j'aurais pas dit ça comme ça, mais oui.

— Marc, voici ce qu'on va faire : moi, quand y a trois ou quatre mecs musclés en sueur qui me regardent courir sur le tapis roulant, je sais pas pourquoi, mais ça me motive à courir plus vite. Donc oui, je vais renouveler, mais on va rester là où y a des mâles motivateurs, c'est bon ?

— Ha ha ha ! Bien noté, madame. Ça va faire quatre cent trente dollars. Vous allez payer comment ?

— Avec Visa pis un soupçon de honte, s'il vous plaît.

Mon abonnement à ce gym est encore valide. J'y vais une fois de temps en temps, quand la culpabilité crie fort. Souvent, je me couche le soir en me disant : « Eille, demain je vais au gym. » Pourtant, à mon réveil, sans raison apparente, faire mes impôts ou laver mes dessus d'armoires devient vraiment pressant !

À ma dernière visite, étant donné que je devais minimiser l'impact de la course sur mes genoux, je faisais de la marche rapide sur un tapis roulant incliné pour me donner un plus grand défi. J'étais fière d'avoir eu le courage de me rendre au gym, mais je pensais encore à Artémis pendant que je faisais de petits pas rapides comme si je venais d'attraper la tourista.

C'est pas chic, la marche rapide. On dirait qu'on essaie de marcher en tenant une balle de ping-pong entre les fesses. Chaque fois, c'est la même chose : j'ai la face mauve parce que mon sang veut sortir par mon nez, mais mon nez veut le garder en dedans alors mes cheveux frisent, je respire fort, le t-shirt me pogne dans les bourrelets, je passe mon temps à tirer dessus et les trois quarts du temps j'accroche le fil de mes écouteurs qui tombent de mes oreilles juste assez longtemps pour que je m'entende siller. Une vraie duchesse.

Ce matin-là, pendant que j'étais occupée à avoir l'air de la royauté, un homme s'est mis à jogger sur le tapis d'à côté. Le joggeur aux gadgets. Un bidule après le bras pour calculer son rythme cardiaque, une montre pour calculer son kilométrage, le lecteur de musique sur l'autre bras, des bandeaux anti-sueur aux poignets… Il était strappé de partout.

Deux ou trois minutes de réchauffement et paf !, il a mis sa machine à sept. Si tu n'es pas familière avec les tapis roulants, pour faire de la marche rapide, tu la mets à environ trois virgule huit. À sept, on court vite. À neuf, on sprinte les cent mètres, et à dix, on se râpe la face sur le tapis en prenant une débarque.

Alors pendant que gadget boy courait à sept, l'enfant de chienne s'est mis à faire un appel conférence avec son bureau de New York. Entre les chansons qui résonnaient dans mes écouteurs, j'entendais des termes financiers qui m'étaient inconnus. Je n'arrivais pas à croire ce que je voyais et je suis allée prendre une douche en rêvant du jour où je serais capable de parler en courant. Au lieu de persévérer, j'ai toutefois décidé de changer de sport.

C'est là que la boxe est arrivée dans ma vie. En réalité, je n'ai jamais vraiment boxé, j'ai juste fait l'entraînement cardio des boxeurs. J'ai fait TOUT ce que mon entraîneur, Alexei Maximova, m'a demandé de faire. En lisant son nom, tu t'imagines peut-être le boxeur russe dans *Rocky IV*. C'est exactement ça que j'avais devant moi. Ce gars était une machine. C'était ce dont j'avais besoin. Il avait l'air assez méchant pour que je ne rouspète pas.

Son travail consistait à se pointer chez moi les samedis et dimanches, à dix heures pile, et à me faire souffrir. Je n'avais pas de fun, il était bête, il était froid, et quand il m'adressait la parole, c'était pour me donner des ordres. Mon corps avait mal, mais je l'admets, je n'ai jamais été aussi en forme que sous la tutelle de celui que j'ai baptisé la Machine.

Un samedi que nous devions nous entraîner, je l'ai appelé pour lui dire que je devais reporter notre rencontre.

Ma voiture avait besoin d'une réparation. C'était un casse-tête pour moi de trouver un mécano ouvert un samedi.

— Est-ce que ton auto roule ?

— Oui.

— Mon frère est mécanicien. Apporte ta voiture sur la 9$^e$ Avenue à dix heures, on va aller te rejoindre là-bas. Pendant qu'il va réparer ta voiture, on va s'entraîner.

— Euh, je sais pas...

— C'est pas une suggestion, Charlie.

— OK c'est beau ! J'arrive.

Le fou ! Il m'a fait lever des pneus, faire des squats avec des outils dans les mains et, pour couronner le tout, j'ai eu droit à une round de suicide ! Si ça ne te dit rien, rappelle-toi de l'exercice des «paliers» en éducation physique au secondaire. Certains les appelaient les «bip-bips» : tu cours de bord en bord d'une pièce et quand tu arrives à chaque bout, ta main doit toucher au sol. C'est cruel. Ma transpiration puait le Prestone et j'avais envie de vomir dans le bucket de changement d'huile. Avec sa légendaire face de bœuf, la Machine m'a fait pour la première fois un compliment :

— Bravo. Tu m'impressionnes.

— Combien je dois à ton frère ?

— Rien.

— Ton frère a pas à me faire de cadeau, c'est déjà assez gentil qu'il se soit déplacé un samedi.

— J'ai payé mon frère.

— Hein ? Pourquoi ?

— Parce que tu me plais.

— Wo ! Toi, quand tu trouves une fille de ton goût, ça te tente pas de l'inviter à souper au lieu de l'amener aux portes de l'Enfer ?

J'ai enchaîné sans lui laisser le temps de répondre :

— Reprends ton argent. JE vais payer les réparations, et si je te plais, invite-moi à sortir.

— OK d'abord. Veux-tu aller souper ?

— Oui.

Je ne pouvais pas croire que cet homme me trouvait de son goût. Je chialais constamment pendant nos entraînements, dès qu'il arrivait je babounais et quand il quittait je babounais encore, la face gonflée et de l'écume sur le bord de la bouche.

Faut croire qu'il aimait les femmes plus expressives que lui.

En me préparant pour être présentable au souper, j'ai eu le vertige. Je me disais qu'il me jugerait si je mangeais autre chose que du persil assaisonné à la luzerne. Je n'avais aucune idée de ce qui m'attendait.

Heureusement, la Machine avait accroché sa veste d'entraîneur. Il voulait me faire découvrir le restaurant d'une de ses cousines. J'ai regardé le menu et j'ai hésité. Pour te donner une idée, l'entrée de salade était composée entre autres de saucisses et d'une mayonnaise quelconque. On était loin de la luzerne.

— Tu manges ce que tu veux. Le plaisir de s'entraîner, c'est aussi pouvoir manger ce qu'on veut.

— Toi, tu manges quoi ?

— Ce que ma cousine va apporter à la table. C'est toujours bon.

— Bon, alors deux fois de ce que ta cousine va apporter, s'il vous plaît.

C'était effectivement bon. Très bon même, et vive la cousine, sinon la conversation n'aurait jamais levé. La Machine, c'était un moteur, pas un verbomoteur. Un gars de peu de mots, mais ceux qui sortaient de sa bouche étaient clairs, efficaces et directs.

J'ai donc opté pour sa technique.

— On va chez toi ?

— Oui.

Et voilà, done deal.

En entrant dans sa chambre, j'ai ri. Fort. Très fort même : la Machine avait un lit d'eau.

— Tu me niaises ? Tu dors dans un lit d'eau ?

— Tu penses que j'ai fait entrer un lit d'eau cet après-midi juste pour te niaiser ?

— Bon point.

— As-tu mal quelque part ?

— Oui. Ici, ici, ici, pis partout ailleurs.

— Cute.

Ce dialogue avait suffi pour qu'il se sente à l'aise. Il a retiré rapidement son chandail. Après qu'il l'a passé par-dessus sa tête, ses cheveux blonds sont retombés exactement à leur position initiale. On aurait dit des milliers de soldats qui rentraient dans les rangs et connaissaient leur position au millimètre près. Il s'est s'approché de moi pour m'enlacer.

Ça faisait longtemps que je rêvais de voir ce qui se cachait sous son t-shirt No Pain No Gain[47], et je suis instantanément devenue excitée en voyant sa peau d'une pâleur sibérienne. Il avait un corps parfait, aux proportions irréprochables. La nature avait certainement été de bien bonne humeur la journée qu'elle avait décidé de créer cet homme.

Son baiser était plutôt mécanique. Il avait une pastille dans la bouche. Malheureusement, la saveur de cerise mentholée était ce que son baiser avait de meilleur. J'avais l'impression qu'il m'embrassait car il savait que c'était dans l'ordre des choses. Comme si c'était un truc à faire obligatoirement pour avoir la permission de me pénétrer. J'étais déçue : il frenchait comme il s'étirait avant d'aller jogger. Un genre de mal nécessaire. Avoir été dans un club, je n'aurais pas donné suite à l'aventure, mais son torse m'a gardée suffisamment allumée pour que j'aie envie de lui enlever son pantalon.

---

47. No pain no gain : Pas de gain sans douleur. Souvent repris dans les discours motivateurs des entraîneurs pour justifier la douleur.

Il m'a déposée sur le lit – une dodue, on pitche pas ça sur un lit d'eau, on la dépose. Des affaires pour que le lit fende en deux et que la dodue slide jusqu'en dehors de la chambre avec le déversement.

Le lit d'eau a tout de même un avantage, c'est qu'on peut le chauffer. Mais même s'il est chaud et confortable, y faire l'amour n'est pas agréable. Les vagues me donnaient mal au cœur. Imagine entendre des « flushs flushs » à chaque mouvement. Et aussitôt que je m'installais sur mes genoux, je touchais la boîte de bois qui contenait la poche d'eau... Finalement, un lit d'eau, c'est une illusion de confort. Ça doit être pour ça qu'on n'en voit plus. Une fausse bonne idée.

Tout ce que la Machine m'a fait était mécanique. Il travaillait. La nature lui avait donné un corps parfait, mais elle avait oublié de lui distribuer du sentiment. Même son cunniligus était calculé. Je n'avais jamais fait l'amour avec cet homme avant, et je pouvais prédire chacune de ses caresses.

Son visage était entre mes jambes quand je me suis souvenu qu'il avait une pastille au menthol dans la bouche. As-tu déjà mis du Vicks sur ta noune ? NON ! Et il y a une maudite bonne raison pour ça : ça brûle !

Les trente premières secondes, c'était excitant. Je ressentais une petite sensation de chaleur. Après, ma vulve s'est transformée en pamplemousse rose qui voulait prendre des vacances. Avoir pu percer le matelas pour me faire un bain de siège, je l'aurais fait.

Malgré le désagrément, je riais. De l'extérieur, c'est drôle en mausus, une fille qui gonfle de la vulve ! Voyant que je prenais la situation avec un grain de sel, la Machine m'a invitée dans sa piscine extérieure pour atténuer mon inconfort.

— Je veux quinze longueurs.
— HEIN ??

— Je blague.

Je l'ai vu sourire pour la première fois en trois mois.

Je suis sortie de la piscine, et c'est sur le deck qu'il m'a prise. J'ai pris deux secondes pour apprécier la haie de cèdres de huit pieds qui cachait la vue aux voisins et je me suis laissée aller. La Machine avait autant de contrôle sur son éjaculation que sur tout le reste. Il est resté bandé, sans éjaculer, en me prenant debout, couchée, sur le côté, par-devant, par-derrière, longtemps.

Je me suis installée dans ma position favorite pour me caresser en même temps qu'il me pénétrait et j'ai fait appel à mon imagination pour obtenir un orgasme.

### PETITE PARENTHÈSE

Cette parenthèse s'adresse à la fille qui a déjà engueulé son chum car il lui a avoué qu'il pensait parfois à tout plein de choses en lui faisant l'amour. Avoir une imagination active pendant l'acte sexuel fait partie du plaisir. Penser à des scènes de films qui t'excitent, à une partie du corps de ton chum qui te fait tripper, au fantasme d'avoir quatre mains qui te caressent... L'imagination fertile est un atout précieux pour alimenter le désir. Trop de filles pensent qu'elles trompent leur chum lorsqu'elles se mettent à alimenter leurs fantasmes pendant l'acte. C'est faux. Le jardin secret projeté en images dans ta tête, c'est du bonbon. C'est primordial de rester connecté avec l'autre, mais la dérive du cerveau n'est pas un péché ni une raison de se faire des reproches. Vois-le comme le parmesan frais sur un bol de pâtes. Il n'est pas nécessaire à ton repas, mais maudit que ça goûte meilleur quand il y en a.

### FIN DE MA PETITE PARENTHÈSE

Je mets toujours du parmesan. Avec la froideur robotique de la Machine, j'ai en mis deux cuillères bien pleines. J'ai eu un orgasme satisfaisant qui m'a détendue et qui a comblé le besoin de peau qui me hantait depuis notre premier entraînement.

Toujours en contrôle, Alexei a obtenu son orgasme deux secondes après moi. Il s'est étendu à mes côtés avec le sentiment du devoir accompli.

J'aurais pu dire que la nuit avait été magique et inventer des trucs pour te la raconter de façon enjolivée, mais les aventures d'un soir sont loin d'être toutes fantastiques.

Parfois, partir à l'aventure, c'est dormir dans un quatre étoiles chez un prince subsaharien, et d'autres fois, c'est baiser une machine sur un deck de piscine.

# La Brute

Après deux verres de vin, les bonnes et les mauvaises baises, ça se raconte entre chums de filles. Mais il y a aussi des nuits chaudes qui méritent mieux ; il y a des aventures si spéciales qu'elles méritent d'être inscrites au calendrier et surlignées au marqueur fluo. Si je trippais sur le scrapbooking, chaque 18 février il y aurait des autocollants qui brillent sur le calendrier de mon frigo, en mémoire de la Brute.

Je me considère comme chanceuse. On peut passer une vie sans jamais vivre le coup de foudre sexuel. Rien à voir avec l'amour. C'est le genre de passion où le hasard frappe et où toutes les cartes sont placées pour avoir un fullhouse, un fulldick et un fullwow. Nos hormones sont dans le tapis, les siennes aussi, nos corps sont compatibles et en plus, il se passe un petit quelque chose, une surprise, un élément qui nous déstabilise et nous impressionne tellement qu'on ne pourra jamais oublier ni le mec, ni les positions, ni même l'odeur qu'il dégageait avant, pendant et après la baise.

Le lendemain de mon aventure avec la Brute, j'avais envie de passer au bulletin de nouvelles de dix-huit heures simplement pour lui dire merci d'avoir créé ce sexo-moment magique. Je lui aurais construit un Baisowood Boulevard pour qu'il laisse ses empreintes de main dans l'asphalte. Sans blague, si tu as déjà vécu un coup de foudre sexuel, tu sais que c'est le genre de rencontre qui mérite une plaque commémorative dans ton corridor, ou au moins un petit coin spécial dans le tiroir de ta mémoire.

La Brute
18 février
Cuba
« Je me souviens »
« HOLY SHIT QUE JE ME SOUVIENS ! »

Je me suis toutefois abstenue de décorer mon couloir. Mes parents viennent souper une fois de temps en temps, et c'est sûr que j'aurais eu droit à une question du genre :

— Well well well, Charlie ! Tu nous as pas dit ça, my beautifull daughter ! C'est quoi ça ? Encore un prix que notre fille exemplaire a gagné ?

— Ah non. Ça, maman, ce n'est pas un prix que j'ai gagné, c'est un prix que j'ai décerné à un inconnu qui m'a labouré le vagin avec tellement de vigueur que j'ai décidé de l'immortaliser. Mais étant donné que je ne l'ai jamais revu et que je ne me souviens pas de son nom, j'ai mis son prix sur mon mur au lieu de le lui donner.

Mettons que ça se digère mal avant souper… Pendant aussi… Finalement, dans aucun cas il n'est approprié d'enligner tous ces mots pour répondre à une question des parents, donc j'ai mis l'idée du méritas de côté.

Chaque 18 février depuis les cinq dernières années, je me souviens. J'ouvre une bouteille de rhum cubain, confortablement assise dans mon salon, et je lève mon verre à la Brute. Oh my sweet merciful Jesus, que ce gars-là était hawt!! Pas hot, «hawt»! Si tu es peu familière avec le langage de la rue, «hawt», c'est une coche au-dessus de hot.

J'irais même jusqu'à dire que la Brute était «hawt» au carré. Il ne m'a pas décroché la lune et il n'est pas venu me chanter la pomme sous mon balcon. On n'avait qu'à voir la cicatrice qu'il avait dans le visage pour savoir qu'il devait être en train de se battre avec un requin quand le train du romantisme est passé. En l'apercevant la première fois, j'ai rapidement compris que de décrocher une lune sous un balcon n'avait jamais fait partie du canevas de ses soirées.

Nous étions le 18 février 2009 et cette journée-là, mon horoscope dans le journal aurait dû se lire comme suit : «La lune est en Cuba. La Brute est en chasse. Toi, t'es dans le trouble.»

Ce soir-là, le chemin était tracé simplement parce que la Brute en avait décidé ainsi. Il l'avait planifié, bien avant que j'aie la moindre idée de ce qui se tramait. Il savait qu'il allait me faire frémir et que d'un seul toucher je dirais oui à toutes ses demandes.

Ma cousine et moi avions décidé de partir en voyage pour recharger nos piles, mais elle a dû annuler à la dernière minute pour des raisons de santé. Il me restait donc trois scénarios possibles : trouver quelqu'un d'autre, annuler mon voyage ou partir en solo. Sachant que mon voyage se résumerait à dormir sur la plage de jour pour mieux danser la nuit, j'ai quand même décidé d'y aller en me disant qu'à Cuba, ce ne sont pas les partenaires de danse qui manquent.

Cela dit, j'aurais bien aimé pouvoir faire le voyage avec ma cousine. Elle comprend mon humour comme personne, et on sait ce que l'autre pense sans même se regarder. Ce n'est qu'avec elle que j'aurais pu apprécier la chorégraphie de l'agent de bord qui exécutait la routine des règles de sécurité avec des airs plus gais qu'un sapin de Noël. Je me souviens d'avoir pensé qu'il devait être drag queen dans ses temps libres. Je voulais déjà être son amie! Regarder des mesures d'urgence mimées par un gars qu'on imagine en paillettes, ça élimine toutes les craintes de vivre un écrasement d'avion. J'avais presque envie que le masque d'oxygène tombe juste pour pouvoir l'enfiler avec autant de glamour! Beyoncé ne l'aurait pas fait avec plus d'attitude.

Une fois en sol cubain, le hasard m'a offert de nouvelles amies. Le premier soir, je me suis assise dans le lobby en tête-à-tête avec un cuba libre, et j'ai entendu trois filles rigoler quand l'une d'entre elles m'a crié : «EILLE, C'EST MA TATOUEUSE!!! CHARLIE!? QU'EST-CE QUE TU FAIS ICI!!?? RESTE PAS LÀ TOUTE SEULE, VIENS T'ASSEOIR AVEC NOUS!»

J'ai passé la semaine avec trois magnifiques folles en break de leur boulot de maquilleuses. Cette semaine-là, toutes les trois préféraient de loin avoir les pieds dans le sable avec un verre d'alcool dans les mains, au lieu de pouponner des acteurs avec leurs pinceaux, les pieds sur un plateau de tournage. Trois filles trippantes! Les éclats de rire se sont enchaînés toute la semaine et, surtout, aucune fille ne nous a servi de crisette de princesse précieuse qui fait donc chier tout le reste du clan.

Si tu as déjà voyagé, tu sais que pour faire la vraie fête en terre étrangère, il faut sortir du territoire hôtelier. Oser aller rencontrer les gens qui travaillent et vivent au village. À Varadero, il y a un endroit que j'adore et que la majorité des touristes québécois appellent la Calle 62. Ça se prononce «la caillé sésenta y dosse». Rien de bien sorcier : une fois traduit en français, ça veut juste dire «la rue soixante-deux».

Sur la Calle 62, le plaisir est nocturne et il prend sa source dans un petit pub extérieur aménagé sur le coin de la rue. On y voit des tables, des chaises, un bar et une scène sous un toit soutenu par des piliers. Aucun mur. C'est le genre de truc possible parce que le pays ne reçoit jamais de bordée de neige. En Amérique du Nord, donne cinq mois au projet et c'est la faillite assurée.

Chaque soir, un groupe local de musique s'y déchaînait, tellement que les gens prenaient la rue d'assaut pour y danser. Qu'on sache ou non danser, avec les rythmes latins, on se retrouve au beau milieu de la rue parmi les locaux à se brasser le popotin. Si jamais tu y vas et que tu restes assise sur ton steak, bois du rhum jusqu'à ce que tu aies envie de te lever. Ne manque pas cette belle occasion de vivre la vida bella !

La Brute était un des locaux mais il ne dansait pas. C'est pas compliqué, il aurait pu être un des enfants de la mère Nicholas, une chanson de mon enfance que j'ai entendue dans *Passe-Partout*. «Il ne dansait pas, il ne voyait pas, il n'entendait pas, il ne parlait pas, mais il marchait toujours comme ça !»

En fait, il ne marchait pas non plus. Il était planté au centre de la rue, le torse bombé comme un prince qu'on venait tout juste de couronner roi. C'était sa calle. Les épaules droites, les bras croisés, les pieds bien écartés à la largeur des épaules, il se tenait droit comme un tuteur. Son pantalon kaki sport trois quarts tombait sur ses hanches et était retenu par une ceinture noire munie d'une boucle argentée à l'effigie du Wu-Tang Clan[48].

Aux pieds, il portait des espadrilles de basket Air Jordan rouge pompier, exactement le même rouge que son t-shirt. Monsieur avait l'air d'une brute avec son bras droit complètement recouvert de tatouages, ses cheveux rasés et sa cicatrice de bord en bord de sa joue gauche. Mais il avait quand même un petit côté coquet. Je l'ai rapidement mis dans la catégorie des crottés propres.

Chaque soir il était là et bougeait à peine. Au début, je croyais que c'était parce qu'il était sous surveillance. Les Cubains doivent socialiser de façon discrète avec les touristes, sinon ils risquent une amende et ça peut aller jusqu'à l'emprisonnement. Cuba est une dictature, et monsieur le dictateur Castro en a décidé ainsi. C'est connu, certains Cubains socialisent avec les touristes dans l'espoir de planifier une fuite vers un autre pays, et Fidel n'est pas chaud chaud à l'idée de voir son peuple quitter ses terres. Une police millitaire fait donc la surveillance des quartiers touristiques pour s'assurer que ses habitants n'aient que des contacts adéquats avec les étrangers. Quand la police débarque, on voit les Cubains se rassembler entre eux et faire comme si nous étions invisibles. Quand la police quitte, la chaleur humaine revient et les contacts physiques reprennent.

Police ou pas, la Brute bougeait peu. Il ne faisait que deux mouvements : porter son verre à sa bouche et détourner son regard du groupe de musique pour mieux me fixer. Au début, j'avais peur. J'avais beau lui sourire, j'avais droit à sa face de cul. On aurait dit que sa journée avait été merdique, que j'étais à blâmer et que c'était préférable pour moi de dégager.

---

48. Wu-Tang Clan : Groupe rap new-yorkais. Selon moi, des pionners dans le monde du rap, selon mes parents, une gang de bums qui ne savent pas faire de la vraie musique.

Ça a duré trois soirs. Trois longs soirs durant lesquels il me dévisageait avec son expression qui semblait dire : « Je m'en sacre de qui t'es, p'tite fille blanche, ici c'est moi qui mène. » Le quatrième soir, lorsqu'il a vu que j'insistais toujours pour lui adresser un sourire, il me l'a enfin rendu. Un minisourire en coin. J'ai à peine vu sa lèvre supérieure se retrousser dans le coin gauche de sa bouche. WOW, j'avais eu droit à un sourire !!

Toutefois, soulever ses pieds du sol semblait représenter un effort incommensurable. On aurait dit que ses baskets étaient collés à l'asphalte. Installons ce mec devant le palais de Buckingham avec un gros chapeau à poils noir et il deviendra le plus compétent des gardes de la reine.

Je ne sais pas ce qui m'a pris, mais je me suis levée d'un bond pour aller me planter devant lui. Nous étions face à face… Bien, en fait, face à chest, parce que sa grandeur était proportionnelle à son attitude et il me dominait de deux têtes.

Ma gueule s'est ouverte avec le même genre d'attitude qu'il me servait :

— Tu me regardes depuis trois jours. C'est quoi ton problème ? Et pourquoi tu restes là à rien foutre au lieu de m'inviter à danser ?

Il n'avait visiblement rien compris. Je lui avais lancé tout ça en français…

Sans bouger ni même décroiser les bras, il m'a dit en espagnol :

— Besame.

Si tu as assisté à au moins un mariage depuis 1998, tu as sûrement entendu la chanson *Suavemente* d'Elvis Crespo, qui va comme suit : « Suavemente besame que quiero sentir tus labios. » En bon français : « Doucement embrasse-moi, je veux sentir tes lèvres. » Bon, la Brute avait oublié quelques mots de la toune, mais j'avais compris le principal : embrasse-moi.

J'ai figé une seconde, la deuxième j'étais déjà sur la pointe des pieds et j'ai tendu les lèvres. Il s'est à peine penché et sans décroiser ses bras, il m'a embrassée avec tant de chaleur que j'ai senti son pouls dans ses lèvres. Pour garder l'équilibre, j'ai mis mes mains sur ses biceps et mes seins se sont écrasés sur ses bras croisés. Bonne idée de me tenir; j'avais les genoux mous. Il me faisait tellement d'effet que même mes rotules sont probablement devenues molles. Si je ne m'étais pas accrochée, j'aurais fini au sol avec une belle cicatrice semblable à la sienne.

Il était une heure du matin et la Calle 62 fermait ses «pas de portes» une demi-heure plus tard. Tout près, il y avait un club traditionnel où les copines et moi voulions aller danser. Lorsque la Brute l'a su, j'ai eu droit à une deuxième phrase, complète cette fois-ci. Avec un sujet, un verbe ET un complément! Je ne me souviens pas de ses mots exacts, mais ça voulait dire:

— Va avec tes copines, je te rejoins plus tard.

On ne s'obstine pas avec la Brute. On dit oui, notre cœur palpite et on espère que «plus tard» sera bientôt.

Comme promis, j'ai vu sa bette apparaître une quinzaine de minutes plus tard. Il a marché vers moi, s'est installé derrière moi dans sa splendide position de militaire et a enlacé mes épaules de ses lourds bras. On a dansé le restant de la nuit, son sexe gonflé pressé sur mes fesses et son souffle chaud dans mon cou, sans même se dire un mot.

C'est dans un taxi décapotable des années 1950 qu'on a fait le chemin du retour jusqu'à mon hôtel. Comme je l'ai mentionné plus tôt, les contacts inadéquats sont réprimandés par Castro. Il était donc impossible de faire entrer mon invité par le lobby: des gardiens de sécurité sont postés en permanence à l'entrée.

Nous avons donc marché sur la plage, trouvé un petit coin noir et installé notre campement sur des chaises longues. Il est resté seul le temps que je me rende à ma chambre

chercher des couvertures et du rhum. Je n'étais pas inquiète ; je savais qu'il pouvait rester sur place sans bouger
quelques minutes.

À mon retour, on s'est enlacés sur deux chaises collées.
Une fois que je suis allongée sur une chaise de patio, ma
culotte de cheval déborde un peu de chaque bord ; il était
donc impossible d'être deux sur la même chaise !

Ça a l'air très romantique d'être sur la plage à la belle
étoile, mais je te conterai pas de bullshit : en réalité, à Cuba,
une fois le soleil couché et le vent levé, câline qu'il fait
froid ! Les chaises se recouvrent d'une rosée glacée qu'on
ne peut pas ignorer malgré le rhum. J'étais fière d'avoir
pensé aux couvertures, car même la Brute grelottait un peu.
Disons qu'on était loin du bain de minuit au clair de lune
comme dans les films.

Couchée sur le côté pour lui faire face, j'avais le plastique bleu de la chaise qui n'épousait PAS DU TOUT la
forme de mes courbes, et la craque entre nos deux chaises
semblait avoir pour mission de s'agrandir chaque fois qu'on
tentait de se rapprocher. J'ai pensé à ce moment-là que les
films d'amour n'avaient fait que polluer mon esprit depuis
mon enfance.

La Brute s'est tannée avant moi et m'a grimpé dessus… La chaleur de son corps m'a enveloppée et ses lèvres
se sont collées sur les miennes. Doucement pour commencer. Mais Brute ne donne pas dans le doux longtemps. Il
s'est redressé, a fait sauter le bouton de mon jeans (que je
n'ai d'ailleurs jamais retrouvé) et m'a enlevé mon pantalon
en tirant d'un seul coup.

Je ne sais pas si tu sais l'effort que ça prend pour enlever d'un coup le pantalon d'une fille qui a une culotte de
cheval, mais il faut une solide détermination. Je me suis
retrouvée rapidement sans vêtement dans le bas du corps,
mais Brute avait tout prévu : il a décidé d'habiller mon sexe
avec sa bouche. Oh !!!

J'ai ouvert les yeux et tout a basculé. Je n'avais plus froid, je ne sentais même plus le plastique dur de la chaise me barrer le dos. Je voyais le ciel. Je ne pensais jamais pouvoir dire ça de ma vie, mais je me suis fait servir un cunnilingus en regardant la voie lactée. Un ciel dénué de tout nuage. Un ciel qui devait avoir volé des étoiles à d'autres ciels tellement il y en avait partout. C'était à couper le souffle. Je n'avais jamais été excitée sexuellement et émue en même temps. J'avais le sexe et les yeux humides.

Brute aussi semblait apprécier son paysage, parce qu'il s'est levé pour enlever son pantalon et me montrer sa verge de roc. Belle, large, elle penchait un peu à droite. J'ai vu la tour de Pise à Cuba. Je lui ai présenté mes fesses et je me suis prosternée devant tant de beauté. C'est la face dans une chaise de plage et les fesses dans les airs que j'ai senti la bête brute...

Il m'a prise avec tellement d'intensité que j'ai eu l'impression que mon utérus était une nouvelle planète à découvrir, mes fesses des météores à posséder et ma bouche un vortex à conquérir. Tout dans ses yeux disait : « Je vais te faire mienne. »

C'était médiéval, sans douceur, j'étais l'objet de désir du conquérant ! C'était splendide !! Jusqu'à ce que je tourne la tête à gauche et que j'aperçoive un gardien de sécurité qui s'approchait vers nous. Oh ! que ça coupe un fun ! J'avais la chienne. Nos prisons ont l'air d'un Holiday Inn à côté des prisons cubaines, et je n'avais pas vraiment envie de finir mes vacances en tant que bitch blanche d'une Maria Gonzalez.

Sans rien dire, le gardien s'est assis sur une chaise à deux mètres de mes fesses. J'ai rapidement compris qu'il n'avait aucune envie d'exercer son pouvoir. Il avait plutôt envie de regarder le spectacle. Je ne peux pas dire que j'étais enchantée de l'idée, et Brute l'était encore moins. Il s'est retiré et, avec le condom qui épousait toujours sa verge, il s'est départi de son pantalon qui lui pendait encore aux chevilles. Et c'est en baskets, la queue bandée, qu'il est allé voir le garde qui ne bronchait pas et restait toujours assis sur sa chaise.

La Brute a envoyé chier le gardien en lui branlant sa tour de Pise à deux pouces du nez. Le gardien s'est levé, m'a fait un signe de politesse comme s'il soulevait un chapeau imaginaire de sur sa tête et a quitté. La Brute est revenue à moi, m'a penchée pour me prendre à nouveau avec ardeur et m'a pénétrée comme si rien ne s'était passé.

C'est là que je l'ai senti. Son assurance m'a transpercée comme une flèche de Cupidon et pendant un instant, j'étais la reine la plus puissante du monde. Je me serais levée debout et j'aurais regardé tout le monde droit dans les yeux, les bras croisés, les pieds bien plantés au sol...

# Sans remords ni regrets

Tous ces amants, je les ai pris dans mes bras afin qu'on voyage et qu'on flotte ensemble. Parfois, on a flotté sur un nuage et parfois, on a flotté à la dérive, frôlant la catastrophe. Mais à une ou deux exceptions près, je les ai tous aimés. Pas d'un amour profond, mais j'ai aimé leur présence, leur odeur, leur masculinité, leur voix grave, leurs mains fortes, leur peau chaude et la façon qu'ils avaient de me regarder, les yeux pleins de désir.

«Ils vécurent heureux et eurent beaucoup d'enfants» n'est pas mon idée de la réussite. C'est une belle phrase préfabriquée qui me donne envie de donner des coups de pieds au cul des princesses. Espérer le prince charmant, c'est choisir d'attendre que quelqu'un te délivre pour être heureuse. C'est croire qu'on a besoin d'être sauvée, c'est préférer attendre le bonheur au lieu d'aller le chercher, de lui faire un high five et de l'obliger à rester.

Ma vie n'est pas un roman savon et elle ne donne pas dans le mélodrame. Le secret de mon bonheur, c'est éviter le drame.

Je vais donc terminer mon récit en te disant que ce soir j'ai trente-cinq ans, je suis célibataire et c'est un samedi horny. J'ai envie de danser et j'ai des condoms dans ma brassière, car d'ici à ce que je tombe face à face avec le partenaire idéal pour vivre la vie et la donner, je savourerai mon célibat comme bon me semble, dans le respect de ma personne et des autres. Après tout, c'est bien de ma vie qu'il s'agit.

## Suivez-nous sur le Web

RECTOVERSO-EDITEUR.COM
HTTPS://WWW.FACEBOOK.COM/EDITIONSRECTOVERSO

EDITIONS-HOMME.COM
EDITIONS-JOUR.COM
EDITIONS-PETITHOMME.COM
EDITIONS-LAGRIFFE.COM
QUEBEC-LIVRES.COM
EDITIONS-LASEMAINE.COM

Imprimé chez Marquis Imprimeur inc. sur du Rolland Enviro.
Ce papier contient 100% de fibres postconsommation,
est fabriqué avec un procédé sans chlore
et à partir d'énergie biogaz.

 PCF